駆け引きラヴァーズ

Nao & Syusei

綾瀬麻結

Mayu Ayase

エタニティ文庫

目次

駆け引きラヴァーズ

一

真冬の凍てつく冷気が、身に染みる。今夜は、特に冷え込みが厳しいようだ。少し立ち止まっただけで、足先がじんじんしてくる。

早く家に帰って、暖房の効いた部屋でかじかむ手足を伸ばしたい……

インテリアデザイン会社で働く高遠《たかとう》菜《な》緒《お》は、夜も更《ふ》けて人通りの少なくなった路地を小走りで自宅へ向かっていた。そして、一人暮らしをしているワンルームマンションのエントランスに入る。郵便受けを確認するのも億劫《おっくう》で、真っすぐエレベーターに乗り込む。目的の階に停まると、躯《からだ》を縮こまらせ、いそいそと共用廊下を進んだ。

今日はバレンタイン。恋人のいる同僚たちは就業時間内に仕事を終えると、我先にと会社をあとにした。彼氏のいない菜緒は当然早く帰る必要はなかったが、早々に帰宅することに決めた。

上司はまだ残業していたので多少気が引けたものの、義理チョコを渡した時「今日はバレンタインですか。それで皆、妙にそわそわしていたんですね」と言ってくれたので、菜緒が早く帰っても特に何も思わないだろう。

そうして会社を出たところで、同期から電話が入った。女子会の誘いだ。断るのも悪いと、待ち合わせのレストランへ行ったのだが、店員に案内されて入った個室には、バレンタイン合コンがセッティングされていた。

「人数合わせだったとしても、合コンは嫌いだって、言ってたのに……」

彼氏が欲しくないわけではない。今年で二十六歳になるし、恋人と楽しそうにしている友人たちを見るたびに羨《うらや》ましくなる。そう思いはするものの、恋人を探すために合コンへ参加するのは少し違う気がして、心が躍《おど》らなかった。夢を見ているわけではないが、やはり自然の出会いがいい。

自宅マンションの共用廊下を歩きながら、菜緒は力なくため息をついて眼鏡をはずした。酷《ひど》く痛む目頭を冷たい指で揉む。普段はコンタクトをしているが、アルコールと人に酔ったせいで目の奥が痛くなり、レストランで眼鏡に替えたのだ。ただ、眼鏡は菜緒には合わず、コンタクトより目が疲れてしまう。今もその影響を受けていた。だから、眼鏡をかけるのは嫌いだった。

さらに強く瞼《まぶた》の上を押した時、どこかのドアの開く音が聞こえた。顔を上げると、数戸先のドアから人影が覗いている。輪郭はボヤけていても、そこに立つ女性が誰なのかはわかった。

「律子《りっこ》さん！」

「菜緒ちゃん、お帰り！」

彼女は、五十嵐《いがらし》律子。独身生活を満喫している三十七歳で、モデルのように美人なキャリアウーマンだ。商社マンの恰好いい彼氏もいる。

ただ、その彼氏はかなり嫉妬《しっと》深いが……

五十嵐は仕事で全国を飛び回っているので、隣人とはいえなかなか菜緒と会う機会はない。にもかかわらず、一年前に引っ越してきた菜緒が彼女に挨拶《あいさつ》をして以来、何故か意気投合。まるで菜緒を実の妹みたいに可愛がってくれていた。そんな彼女と久しぶりに会えた嬉しさで、菜緒の頬は自然と緩んだ。五十嵐のもとへ向かう足取りも軽くなる。

彼女も、菜緒の方へ歩み寄ってきた。

「律子さん、どうされたんですか？　今日はバレンタインなのに、彼氏さんは？」

「実は出張中なの。独りで寂しかったから、仲のいい従弟《いとこ》を呼びつけて相手してもらってたんだけど、二人だと全然面白くなくて……。それで菜緒ちゃんの帰りを待ってたんだ。ねえ、うちに寄ってよ。従弟を紹介したいし」

「えっ？　今からですか!?」

正確な時間はわからないが、レストランを出た時間から考えると、既に二十三時近くになっているはずだ。遅い時間であっても二人の間ではなんでもないが、彼女の従弟はどう思うだろう。

　さすがにちょっとまずいよね——と菜緒は申し出を断ろうとした。だがその前に、五十嵐が口を開く。

「いいじゃない、おいでよ！　あたしが言うのもあれだけど……、従弟、めっちゃくちゃカッコイイよ」

　五十嵐に手首を強く引っ張られた。手がかじかんでいたせいで、菜緒の手から眼鏡が落ちる。

「あっ！」

　菜緒は息を吞み、ゆっくり視線を下げる。五十嵐の方へ引き寄せられて足を踏み出したそこには眼鏡があり、それを思い切り踏ん付けていた。菜緒の眼鏡はフレームの形を変え、レンズははずれている。

「……嘘。ご、ごめん、菜緒ちゃん！　あたしが無理に引っ張ったせいだ。どうしよう！」

　いつも何事にも動じず、おおらかに構えている五十嵐が、動揺している。初めて見る彼女の様子がおかしくて、菜緒は小さく笑った。

「気にしなくても大丈夫ですよ。普段はコンタクトなので、支障はありません。それに、その眼鏡の度数も合ってなかったんです」

フレームを拾い上げた五十嵐が、申し訳なさそうに菜緒を窺《うかが》った。

「でもさ、やっぱりあるのとないのとでは違うでしょ？　ねえ、家に替えはある？」

「替えはありませんけど、家では普段眼鏡をかけていないので平気です。気にしないでくださいね」

実際はテレビやパソコンを見たり、雑誌を見たりする時は眼鏡が必要だ。でも、それはわざわざ言うことではない。

菜緒はなんでもないと笑みを浮かべ、五十嵐からぐにゃりと曲がった眼鏡を受け取ると、ハンカチに包んでバッグに入れた。

「それじゃ、あたしの納得がいかない。弁償させて。一緒に買いに行く。……あっ、ダメだ。また出張でしばらく帰って来られないんだった。そうだ……従弟《いとこ》を付き添わせる。そして、あいつに美味《おい》しいものを奢《おご》らせる！」

「律子さん、本当に大丈夫です」

菜緒が頭を振ったその時、五十嵐の家のドアが大きく開いた。驚いてそちらへ目を向けると、背の高い人物が顔を覗かせていた。

「律子、何騒いでるんだ。いつまでも廊下に――」

男性の不機嫌そうな声。だが、その言葉は徐々に小さくなっていった。この距離では、菜緒は彼のボヤけた顔しか見ることができない。それでもモデル並みに背が高く、すらりとした体躯《たいく》をしているとわかった。そんな彼の目が、菜緒に向けられていると感じる。

そう思っただけで、菜緒の胸が少しずつ高鳴り出した。社会人になって初めて我が身に起きた反応に驚きつつも、彼のボヤけた姿に見惚《みと》れてしまう。菜緒がじっと立ち尽くしていると、五十嵐が苛立たしげに息をつき天を仰《あお》いだ。

「柊生《しゅうせい》、いきなり出てこないでよ。せっかくあたしが……もう！」

五十嵐は地団駄《じだんだ》を踏みそうな顔付きだったが、すぐに我に返ってにっこり笑い、菜緒の肩を抱いて顔を寄せた。

「紹介するね。彼女があたしの隣人で、実の妹のように可愛がってる菜緒ちゃんです。可愛いでしょ！　あたしの仔猫ちゃんなんだ」

ヘアアイロンで毛先を巻いてふんわりさせた菜緒のセミロングの髪に、五十嵐が頬をすり寄せる。

こうやって菜緒を可愛がってくれるのは、五十嵐ぐらいだろう。

そもそも菜緒は引っ込み思案な性格で、人付き合いの上手い方ではなかった。それなのに、心の中では誰かに構って欲しいという願望がある。それでいて、いざ近寄られると一歩退き、相手との間に壁を作って逃げてしまう。

まるで、むらっけのある仔猫の如《ごと》く……

今日のバレンタイン合コンでもそうだった。参加していた男性に話しかけられて内心嬉しかったのに、積極的な気配を感じると話をはぐらかし、逃げるように席を移動した。

そういう意味からすると、確かに菜緒は仔猫だろう。

五十嵐は本当に菜緒をよく見ている。ありのままの自分を受け入れてくれる彼女の存在に、菜緒はふっと頬を緩めた。すると、男性が玄関ドアを開け放したまま部屋の中へと引っ込んだ。

「彼女を誘うなら、俺は……帰る！」

部屋から、そんな声が聞こえてきた。

息を呑む菜緒の隣で、五十嵐が楽しそうに笑い出す。何故そこで笑うのかわからず、おろおろしていると、彼女に頭をポンポンと優しく叩かれた。

「ごめんね、態度が悪くて……。だけど柊生って、いい奴なの。実家を飛び出したあたしを、彼だけがずっと心配してくれててね。あいつの方がいろいろ大変なのに……」

五十嵐が実家を飛び出した理由は、ほんの少しだけ聞いていた。当時付き合っていた彼氏と別れさせるために、親から政略結婚をさせられそうになったという。いつの時代のお嬢様だと思ったが、彼女の悲しそうな顔を見て嘘ではないとわかった。その彼氏とは結局別れたそうだが、両親の言いなりにはならないと、彼女は今も頑張っている。

そんな五十嵐を、ずっと従弟《いとこ》の彼が支えてくれてたんだ……

初対面の菜緒に対する態度はいかがなものかと思うが、その話を聞いて彼の印象が変わった。従姉《いとこ》を思いやる優しさを持っている男性だと思うと、不意に彼に興味が湧いてくる。

彼の方がいろいろ大変って、何かあったんですか？　――そう訊《たず》ねそうになって、言葉を呑み込んだ。五十嵐とは親しく付き合っているが、彼女の従弟とはまだ会ったばかりだ。興味本位でいろいろ訊《き》いてもいい間柄ではない。

「あの、今日はお邪魔するのを止めておきますね」

菜緒は苦笑いを浮かべつつバッグに手を突っ込み、鍵を取ろうとした。だがそうする前に、五十嵐に腕をがっちり掴まれる。

「何を言ってるの？　柊生はね……ちょっと……ううん、菜緒ちゃんを見てかなり驚いてしまっただけ。そして今、どうしようかとあたふたしてるの」

肩口を揺らして楽しそうにする五十嵐に引っ張られる。躓《つまず》いて転びそうになるが、足を踏ん張って背の高い彼女を見上げた。

「律子さん!?　わたし、今夜は本当に遠慮します。明日も仕事ですし――」

「ダメよ。こんな機会、もう二度とないかもしれないのよ！　しかも、今日はバレンタイン。ふふっ……素敵なことが起こりそうね」

五十嵐は開け放たれたままのドアの中に、菜緒を引き入れた。

「柊生！　菜緒ちゃんを連れて来たよ！」

　五十嵐の部屋には何度も入っているし、家具の配置も熟知している。裸眼のせいで視界はボヤけているが、奥の部屋にあるソファの上で黒い塊《かたまり》が動いたのはわかった。

「じゃ、俺がここにいる必要ないな。帰る――」

「実は菜緒ちゃん、今コンタクトしてないの。しかも、ついさっきあたしが彼女の眼鏡を壊しちゃった。あたしの部屋には何度も入ってるから大丈夫だとは思うけど、細かいところは見えないみたい。柊生も気を付けてあげてね」

　さあ、部屋に入って――と五十嵐に背中を押されて、菜緒は心を決めた。ブーツを脱ぎ、彼の機嫌を窺《うかが》いながら部屋の奥へ進む。だが、キッチンを通り過ぎたところで菜緒の足が止まった。室内から漂《ただよ》う肌をざわつかせる空気に、それ以上進めなくなってしまう。そんな菜緒の肩に、彼女が両手を置く。

「改めて紹介するね。柊生、彼女は隣人の菜緒ちゃん、二十五歳。インテリアデザイン会社で働いてます。彼はあたしの従弟《いとこ》の柊生。年齢は三十二歳で……なんと彼も菜緒ちゃんと同じインテリア――」

「おい！」

　急に柊生が口を挟んだ。じろりと五十嵐を睨《にら》み付けているのが雰囲気で伝わってくる。だが、彼女は楽しそうににっこりしていた。

「何よ、別にいいじゃない。柊生もインテリア関係の仕事に就いているって言っても」

「柊生さんも、インテリア関係のお仕事をされてるんですか!?」

菜緒は思わず訊《き》くと、柊生は言い辛そうに「ああ」とだけ答え、ぷいっと顔を背《そむ》けた。

「あらら、拗《す》ねちゃった」

「わたしのせいですね。すみません……」

五十嵐の従弟だからこそ、彼にはいい印象を持ってもらいたいと思ったが、上手くいかなかった。しゅんと肩を落とす菜緒の背中を、彼女が優しく撫でる。

「違うよ。柊生はあたしに腹を立てているの。菜緒ちゃんは全然悪くないからね。さてと、お酒の準備しなきゃ！　さあ、座って待ってて。柊生、菜緒ちゃんをいじめないでね！」

「あの、失礼します」

菜緒はコートを脱ぎ、白のハイネックセーターとボックスプリーツ型のスカート姿になる。ソファに座る柊生からは一番遠い、ローテーブルを挟んだ向かい側へ行き、そして座った。だが、下手に話しかけて彼を怒らせたくない菜緒は、躯《からだ》を縮こまらせて顔を伏せる。

「なあ、……本当にボヤけて見えないのか？　……俺の顔も？」

柊生の冷たい声音に身震いしたが、菜緒は彼をそっと窺った。彼は自分の顔の前で手をゆっくり動かし、菜緒の目がそれを追えるか試している。緊張していたはずなのに、彼の態度がおかしくて、菜緒はぷっと噴き出した。

「ごめんなさい。えっと……まったく見えないというわけではないんです。カメラのピントが合っていないと言えばわかりますか？　全体がボヤけているだけなので、あの……柊生さんが顔を動かしたり、手を上げたりしているのはわかります」

「そう、なんだ……」

何故か、彼はホッとしたようだ。でもそのまま顎《あご》に手をあて、何かを考え込み始めた。しかも、苛立たしげに大きなため息までつく。

菜緒が変なことを言ったのだろうか。思わず笑ってしまったのがいけなかった？　それとも、菜緒が柊生から一番遠い場所に座ったせい？

「あ、あの！　実は、もっと近づけば顔もよく見えるんです。ただ、相手の顔が見えそうで見えない距離にいるとまじまじ見てしまう癖があるので、このくらいの距離でいさせてください！」

菜緒は、必死に言い訳した。途端、柊生が大声で笑い出す。楽しそうに肩を揺らして俯《うつむ》いたと思ったら、顔を上げ、上目遣いで菜緒を見る。菜緒にははっきりと柊生が見えているわけではないのに、どうして興味深げに見られていると感じるのだろう。

「あら、柊生が笑ってる。そうよね、安心すれば誰だって――」

「律子、お前……ずっと知ってたんだな」

「さあ……」

二人が何のやり取りをしているのかさっぱりわからない。だが、五十嵐と柊生の楽しげな雰囲気がこちらに伝わってきて、菜緒の肩に入っていた力がゆっくり抜けていった。

「明日は仕事だけど、今日は特別ってことで。いっぱい飲んでね」

五十嵐はローテーブルにお銚子《ちょうし》を置いた。さらにきんぴらごぼうや揚げ出し豆腐、糸こんにゃくの明太子和《めんたいこあ》えといった酒の肴《さかな》も置く。そして、菜緒の斜め前に腰を下ろす。

「わあ！　わたしの大好きな、律子さんのきんぴらごぼう！　作ってくれたんですか？」

菜緒が歓声を上げると、五十嵐はにっこりした。

「もちろん！　菜緒ちゃん、いつも美味《おい》しいって食べてくれるからね。それに比べて、柊生ったら、これまで一度も美味しいって言ってくれないんだよね」

「へえ……、律子がそういう風に言われたがっているとは知らなかったな」

「その考えがダメなんだって、いつも言ってるでしょ。本当、女心を理解できない男」

五十嵐はお銚子を持ち、菜緒と柊生の杯《さかずき》にお酌《しゃく》をする。続いてお銚子を受け取った彼は、腰を浮かして前屈みになり、五十嵐の杯に注いだ。

柊生との距離が縮んだせいで、男らしいムスク系の香りが菜緒の鼻腔《びこう》をくすぐる。思わず彼に目を向けた瞬間、菜緒の心臓がドキッと高鳴った。輪郭がほんの少しだけ鮮明になり、その雰囲気から彼が人を惹き付ける魅力のある男性だとわかったからだ。

長めのウルフカットの黒髪を無造作に掻き上げるだけで、柊生の野性的な男の色香が漂《ただよ》ってくる。お銚子《ちょうし》を持つごつごつした骨ばった手、太い首、男らしい喉仏が陰影で上下に動く様子にさえ目を奪われる。

柊生の顔をじっと見つめていると、彼がいきなり菜緒に視線を向けた。

「おい、人をまじまじと見ないために俺から離れたって言ってたくせに、話が違うだろ」

柊生は菜緒の方へ手を伸ばすと、額《ひたい》を指で弾いた。

「痛っ！」

叩かれた額に手を置いて顔を上げた時には、彼は既にソファに座り直して距離を取っていた。再びその姿がボヤけるが、彼が顔をしかめているように感じる。

「落ち着いてよ、柊生。顔がはっきり見えないんだもの。気になるのも仕方ないじゃない。それより、乾杯しようよ。あたしの大好きな菜緒ちゃんを柊生に紹介できたことに、乾杯！」

「……乾杯」

そんな音頭でいいのかと思いつつも、菜緒は五十嵐に合わせて杯《さかずき》を上げ、グイッと飲んだ。食道が燃えるように熱くなり、冷えた臓器を温めていく。フルーティでありながらさっぱりした後口に、菜緒は満足の声を漏らした。

柊生は明らかに乾杯する気分ではないようだが、しばらくすると小声で「乾杯」と言って杯を口元へ運んだ。五十嵐はにこにこしながら、酒の肴《さかな》を食べては日本酒を飲む。

「そういえば、菜緒ちゃんはどこへ行ってたの？　もしかして、デートじゃないわよね？」

話を振られた菜緒は杯をテーブルに置き、空になった五十嵐の杯に酒を注いだ。

「違います。社会人になって以降、彼氏なんてずっといないって知ってるじゃありませんか」

「うん、だからね……、菜緒ちゃんに柊生を紹介したんだけど」

「おい！」

しれっと言う五十嵐にすかさず彼が口を挟むが、彼女は気にする様子もない。上体を倒し、菜緒に顔を寄せてきた。

「それで？」

「あっ……えっと——」

菜緒は、バレンタイン合コンに参加していた話をしようとした。その時、先ほどまでそっぽを向いて杯を傾けていた柊生が、いつの間にか菜緒を窺《うかが》っていると気付き、出かかった言葉を呑み込む。こっちに来るなと線を引かれたはずなのに、意識を向けてもらえると思っただけで嬉しくなってしまった。菜緒の口元は自然とほころぶが、すぐに奥歯を噛み締めて、唇を引き結んだ。

柊生が菜緒を見ているのは、ただ単に、話をしている人に目を向けただけだろう。こんなに男らしくて素敵な人が、わたしなんかに興味を持つはずないもの——自嘲気味に小さく笑って、菜緒は五十嵐に目を向けた。

「実は、バレンタイン合コンに参加してました」

「ええ!? 何それ! 菜緒ちゃん、そういうのは嫌いって言ってたじゃないの!」

「律子がやってるのと、一緒だと思うけどな」

五十嵐はキッと柊生を睨《にら》み、菜緒に詰め寄る。

「それで? どうなったの!?」

「何も……です。そもそも、合コンとは知らずに呼ばれて……。うん、義理参加です」

「良かった! たとえ義理とは言え……いい人はいなかったってことだもんね?」

いつの間にか腰を浮かして前のめりになっていた五十嵐が、ホッと胸を撫で下ろして座り直した。

「凄くしつこい人もいましたけど、わたしは逃げちゃいました」

「彼氏、欲しいんだ?」

会話に、柊生が割って入ってくる。彼は片肘を膝に置いて前屈みになり、杯《さかずき》を傾けながら菜緒に面《おもて》を向けていた。

「そう、ですね。とは言っても、誰でもいいわけじゃないです。出会いの場も大切だとは思うけど……こう、自然な出会いの中で、会った瞬間に胸をときめかせられたらというか」

「少女趣味……」

柊生の呟きに、菜緒の躯《からだ》が羞恥《しゅうち》でカーッと熱くなった。彼に言われなくても、菜緒自身恋に幻想を抱いているのはわかっている。でも、どんな人と出会っても心が弾まない。素敵な人と出会っても、何故か皆良い人で終わってしまう。だから、出会った瞬間に胸がドキッとするような出会いをしたかった。

そして今、妙に菜緒の心をざわつかせる男性が目の前にいる。しかし、柊生は菜緒をあまり意識していないようだ。

きっと五十嵐の可愛がる隣人だから、仕方なく付き合っているという感じだろう。

少し悲しいかな……

小さくため息をついた時、五十嵐が菜緒の肩を抱いてきた。

「柊生の言葉なんて気にしちゃダメ。あいつの周囲にいる女性って、なんて言うか……計算高い女しかいないの。だけど、打算で男を作らない子もいるんだと知って、今新鮮な気持ちになっているんだと思う。だよね、柊生？」

「へえ、律子は俺の気持ちがわかるのか……」

抑揚《よくよう》のない、棒読み口調で言う柊生。なのに五十嵐は何故か上機嫌になる。

「やっぱり菜緒ちゃんを柊生に紹介して良かった！」

アルコールでほんのり頬を染める五十嵐は、空になっている菜緒の杯《さかずき》にお酌《しゃく》をし、自分の杯には手酌でたっぷり注いだ。

「柊生にはね、菜緒ちゃんのように純粋な女性もいるんだって知って欲しかったんだ。まあ、本人が自暴自棄になって荒れた生活を送ってるから、そういう女性と出会うのは無理だったんだけどね」

「あの……わたし、純粋ですか？　知ってのとおり、結構ややこしい性格をしていますけど」

真剣に訊《たず》ねる菜緒に、五十嵐は優しげに微笑んだ。

「菜緒ちゃんはさ、あたしの周りにいたどの女性とも全然違う。それがあたしをホッとさせてくれるの。心を隠さず、真っすぐな気持ちで向き合ってくれる菜緒ちゃんの存在に助けられてる。だからね、あたしはそういう菜緒ちゃんを柊生に紹介したいって思ったんだ」

「はいはい……」

柊生は気怠《けだる》げではあるものの、五十嵐の言葉にきちんと受け答えをしている。たった一言だが、柊生が従姉《いとこ》を大切に扱っているのが伝わってきた。

ああ、やっぱりこういう男性っていいな……。

「もう！　せっかく菜緒ちゃんを紹介したっていうのに、その言い草は何よ！　でもまあ……いっか。これでお互い顔見知りになったわけだし」

楽しそうに笑うと、五十嵐は話題を変え、出張の話を始めた。警戒心を解いてきた柊生も話に加わり、ほんの少しだけ二人の仲間に入れたかなと、菜緒の頬が緩む。

その時、室内にチャイム音が響いた。マンションのエントランスで押すチャイムの音だ。

「うん？　……誰も来る予定なんてないんだけど」

五十嵐が立ち上がるが、酔いが回って足元がおぼつかない。

「律子さん!?」

菜緒は反射的に立ち上がり、五十嵐の躯《からだ》を支えた。

「わたしが、見ましょうか？」

「いや、俺が見てこよう」

柊生がソファを立ち上がる。だが、五十嵐が「大丈夫だから」と、彼を制した。そうしている間にも、チャイム音は鳴り響く。

「二人とも座って待ってて」

五十嵐がにっこりして歩き出すが、やはり足元はふらついていた。

「はいはーい、誰かな？」

呂律《ろれつ》は回っているので大丈夫だろう。そうは思うものの、菜緒は迷っていた。五十嵐が足を躓《つまず》かせたら助けられるよう傍へ行くべきか、それとも言われたとおり座って待つべきかとおろおろする。やっぱり彼女を支えようと決めた時、柊生に「おい」と声をかけられた。

「座ってれば？　律子が大丈夫って言ってるんだ。そんなに心配する必要もないだろ？」

菜緒は頭を振った。

「律子さん、素直に人に頼るような性格じゃないから……。そういう時に限って、言葉と態度で強気に振る舞う癖があるんです。だから、もし律子さんのそういう姿を目にしたら、わたしが彼女の助けになりたいと思って……」

菜緒は、既にソファに腰を下ろしていた柊生の方に顔を向けた。一瞬、彼は呆気に取られたようだが、やがてゆっくり手で口元を覆い、菜緒から顔を背《そむ》けた。

「あ……、なんか、この展開ってヤバイかも……」

「何もヤバくないですよ！」

「いや、そういう意味じゃ――」

柊生がそう言った直後、五十嵐の「えっ？　ええっ!?」と叫び声が響いた。菜緒はハッとして、ドアの傍に立つ彼女を見つめた。彼女は硬直して、モニター画面を見つめている。五十嵐のもとへ駆け寄ろうとした菜緒だが、一歩踏み出したところで柊生に肩を掴まれた。

「菜緒はそこにいるんだ」

柊生の険のある声と、初めて呼び捨てにされたことに驚き、菜緒は真横に立つ彼を振り仰《あお》いだ。初めて間近で彼の顔を見て、ドキッとした。くっきりとした二重《ふたえ》の目、鋭い光を宿す双眸《そうぼう》、真っすぐな鼻梁《びりょう》、そして色っぽい唇。見覚えはないのに、どこかで彼に会ったような感覚に襲われる。

こんな、芸能人並みに覇気《はき》の漲《みなぎ》る男性と出会っていれば、覚えているはずなのに……

ボーッと柊生の顔を眺めていると、彼が菜緒の背中を軽く叩いた。

「いいか、動くなよ」

柊生は菜緒に背を向け、早足で五十嵐の傍へ寄る。

「律子、どうした？　……あっ！」

モニター画面を見るなり、柊生が身を翻《ひるがえ》してソファへ戻ってきた。彼は菜緒には目も向けず、部屋の隅にかけてあった黒いダウンジャケットを掴む。

「えっ？」

柊生の行動に驚きつつ律子に目を向けると、彼女がモニター画面の応答ボタンを押したところだった。

「ご、ごめん。ちょっとバタバタしてて。あの、今日は来られないって言ってたのにどうしたの？　あたし、びっくりしちゃった。あっ、えっと……そんなことないって。今、開ける……」

そう言ってボタンから手を離した途端、五十嵐がすぐに振り返った。

「彼氏が来た！　もうなんなのよ……。出張だって言ってたのに！」

五十嵐の言葉に、菜緒は柊生を見た。彼はセーターの上にダウンジャケットを羽織り、真っ先に玄関へ向かう。五十嵐が彼を追い、菜緒もあとに続いた。柊生はオイルレザーのウエスタンショートブーツを履いてドアを開ける。だが、静かな廊下にエレベーターが到着する音が聞こえると、俊敏にドアを閉めた。

「駄目だ、逃げられない！」

柊生の言葉に、菜緒は急いで部屋へ戻った。ソファの隅に置いてある籐《とう》で編まれた小さな籠《かご》を引き寄せ、そこに彼が使っていた食器を入れる。ブーツを脱いで部屋へ戻ってきた彼にそれを渡すと、柊生は何も言わずに受け取った。

柊生は知っているのだ。五十嵐の恋人が極端に嫉妬《しっと》深いのを……

顔を上げると、菜緒を見ていた柊生が頷いた。菜緒が何も言わなくても心が通じる感覚に、胸が躍《おど》り始める。

今はそんな風に感じている余裕はまったくないのに……

「嫉妬さえなければ、本当にいい奴なのに！」

「だから何回も言っているだろ。律子が浮気するかもしれないと疑う男なんて、さっさと切れって」

「今は、その話はいいから」

言い争いを始めたが、すぐに柊生が我に返って口を噤《つぐ》んだ。

「あの、これからどうします？　わたしはいいとして、柊生さんは……」

菜緒は柊生を見る。彼がイライラしているのは、肌で十分感じられた。彼も気が気でないのだろう。

五十嵐の彼氏は、普通に人付き合いのいい素敵な男性で、彼女をとても大切にしている。ただ、かなり嫉妬深い。裏を返せば、恋人を愛しているという意味なのかもしれないが、それは度を超えていた。

彼は、たとえ親族であっても、彼女の部屋に男性が入るのを許さない。会う必要があるなら、人の目のある公共の場でと強く言われているらしい。

なのに、彼女は、従弟《いとこ》の柊生を部屋に上げている。もし現場を見られでもしたら、いったいどうなるだろう。

五十嵐の彼氏は、菜緒が一緒にいたと知っても納得しないに違いない。そういう男性なのだ。

「と、とりあえず、柊生はベランダに隠れて――」

五十嵐がそこまで言って、菜緒に顔を向ける。

「ねえ……。菜緒ちゃんとこのベランダとうちのベランダってつながってたよね？　柊生をそっちのベランダへ行かせるから、菜緒ちゃんの家でちょっとの間だけ、匿《かくま》ってくれない？」

「えっ？　わたしの家、ですか⁉」

「お願い！」

五十嵐が顔の前で手を合わせ、頭を下げる。こんな風に頼まれたらイエスと言いたくなるが、さすがに柊生を一人暮らしの部屋へ入れるのは躊躇《ちゅうちょ》してしまう。五十嵐が従弟《いとこ》に信頼を寄せているのは知っていても、菜緒にとっては今日会ったばかりの男性。そんな彼を家へ招き入れるなんて、無理だ。

「あ、あの……」

菜緒の声が自然と強張《こわば》る。すると、顔の前で手を合わせていた五十嵐は、手を静かに下ろした。

「菜緒ちゃん――」

その時、玄関のチャイム音が部屋に響いた。さっと三人が真顔で目を合わせる。

「律子。こうなったら、俺が彼氏の嫉妬《しっと》を全面的に受け入れてやる。それでもし、俺が殴られて歯が折れたら、お前に請求書を送るからな」

「柊生……、うん、わかった」

自分の恋人が乱暴な振る舞いをする可能性を堂々と認める彼女に、柊生は呆れ顔で小さく笑った。

「容赦ないな。でも、まあ……こうなることは、俺も予想するべきだった」

「ごめん……、ごめんね柊生」

「わかってる。それほど律子が好きってことだろ。俺はあそこまで誰かを好きになった経験がないから……彼の行動は理解できないが」

「柊生が本気の恋をしたらどうなるか、ちょっと見物《みもの》だね」

五十嵐は力のない小さな声で笑った。その後は何も言わなかったが、再度チャイム音が部屋に響くと、菜緒たちに背を向けて玄関へ歩き出した。

本当にこれでいいのだろうか。彼女だけでなく柊生も、菜緒を責めない。それどころか、彼は、従姉《いとこ》の彼氏に殴られる覚悟を決めた。

菜緒だけが逃げようとしている。これでは、いつもと変わらない。怖気《おじけ》づいては逃げ、それでいてあとで悩むのはもう嫌だ。

前を向きたい。大切な友人の助けになりたい！

「来てください！」

ここにきて初めて、菜緒は自分の意思で柊生の腕を掴んだ。

「おい？　……菜緒？」

「菜緒ちゃん？」

玄関に行きかけていた五十嵐が踵《きびす》を返してくるのが、目の端《はし》に映る。だが、菜緒は柊生だけに意識を向けた。

ベランダへ出るガラスドアを開け、柊生をそこへ押しやる。

「ここから隣のベランダへ行ってください。わたし、部屋に戻ったら鍵を開けますから！」

小声でしっかり伝えると、柊生が菜緒に手を伸ばした。大きな無骨な指で、頬を撫でられる。

「……ありがとう」

柊生の仕草にドキッとした。男性に慣れていないため、触れられたら反射的に逃げる癖があるのに、彼から目を逸《そ》らせない。ボヤけていない彼の顔を見たいという衝動に駆られる。

「じゃ、向こうで待ってる」

名残惜しげに柊生の手が離れる。彼は菜緒に背を向け、隣のベランダとの境目にある間仕切りのパーティションへ向かう。そして膝を折り、手にしていた籠《かご》を置いた。

「菜緒ちゃん？　本当にいいの？」

五十嵐の声に我に返り、菜緒はベランダのガラスドアを閉める。

「はい。律子さんが柊生さんを信頼しているのはちゃんとわかりました。最初は尻込みをしてしまったけど……律子さんを、彼を助けたいって、わたしが思ったんです」

「そっか……。ありがとう。なんか、嬉しいな。あのね、柊生はぶっきらぼうで、愛想も良くないけど、根は優しい、とてもいい奴だから」

菜緒のコートとバッグを掴んだ五十嵐が、菜緒の手にそれを渡す。

「とは言っても、あいつだって立派な男、野獣。もし、菜緒ちゃんの意思に反して、柊生が変な真似でもしそうになったら思い切り殴っていいからね。あたしが許す！」

五十嵐の言葉に、菜緒は「はい」と微笑んで頷いた。

「よし！　じゃ……よろしくお願いします」

二人で玄関へ向かい、五十嵐が玄関の鍵を開けた。

「なんでドアを開けるのに、こんなに時間がかかって――」

五十嵐の彼氏は強い口調で問いかけたが、菜緒を見て言葉を呑み込む。

「君はお隣の……えっと、高遠さん？　律子の部屋に来ていたんですか？」

「こんばんは。遅い時間なのに、お邪魔していました。律子さんが……わたしのために出張先でいろいろ仕事着を買ってきてくれたので……試着させてもらっていたんです」

アパレル関係の仕事に就く五十嵐は、出張先で菜緒によく服を買ってきてくれる。その時は彼女の家で試着するので、これは嘘ではない。

今日は全然違うが……

「菜緒ちゃん、またしばらく出張で家を空けるけど、帰ってきたら遊ぼうね」

「あっ……はい！　わたしに似合う服があったら、またお願いします」

五十嵐に告げると、菜緒は彼女の彼氏と入れ替わって共用廊下へ出た。彼女の玄関ドアが閉まるとバッグからキーケースを取り出し、家の鍵を開けて乱暴にドアを閉める。コートとバッグを放り投げ、電気を点ける間も惜しんで窓辺に駆け寄り、ベランダの鍵を開けて外へ出た。

「柊生さん！」

小声で柊生の名を呼ぶが、ベランダに彼の姿は見当たらない。もしかしてベランダの手すりを乗り越える時に足を滑《すべ》らせたのではと心配になり、菜緒は慌てて手すりから身を乗り出した。だが、眼鏡すらかけていない菜緒に、彼の姿なんて見えるはずもない。

恐怖で躯《からだ》が震えたその時、何か目の端《はし》で黒い物体が動いた。

「な、何!?」

菜緒は驚きつつも、パーティションへ近づく。物置の傍で動くその物体の傍らには、柊生の着ていたダウンジャケットがあった。さらに顔を寄せて初めて、彼が菜緒に足を向ける形でベランダに這《は》いつくばっていると気付いた。

「しゅ、柊生さん？　あの、大丈夫ですか!?」

菜緒は柊生の足元にしゃがみ込み、恐る恐る手を伸ばして彼の足に触れた。

「……っ！」

柊生は、菜緒に返事すらしない。ただ、何かをしながら苦しそうな息を零《こぼ》している。どうすればいいのかとおろおろしていると、彼は躯をゆっくり後退させ始めた。

かすかに食器のぶつかり合う音が響く。上体を起こした時、柊生の手には食器の入った籠《かご》があった。

それは、菜緒が彼に渡したものだ。確か彼は、籠をパーティションの傍に置いていたはず。だが、無理な体勢でそれをこちら側へ引き入れたところを見ると、スムーズに持ってこられなかったのだろう。

「……悪い。少し、手間取った――」

「おい、これは男の残り香じゃないのか？　……もしかしてこの部屋に誰か男を連れ込んでたんじゃないだろうな？　おい、何故、そんなにベランダを気にしているんだ？　もしや、ベランダに!?」

ベランダに近い場所で声を上げているせいか、隣室の話し声がはっきり耳に届いてきた。しかも、五十嵐の彼氏はベランダに意識を向けている。このままここに座り込んでいるのは良くない。この場を立ち去ろうと、菜緒は柊生の腕を掴んで部屋に促《うなが》そうとするが、一足遅かった。

「ちょっと！」

ベランダの鍵を開ける音が聞こえた。ハッと息を呑む菜緒の前で、柊生は手にしていた籠を脇へ押しやる。そして菜緒に手を伸ばし、いきなり抱きついてきた。びっくりした菜緒は、思わず上体を退《ひ》いてしまう。それがいけなかった。

柊生の勢いも重なり、菜緒はそのまま彼と一緒に後ろへ倒れてしまった。

「悪い！」

「い、いえ……」

柊生に覆いかぶさられる体勢にどう反応すればいいのかわからず、声が詰まる。なのに彼の重みと温もり、熱い吐息を受け、菜緒の躯《からだ》の芯がじんわりとした熱を持ち始めた。心臓が早鐘を打ち、呼気のリズムも乱れていく。

「……菜緒って、意外と――」

柊生が何かを言いかけたと同時に、隣のベランダのガラスドアが開く音が響いた。

「誰かいるのか!?」

「いないって……。ほらっ、誰も……」

「いや、確かに何か音がした」

「あっ、ちょっと、何考えてるの？　そっちは菜緒ちゃんの！」

わたしの、何？　もしかして隣から覗こうとしている!?　──菜緒の躯が硬くなる。

すると、柊生が菜緒を庇《かば》うように頭を掻き抱いてきた。

「何言ってるんだ。もし強盗とかだったらどうするんだよ。……えっ？　律子、高遠さんが男に！」

「男!?　ちょっとそこ退《ど》いて！　……あらら。菜緒ちゃんってば、彼氏が来てたんだね。それで、早く家に帰りたくてうずうずしてたんだ」

彼氏？　早く家に帰りたい？

最初こそ何を話しているのかわからなかったが、すぐに五十嵐がこの光景を利用しようとしていると気付いた。おずおずと手を動かして、柊生の背に腕を回す。

「ご、ごめんなさい、律子さん。その、素直に言えなくて……」

柊生は五十嵐たちに背を向けたまま躯を起こし、腰を上げた。そして、菜緒を引っ張り立たせてくれた。

「ありがとうございます」

お礼を言って少し距離を取ろうとする。だが逆に、柊生が菜緒を引き寄せるように腰を抱いてきた。しかも、彼の指がそこを動き始める。親しげな愛撫に、菜緒の顔が紅潮していく。恥ずかしくて軽く俯《うつむ》いた時、五十嵐のクスクス笑いが響いた。

「なんだ、そっか。男の残り香って、菜緒ちゃんについてたんだね。あたしは気付かなかったけど、男ってどうしてそういうのがわかるのかな?」

「それは、お前があやしい態度を取ったからだろ!」

「だって――」

二人が言い争いを始める。でも、先ほどまであった剣呑《けんのん》さは薄れ、その声音は甘い色を帯びていた。菜緒はホッと胸を撫で下ろした。

二人の会話に入り込みたくはない。でも、このまま黙って部屋に入るわけにもいかず、菜緒は五十嵐たちに「あの!」と声をかけた。

「お騒がせしてしまってすみません。ご迷惑をおかけしました」

そう言って、菜緒は軽く頭を下げた。

「菜緒、もういいだろう? 部屋へ入ろう」

ここで、今まで黙っていた柊生が甘い声で言い、菜緒の肩を抱いてきた。そして、柔らかな髪に手を差し入れて梳《す》く。

「悪い……」

柊生が菜緒に囁《ささや》いた。何がと問う前に、彼の湿り気を帯びた吐息が唇に触れた。そこで初めて、彼が距離を縮めてきたのがわかった。

「柊生さ……っんぅ！」

　顔を傾けた柊生に唇を奪われる。彼は優しく唇を動かし、ついばみ、宥《なだ》めては、柔らかな菜緒の唇に舌を這《は》わせた。軽く触れ合わせるキスではない。まるで愛しいと言わんばかりの口づけに、周囲の雑音が消えていく。

　菜緒の下腹部奥が、じんわり熱を持ち始める。いつの間にか柊生を深く受け止めるように、顎《あご》を上げていた。そんな菜緒の背に、柊生の腕が回される。さらにきつく引き寄せられると、彼の舌が差し込まれた。

「……んくっ！」

　舌を絡ませられ、吸われ、いやらしく蠢《うごめ》かせてくる。こんな大人のキスは初めてだった。

　いつもの菜緒なら、親しくない男性に強引に口づけをされたら、絶対に拒んでいる。でも相手が柊生となると、何故か嫌悪感はなかった。抱きしめられる腕の力、体躯《たいく》から発散される熱に酔わされていく。

　もっと、もっと深いキスをして——そう請い願った時、キスは唐突に終わりを迎えた。唾液で濡れた唇に冷気が触れ、ぞくぞくした感触を引き起こされる。

「……さあ、行こう。俺たちの夜が始まる」

　柊生に促《うなが》されるものの、足が別物になったようで動かない。今までどうやって歩いていたのかと戸惑うほどだ。

菜緒は柊生に腰を支えられて部屋に入った。彼は後ろ手でガラスドアを閉めると、そこでやっと、菜緒に触れていた手を脇へ下ろした。続けて、彼は遮光カーテンを乱暴に引き、外の灯りを遮断する。

菜緒は部屋の真ん中に立ち、口づけでぴりぴりする唇に触れながら瞼《まぶた》を閉じた。どうして柊生とキスをする流れになったのか思い出せない。でも彼の傍にいると、これまでにないほど心が躍《おど》り、心臓が凄い速さでリズムを刻んでいく。パニックで目が回りそうだ。

早く気持ちを落ち着けて、自分を取り戻さなければ……。

菜緒は深呼吸して目を開け、暗闇に包まれた部屋を見回した。

「あっ、電気を点けなきゃ……」

柊生の傍を離れて電気のスイッチを入れようとするが、動き出す前に柊生に手首を掴まれた。

「電気は点けなくていい。いや、そうだな、間接照明にしてくれないか？」

「ど、どうして、間接照明なんですか？」

顔の見えない柊生を振り仰《あお》ぐ菜緒に、柊生が気怠《けだる》げに大きなため息をついた。

「一人暮らしの女性の家に恋人が来てる。しかも深夜にだ。これから恋人同士が仲良くしようって時に、煌々《こうこう》とした灯りを点けるのは不自然だろ？　薄暗い部屋にしておけば、俺たちがいい雰囲気になっていると律子の彼氏も思うはずだ」

「あっ、なるほど……。そういうことなんですね」

菜緒の頬は、羞恥《しゅうち》で染まった。柊生の言わんとする意味を、やっと察することができた。

それは、男女がベッドで愛を確かめる行為……

裸になった菜緒と柊生が躯《からだ》を重ねて、激しく互いを欲する光景が脳裏に浮かぶ。それを消すように、菜緒は激しく首を横に振った。

「……じゃ、あの、間接照明にしますね」

声が上擦るのを隠せないまま、菜緒はゆっくり壁際へ歩き、間接照明のスイッチを押した。ぼんやりとしたオレンジ色の灯りが天井に反射して、温もりのある空間に包み込まれる。

いつもなら暖色系の灯りに包まれて、リンパケアや柔軟体操をしてリラックスした時間を過ごすが、この状況は勝手が違う。男性を入れた経験のない部屋に、初対面でありながら唇を許した柊生がいるからだろう。彼と二人きりだと思うと、菜緒は自然と身震いした。でもそれは怖さというよりも、彼と同じ空間にいられる喜びのようなもの。

ああ、もっと柊生さんのことを深く知りたい――高鳴る胸に手を置き、速まる鼓動音に耳を傾ける。しばらくじっとしていたが、気持ちが落ち着いてくると肩越しに振り返った。菜緒に面《おもて》を向けている柊生に微笑みかける。

「ソファがなくてすみません。好きなところに座っていてください。あの、お酒は……もういいですよね？　日本酒を結構いただきましたし。……お茶、淹《い》れますね」

「大丈夫か？　あまり見えてないんだろ？　俺も手伝おうか？」

キッチンへ向かう菜緒に、柊生が心配げに声をかける。

「いえ、大丈夫です。自分の部屋で過ごす時はほとんど裸眼ですから」

そう返事してから、菜緒はいそいそと動き、電気ポットに水を入れてスイッチを押した。食後なのでほうじ茶がいいと考え、急須や湯のみを取り出す。お茶請けとして、以前仕事で知り合った方の店で購入した塩こんぶを小皿に添える。準備を終えて振り返ると、彼がベランダへ通じるガラスドアを閉めていた。

「どうかしましたか？」

「ダウンジャケットと籠《かご》を、ベランダに置きっ放しだったからさ」

カーテンをもとに戻す柊生の後ろ姿を、ぼんやりと眺める。セーター越しでもわかる、彼の強靭《きょうじん》さと、無駄な贅肉《ぜいにく》のない体躯《たいく》。あの広い背中に手を回して彼を抱きしめたのを思い返すだけで、また菜緒の心臓が早鐘を打ち始めた。

「……おい、どうした？」

いつの間にか振り返っていた柊生が、ゆっくり菜緒の方へ歩き出す。

「あっ、いえ！　なんでもないです。どうぞ座ってください」

柊生をうっとり眺めていたのを見られてしまった。菜緒はどぎまぎして俯《うつむ》きつつ、ローテーブルにほうじ茶を淹れた湯のみとお茶請けを置いた。彼はダウンジャケットと籠を脇へ置き、テーブルの傍に腰を下ろす。

「いただくよ」

柊生が湯のみを持ち、ほうじ茶を啜る。

「うん、美味い。それに、お茶請けに塩こんぶか。ハハッ、どれだけクライアントと仲良く――」

「はい？　……仲良く、ですか？」

柊生の言っている意味を理解できず、訊《たず》ね返す。すると、彼が慌てた様子で頭を振った。

「いや、なんでもない。それより、律子が眼鏡を壊したんだよな？　予備はないのか？」

「はい。でも普段は……コンタクトを使ってるので、支障はないですよ。仕事の合間を縫って買いに行ってきます」

「……俺も付き合おう」

付き合う？

菜緒は目を見開いた。大丈夫だと強く頭を振り、顔の前で手を振る。

「い、いいですよ！　一人で行けます！」

「拒まれると、余計に一緒に行きたくなるんだけど」

険のある声音に驚き、菜緒は目をぱちくりさせた。

「あの！　えっと……ごめんなさい。でも、本当に大丈夫です」

一歩近づこうとする男性から、また逃げ出す。本当は柊生の方へ踏み込んでみたい気になっているのに、ここぞというところで自分で線を引いてしまう。

菜緒は、情けない自分の性格に呆れてため息をついた。

「まるで警戒心の強い仔猫だな。……俺に何かを言いたいような顔をするくせに、俺が近づこうとすれば、毛を逆立ててさっと逃げる」

「そ、そんなことないです」

否定はするものの、柊生の的を射た言葉に、菜緒は居心地が悪くなってきた。もぞもぞ動き、目の前の湯のみに視線を落とす。

「何？　図星を指されて腹が立ったか？」

「そういう言い方、失礼ですよ！」

ずけずけ物を言う柊生に、菜緒は立ち上がって感情的に声を荒《あら》らげた。そこで初めて、男性に突っかかった自分に気付いて息を呑む。

「す、すみません！　わたし……そういうつもりでは――」

　不規則なリズムで打ち始める心臓に痛みが走る。菜緒は苦しくなって瞼《まぶた》をギュッと閉じ唇を引き結んだ。部屋はシーンと静まり、いつ柊生が怒鳴り返してもおかしくない空気に包まれていく。だが聞こえてきたのは、柊生の笑い声だった。

「大人しい性格なんだと思っていたが、きちんと自分の気持ちを言える女だったんだな。律子のことで俺に突っかかってきた時はびっくりしたが、それが菜緒の素《す》の姿か。すっかり騙《だま》されたよ」

　おかしそうに笑う柊生の声音に、菜緒を咎《とが》める色はなかった。

　怒っていない？　それどころか面白がっている？

「こういう展開になるなんてな。あの時、ヤバイなと思ったのに……」

「あ、あの？」

「菜緒……、さっきはキスして悪かったな」

　突然キスの話をされて、菜緒の下腹部奥がキュッと締め付けられた。生まれた熱がじんわりと波状に広がる感覚に、腰が抜けそうになる。

「い、いいえ……。あの時の流れでは、仕方ないとわかっています。まあ、その……酔って交わした……キスだと思ったらいいわけですし」

　今の言葉は嘘だ。菜緒は酔った勢いで、誰かれ構わずキスなんてしない。場を盛り下げるとわかっていても、キスを織り交ぜたゲームが始まったらそっと退席するのが常だった。遊びで簡単に唇を許したり、抱擁したりは決してない。でも、それを言えば彼は気にするだろう。なんでもないと大人ぶって肩をすくめるのが一番いい。

そう思うのに、柊生がキスの話をしたため、菜緒の唇はそこが第二の心臓になったかのようにずきずきと疼《うず》き始めた。菜緒が夢見ていた出会いではないはずなのに、心が彼に囚《とら》われていく。

「ふ～ん、菜緒の心は、あのキスでは動かなかったわけだ……」

「いえ、その逆です。あんなキスは初めてで、わたし――」

菜緒はそこでハッとして口を噤《つぐ》む。柊生の言葉に対し、心の中で思ったことを素直に口に出していた。顔が羞恥《しゅうち》で熱くなっていく。

「ち、違っ！」

激しく頭を振るが、足の踏ん張りが利かない。柊生とのキスを思い出して、腰が抜けそうになっていたのをすっかり忘れていた。

「あっ！」

足を横に出して体勢を整えようとしたが、踏み出した場所が悪かった。そこにある柊生のダウンジャケットを踏みつけて、足を取られる。

「キャッ！」

「お、おい！」

菜緒はつるっと滑《すべ》り、両腕を開いた柊生の胸に思い切り飛び込んでしまう。躯《からだ》に衝撃が走るが、彼が後ろに倒れながら抱きとめてくれたお陰で大事には至らなかった。

「すみ……ません！」

安堵の息をついて躯を起こそうとするが、背に回された柊生の手に力が込められて身動きできなくなる。

「あの、柊生さん？」

「あまり驚かさないでくれ」

柊生はかすれた声で囁《ささや》き、さらに菜緒を強く抱きしめて肩に顔を埋《うず》めてきた。菜緒の慌てぶりを笑うか、それとも危ないと怒鳴られるか、そのどちらかだと思っていただけに、拍子抜けしそうになる。

「えっと……」

戸惑いを隠せないまま柊生に声をかけた時、彼のムスク系の香りがふわっと漂《ただよ》ってきた。鼻腔《びこう》をくすぐる男らしい香りを胸いっぱいに吸い込むだけで、菜緒の躯は歓喜に包まれていく。幸せな温もりは四肢の先まで広がっていった。

柊生にずっと抱かれていたいという思いに駆られたが、菜緒の全体重をかけられた彼は苦しいに違いない。菜緒はフローリングに手をつき、彼の抱きしめる力に反発して上体をほんの少しだけ上げた。

「わたしは大丈夫です。柊生さんが抱きとめてくれたお陰で、どこも痛く……あっ！　柊生さんは大丈夫ですか？　頭、打っていません!?」

柊生の顔を覗き込む。これぐらい近ければ彼の目を見られるが、菜緒の影に入る彼の顔はよく見えなかった。不機嫌そうにしているのか、笑っているのか、それさえもわからない。

菜緒はそっと手を伸ばして、彼の肩口に触れた。

「……痛いところはありませんか？」

「俺はどこも怪我はしてない。それより、俺の意識は菜緒の……柔らかい胸にいってる。とても気持ちがいい」

「む、胸!?」

柊生の胸板で潰れている乳房に気付き、取り乱して離れようとする。だが、彼は菜緒の背中に触れる手をわずかに上へ移動し、動きを制した。もう一方の手は菜緒の後頭部に触れ、逃がさないとばかりに力が込められる。

「柊生さん！」

「さっき、俺とのキスは酔って交わすのと同じだと言ったが、酔えば簡単に男に唇を許すのか？　……今日の合コンでも、見知らない男としてきたってわけか？」

「いいえ！」

柊生の言葉に感情的になって、声を上げてしまう。そんな態度で彼に突っかかってしまった事実に戸惑い、菜緒は自然と彼の目から逃げた。

「そういう意味で言ったのでは――」

「じゃ、どういう意味？」

柊生は後頭部に触れていた手を動かし、口籠《くちご》もる菜緒の頬を親指で撫でた。静かな部屋で起こる親密な触れ合いに心臓が高鳴り、互いの息遣いや弾む拍動に意識が向いて口が重くなる。

菜緒は緊張に耐え切れず顔を背《そむ》けようとするが、それは許さないとばかりに強く抱きしめられた。柊生の胸元へ乳房を押し付ける姿勢に、息苦しさがどんどん増していく。

「逃げるな。君は、すぐに顔を背けて逃げようとする。構って欲しいくせに、ほんの少し俺が攻めれば爪を立ててそっぽを向くよな。本当、気まぐれな仔猫だ」

人の心を惑わす低い声で囁《ささや》かれるだけで、言葉の一つ一つが、とてもエロティックなものに聞こえてくる。そのせいで、菜緒の脳の奥に熱が溜まっていき、ボーッとしてきた。

「わたし、別に気まぐれというわけでは……」

舌が乾いて上手く言葉を紡げない。それでも信じて欲しいと、菜緒はよく見えない柊生の顔に目を向けた。

「食いつくのはそこ!? ……やっぱり、俺の知る女たちと違って調子が狂うな。それがまたいいというか……。クソッ、律子にしてやられた感に凄いムカつく。でも、律子だけが悪いんじゃないんだよな。俺の興味ばかりを惹く、お前が悪い」

何もしていないのに菜緒が悪いみたいな言い方をされて、一瞬ムッとする。だが、それさえも柊生の笑いを誘う。

「何故笑うんですか!」

菜緒は身じろぎして、柊生から離れようとする。その時になって初めて、下腹部にあたる硬い感触に気付いた。その意味がわかった途端、柊生の昂《たかぶ》りが触れたそこが火がついたのではと思うほど熱くなっていった。動きたいのに、彼を刺激すると思うと動けない。どうしようと考えれば考えるほど躯《からだ》が強張《こわば》り、呼気の間隔がだんだん狭まる。零《こぼ》れる吐息も、湿り気を帯びてきた。

「……そういう反応も、また新鮮だ」

柊生は菜緒の頬に触れていた指を動かし、浅くなった息を零す唇に沿わせる。

「なあ、まだ答えを聞いていないんだけど? ……酔うと男に唇を許すのか? 演技なら、誰にでもキスするのか? 男の背に手を回して抱き寄せるのか?」

「わ、わたしは……」

菜緒はなんと言えばいいのかわからず、口籠《くちご》もった。大人の女性らしく、キスなんてどうってことないと言いたいのに、逆に節操のない女性だとも思われたくなかった。いったいどうすればいいのだろう。

「菜緒？」

菜緒はハッとして、柊生を窺《うかが》った。彼が何を考えているのかはわからない。だが、彼に愛しげに名前を呼ばれると、嘘をつくのではなく、正直な思いを伝えたいという感情が込み上げてきた。

「なんとも思っていない男とキスをするのかしないのか、どっちだ？」

早鐘を打つ心音で息が弾み、菜緒は上手く声を出せないでいた。きちんと話せるか不安もあったが、なんとか気持ちを伝えようと声を絞り出す。

「……しません。酔って気分が高揚したとしても、わたしは……誰とでもキスする女じゃありません」

「じゃ、何故俺には許した？　律子を助けるために……仕方なく受け入れたのか？」

「いいえ！　……あの、もちろん最初はびっくりしました。ただわたしは、律子さんを助けるためであっても、その場のノリでキスはしません」

「……なら、どうして？　俺に唇を奪われても、舌を入れられても、菜緒は拒まなかった」

柊生の柔らかくて、日本酒のフルーティな香りが残る舌を差し込まれた感触が甦《よみがえ》ってきた。菜緒の顔に血が集中して、火が出そうなほど火照《ほて》ってくる。

「俺の箍《たが》がはずれたって、途中でわかっただろ？　それでも嫌がらず受け入れたってことは、菜緒の気持ちが俺に向いていると思っていいのか？　唇を塞がれてもいいと思うほどに？」

「そ、それは――」

菜緒は深呼吸し、柊生の形のいい唇に視線を落とす。その時、もう一度彼と口づけを交わしたいと自《みずか》らが願っていることに気付いた。菜緒はうっとりと瞼《まぶた》を閉じる。

「……はい」

想いを正直に認めた途端、菜緒の心臓が早鐘を打ち始めた。躯《からだ》の奥深くが燃え、彼への想いが膨れ上がっていく。甘いうねりが躯を包み込む心地よさに、そっと目を開けた。菜緒の後頭部に添えられていた柊生の手に力が込められ、引き寄せられる。そして二人の湿った吐息が、唇の上でまじり合う。

「……っぁ」

小さな声を漏らした時、菜緒は彼に唇を塞がれた。唇を開けろと舌で舐められ、我慢できなくなって開くと、彼の舌がぬるっと口腔《こうこう》に差し入れられた。歯列をなぞられ、舌を絡められ、上顎《あご》の裏を舐められる。巧みな舌の動きに抗《あらが》えず、菜緒はされるがまま受け入れた。

「っんぅ……んふぁ」

柊生を誘う声が漏れる。あまりにも激しい彼の求めにくらくらしてきた。だが意識は、大きく硬くなって菜緒の下腹部を突く彼のシンボルに向けられる。それを生かした行為に移りたいと、彼が擦《こす》り付けてくる。さらに、彼の武骨な手は、我が物顔で菜緒の衣服の上を這《は》い回った。そのたびに菜緒の躯の芯は焦げるような疼《うず》きに見舞われ、キスが深くなればなるほど手足の力が抜けていった。

「ぁ……んんっ！」

「菜緒っ……」

口づけの合間に、何度も名前を呼ばれる。菜緒は柊生に求められる幸せに酔い、いつしか冷静な判断ができなくなっていった。感じるのは、菜緒を貪《むさぼ》り尽くす勢いの口づけ、躯を這う愛撫、そしてさらに先を望み押し付けられる彼の昂《たかぶ》りだけになっていく。

「あ、はっ……んぅ」

柊生の手が、菜緒のセーターの裾《すそ》を捲《めく》り上げ、シャツの中に忍んできた。冷たい手が柔肌《やわはだ》をまさぐる感触にハッとなるものの、気付いた時には簡単にブラジャーのホックをはずされていた。あまりの手際の良さに驚いて逃げようとするが、いとも簡単に彼に組み敷かれてしまう。彼は菜緒のスカートが乱れていても気にせず双脚を両膝で挟み込み、身動きできないように体重をかけて上体を起こす。

「ああ、とても綺麗だ！」

柊生の手で乱されたセーターとシャツは捲《めく》り上がり、胸が露《あらわ》になっていた。彼の目がそこに釘付けになっていると感じ、片腕で隠そうとする。そうする前に彼の両手が伸び、柔らかな乳白色の乳房を鷲掴《わしづか》みにされた。弾力を確かめては揉み、揺すり、硬く尖った乳首を指の腹で捏《こ》ねくり回す。

「あっ、い、イヤ……」

自分の乳房をまさぐる柊生の手の甲を、菜緒は咄嗟《とっさ》に掴んだ。その拒みも意に介さず、彼は急に上体を前へ倒して菜緒の唇を塞ぐ。巧みな舌使いで簡単にこじ開けられ、口腔《こうこう》を侵される。いやらしい動きで濡れた舌を絡めては、菜緒の乳房を揉みしだいた。軽く腰を上下に動かし、ズボンの生地を押し上げる硬く漲《みなぎ》った怒張を、パンティ越しに擦《こす》り付けてくる。意味深な動きが何を求めているのかわかると、菜緒の秘所が充血し、彼を受け入れようと戦慄《わなな》き始めた。

「っんぁ……は……ぁ！」

菜緒は柊生の手の甲に爪を立て、送り込まれる快《こころよ》い刺激に躯《からだ》をしならせた。それが、菜緒を正気に戻した。セックスの経験があれば別かもしれないが、まだ一度もないからこそ、高まった興奮に流されてはいけないと自分を戒《いまし》める声が頭の中で響く。

頭を左右に動かして、柊生のキスから逃れる。再び唇を塞がれる前に、菜緒は「ま、待ってください」とかすれた声で懇願《こんがん》した。だが、彼に顎《あご》を掴まれ、顔を上げろと促《うなが》される。

「あのさ、……逃げても俺は追いかけるよ？　駆け引きを仕掛けてきたのはいったい誰なのか、それを忘れてもらっては困る。いいか、俺のスイッチを入れたのは君だ」

「ごめんなさい。そういうつもりではなくて……」

菜緒は捲り上げられたセーターを下ろして胸を隠し、そっと柊生を仰《あお》ぐ。

ここまで柊生を受け入れておきながら途中で拒むなんて、菜緒自身酷《ひど》いことをしているとわかっている。でも、どうしてもこの先へは進められない。

「だ、だって……、数時間前に会ったばかりなんですよ。すぐに躯を重ねられません！」

まだ情熱が燻《くすぶ》っているせいで声がかすれたが、菜緒は素直に自分の気持ちを告げた。

柊生が菜緒をじっと見下ろす。彼の顔がはっきり見えないので何を考えているのかわからない。それでも菜緒は、勇気を振り絞って彼に詰め寄った。

「柊生さん、わかってますか？　わたしをどう想ってくれているのか、まだ何も言ってくれてないんですよ？　それに、わたしだって柊生さんのことをあまり知らないですし……」

その場の勢いだけで、わたしの初めてを捧げられないんです！　――言えない言葉を目に宿して、柊生を見上げる。

「……そういえば……そうだった、な」

柊生はしみじみと言い、何かを考え込み始めた。しばらくして彼は菜緒の手を掴み、上体を引っ張り起こしてくれた。彼の行動が読めず、菜緒は戸惑いながら彼を窺《うかが》う。

確かに先ほどまであった、菜緒を欲しいという柊生の欲望。それが、蝋燭《ろうそく》の火を吹き消したみたいになくなっていた。それだけではない。彼は菜緒の傍を離れ、ダウンジャケットを拾って立ち上がる。

「あ、……あの？」

この展開に頭が追いつかず、菜緒は恐る恐る柊生に呼びかけた。

「君の言うとおりだ」

「えっ？」

柊生が振り返り、菜緒を見下ろす。

「事を急ぎ過ぎるのは良くないと言ったんだ。確かに……君は俺をまったく知ろうとはしないし、気付こうともしない」

「……あの、何を、ですか？」

柊生に続いて立ち上がろうと、フローリングの床に手をつく。なのに足腰に力が入らない。立つのを諦めた菜緒は、柊生を見上げた。

「俺がここまで誰かの気持ちを尊重するなんて、焼きが回ったか。だけど、そういう風にさせられるのも……うん、悪くはないな」

柊生が菜緒に数歩で近づき、ゆっくり前屈みになって顔を近づけてきた。これまでとは違い、間接照明の灯りが彼の面《おもて》を照らす。ぼんやりとした輪郭が徐々に濃くなり、彼の顔が浮かび上がる。精悍《せいかん》な相貌《そうぼう》に心臓がドキンと高鳴ると同時に、唇を塞がれた。これまでの激しいものとは違う優しいそれは、キスで膨れ上がった菜緒の唇をついばんでは舐める。そうされるだけで背筋に疼《うず》きが走り、硬く尖った乳首がセーターの毛糸に擦《こす》れて痛みを感じた。

「……っんぅ！」

喉の奥で呻き声を漏らすと、柊生が口づけを止めた。いつの間にか閉じていた瞼《まぶた》をゆっくり開けると、彼はもう菜緒に背を向けて歩いていた。

「しゅ、柊生――」

「俺は、菜緒と違ってもう三十代だ。学生みたいに、好きだの嫌いだのと言った言葉を囁《ささや》く恋愛はもうできない、そう思っていた。なのに、なんでこう調子が狂うんだろう。……振り回されるのも悪くないって思うほど、俺は君の虜《とりこ》になってる」

それって、わたしを好きって意味ですか⁉　――そう言おうとしたが、柊生が肩越しに振り返って微笑んだため、菜緒は言葉を呑み込んだ。

「じゃ、また明日な……高遠さん」

柊生が廊下へとつながるドアを開けて、姿を消す。やがて、玄関ドアが開く音、続いてオートロックの鍵がかかる音が聞こえた。部屋はシーンと静まり返るが、菜緒はまだ正気に戻らなかった。だが、ふらつきながらも立ち上がり、窓辺へ寄ってカーテンを開ける。

マンションの表玄関を見下ろしていると、やがてそこに一つの人影が現れた。黒い塊《かたまり》が動いているとしかわからないが、菜緒にはそのぼんやりとした影が柊生だとわかった。

「……そういえば、明日ってどういう意味？」

出ていく間際に放った柊生の言葉が、今ごろになって頭の中でぐるぐる渦《うず》巻く。他にも何かが気になるのに、それがなんなのかわからない。心の奥がざわついて、痛みまで出てきた。胸に手を置き、心臓を握るようにセーターを握り締める。

菜緒は黒い塊が暗闇と同化するまで、じっと彼を見ていた。

二

――翌日。

インテリアデザイン会社のコントラクト事業部に所属している菜緒は、商談のため、仕事上でペアを組んでいる課長補佐の桧原《ひのはら》とシティホテルのラウンジに来ていた。

コントラクト事業部の仕事は、社内にある内装設計事業部が請け負っている仕事を確認するところから始まる。そして、内装に続いて空間デザインの契約も取るために、クライアントと商談を重ねる。契約を取れて初めて、仕事に成功したことになるのだ。顧客とのやり取りは大変だが、菜緒は自分の仕事にやりがいも感じている。今回も、菜緒たちは内装設計を終えているクライアントに接触していた。

二人の前には、栃木県那須岳《なすだけ》の麓《ふもと》で老舗《しにせ》旅館、彩郷荘《さいごうそう》を営む社長と専務が座っている。彼らは広げた資料ファイルを見ては、腕を組んでうなり声を上げていた。

「うーん、あなたたちの言い分もわかるんだけどね……、室内雑貨などは女将《おかみ》や若女将が既に目ぼしいものをチェックしているんですよ」

社長は渋い顔をしつつも、現在リノベーション中の内装に合わせて提案されたデザイン画に、目を奪われていた。

「そうですよね。すぐに答えなんて出ないですよね」

桧原が、神妙な声音でクライアントの気持ちに同調する。菜緒は手元の資料を見ながら、ちらりと横に座る上司を窺《うかが》った。外見で人を判断するわけではないが、つくづくもう少しだけ身だしなみを整えたらいいのにと思ってしまう。

だからといって、小汚いわけではない。桧原の肌は三十代の男性にしては綺麗だし、髪型も丁寧なデザインカットをしている。ただ、お洒落《しゃれ》感がまったくなく、とても地味だった。黒縁フレームの眼鏡は、男性を理知的に見せるアイテムにもなり得るはずなのに、何故か彼がかけるともっさりとしたイメージになる。そんな姿だから、普通に笑っても頼りなく見え、誰が見ても契約を取る職には向いていないと思われていた。

ところが、桧原のコントラクト事業部での成績は、飛び抜けて良かった。数年前に転職してきた彼は、コントラクト事業部に配属されるなり業績を上げ、二十代後半に課長補佐となる。菜緒が彼とペアを組むことになったのは、一年前の春。当然、尊敬する上司と組めることに舞い上がった。彼から得られるものは、なんでも盗む。その意気で必死に彼についていっているが、今もまだ彼の何が凄いのか、よくわからなかった。

とはいえ、上司とペアを組んで見てきたことはある。彼は物腰柔らかな態度と、相手を威圧しない朗《ほが》らかな笑みで、難しい契約であるにもかかわらず、相手に判を押させてしまうのだ。だが、そこに契約のスペシャリストを連想させるものは何もない。それなのに、彼の成績は部署内で常にトップ。本当に凄い上司だ。

「……そう思いませんか、高遠さん？」

自分の名を呼ばれて、菜緒は我に返った。六十代の社長と、その息子の専務が菜緒を見て、返事を待っている。

今、何の話をしていたの!?

内心あたふたしていると、桧原がクライアントに渡したデザイン画のコピーの一部分を指した。

「ここね、壁紙の一面にだけ暗い色を持ってきているよね？　それでなくても部屋が暗く見えるのに、どうして雑貨にも暗い色を持ってくるのかとおっしゃっているんだ。部屋が暗くならないかと心配されているんだよ。高遠さんが、その疑問に答えて差し上げなさい」

インテリアデザイナーの肩書きを持つ君の力を、ここで発揮しなさい――そう言わんばかりに桧原に促《うなが》されて、菜緒は背筋をピンッと伸ばした。

「これは、目の錯覚でお部屋を広く見せる手法なんです。たとえば――」

白を基調とした雑貨は、確かに部屋を清潔に見せてくれるし、明るくしてくれる。但し、膨張色でもあるので、主張し過ぎてしまう傾向がある。そうなると、余計に目の端《はし》に入りやすくなり、心を落ち着かなくさせるのだ。また、彩郷を訪れる客層は、年配の夫婦と、特別な時間を過ごすカップルが主だ。何故シティホテルではなく、老舗《しにせ》旅館を訪れるのかを考えた場合、その目的は安らぎだろう。ならば客の求める空間を提供することを第一に考えた方がいい。

「なるほど……。若女将《おかみ》は、白色で統一して清潔感を出したいと言っていたが、高遠さんが説明してくれたように、こちらの方が……年配のご夫婦は落ち着いた時間を過ごせるかもしれないな」

社長と専務は、先ほどとはまた違う目でデザイン画に集中し始める。しばらく二人が話し込むのを黙って聞いていたが、桧原が手元の手帳を開き、スケジュールに指を走らせた。

その時、桧原の手の甲にある引っかき傷が目に入った。

爪でつけられた、痕《あと》？

どうしてそんなところにできたのかと小首を傾げる菜緒の隣で、桧原は難しそうな顔をする。だが彼は早々に手帳を閉じ、クライアントの方へ意識を向けた。

「確か、明後日《あさって》には戻られるんですよね。明日の夜、よろしければ夕食をご一緒にいかがでしょうか？　そこで今回のお返事をいただけませんか？　申し訳ないのですが、実は彩郷さまの春オープンに間に合わせるには、ここ数日で契約を結ばせていただかないと、時間的にかなり難しくなるんです。もちろん女将《おかみ》や若女将のご意見も伺って、柔軟に対応しますので……」

桧原が申し訳なさそうに伝えると、社長は力強く頷いた。

「そうだね。私も時間に余裕がないのはわかっている。これまで何度も足を運ばせてしまって悪かったね。しかも契約するかどうかはわからないのに、彩郷のイメージに合うデザイン画を何枚も用意してくれた。ありがとう、桧原さん」

社長は隣に座る専務に「では、あとは私たちで話を詰めよう」と言い、席を立った。

桧原に続いて菜緒も立ち上がる。

「明日、いいお返事をいただけるのを楽しみにしています」

にこやかに微笑む桧原と社長が挨拶《あいさつ》を交わし、彼らとはラウンジで別れた。

菜緒は、桧原と一緒にエントランスへ向かった。外へ出る直前に立ち止まり、腕にかけていたコートを羽織って外へ出る。

瞬間、冷たい風が吹き込んで素肌を撫でていった。

「ひゃぁ、寒い！」

菜緒はたまらずコートのポケットに手を突っ込む。すると、桧原が自然な動きで菜緒の風上に立ち、冷気をふくむ風から守ってくれた。ホテルの敷地を出て風向きが変わると場所を移動し、再び大きな躯《からだ》で盾《たて》になる。

「ありがとうございます」

菜緒は背の高い桧原を見上げ、感謝を込めて頬を緩めた。

「いいえ、気にしないでください。僕の大切な部下に風邪をひかれたら困りますしね」

優しげににこりとする桧原は前を向き、ホテルの敷地を出て近くの駅へ向かう。菜緒は、歩幅を合わせて歩いてくれる彼の横顔をこっそり窺《うかが》った。

長い髪の毛が、目元を隠すように眼鏡のレンズにかかっている。もう少し前髪を短くするか、整髪料で髪に動きを出して肌色の面積を広げれば、暗いイメージも払拭されるだろう。太くて大きなネクタイの結び目を小さくすれば、野暮《やぼ》ったい印象もがらりと良くなるに違いない。でも彼はお洒落《しゃれ》には無頓着だ。それが本当に残念でならなかった。

「高遠さん？　明日の夜は、接待です。必ず空けておいてくださいね」

「は、はい！」

盗み見していたのがバレたのだろうか。菜緒にちらりと向ける桧原の目は、部下が何を考えて上司を見ていたのかお見通しだと言わんばかりだ。菜緒が口籠《くちご》もった途端、彼の口元がふっとほろこぶ。それを見て、菜緒は天を仰《あお》ぎたくなった。だがそんな菜緒の隣にいる彼は、一切個人的なことは口にせず真正面を向いた。

「このあとはアポは入っていないので、真っすぐ会社へ戻りましょう。少し遅めの昼休みを取ったあとは、彩郷の空間設計事業部の担当者と会い、調整の準備に入ります。明日の契約は取れると思うのでね」

「えっ？　取れると思うんですか？」

「誰に言っていますか？」

突然桧原が流し目で菜緒を見てくる。今まで彼がそんな風に菜緒を見たことはなかった。上司の目つきに思わずドキッとして、さっと顔を背《そむ》ける。

な、何!?　今の！　——心の中であたふたするが、桧原の目は笑っていた。今日の商談に手応えを感じて、高揚しているだけに違いない。いったい自分は何を勘違いしているんだろう。

「すみません、わたしが間違っていました。そうですよね、桧原さんが取れると思った契約を逃すなんてあり得ないのに……」

菜緒は申し訳なく思いながら顔を上げた。そして、信頼の情を伝えるように微笑む。その途端、彼が息を呑んで目を見開き、まじまじと菜緒の顔を見つめてきた。

「あの、どうかなさいましたか？」

「いや……あ、いえ、別に、なんでもありません」

桧原は手で口元を覆い、さっと目を逸《そ》らす。また、彼の手の甲にできた赤い筋が目に飛び込んできた。ラウンジで見た時よりも、ぷっくり膨らんでいるのがわかる。身だしなみに無頓着な桧原が消毒しているはずがない。会社へ戻ったら、彼の手当てをしよう。救急箱くらい、部署内に置いてある。

菜緒は桧原と一緒に電車を乗り継いで、会社へ戻った。

部長の呼び出しで桧原が席をはずしている間に、菜緒は遅めの昼食を取り、コントラクト事業部に戻ってきた。

「あっ、皆……まだ帰ってきていないんだ」

部署には誰もおらず、部屋はシーンと静まり返っている。

菜緒は入り口に立てかけられたホワイトボードを見て、他のメンバーの仕事状況を確認した。建売住宅展示会回りや、現在交渉中のクライアントのところへ行くなどで、皆、直帰マークがついている。

終業までの残り数時間は、桧原と二人きりか……

尊敬する上司と二人きりになったことは、これまでに何回もある。仕事もしやすく、緊張を覚えたことは一度もないのに、今日に限って妙にそわそわする。先ほどの帰り際に見せた、桧原らしくない流し目に影響を受けているのかもしれない。

これも昨夜、柊生と出会って身も心も敏感になっているせいだろう。耳元で聞こえた彼の吐息、躯《からだ》に触れてきた手の感触を思い出すだけで、自然と熱が生まれて動悸《どうき》が激しくなる。

「ダメダメッ！」

菜緒は激しく頭を振って、ボヤけた柊生の面影を振り払い、自分の席に座った。

「……うん？」

キーボードにメモ用紙が挟まれている。手に取って伝言を読むが、内容が頭に浸透するにつれて顔が真っ赤になり、手足にまで熱が広がっていった。恥ずかしさのあまり、それを手のひらの中でくしゃくしゃにしてしまう。

メモには〝しゅうせい様からTEL有り。また連絡する。……とのこと〟と書いてあった。彼は菜緒の勤め先を知らない。だが、こうして電話をかけてきたということは、五十嵐に菜緒の勤め先を訊《き》いたのだろう。そして彼は、自分で電話番号を調べたのだ。彼の本気度が伝わってきた。昨夜言っていた〝明日会おう〟という言葉に偽りはなかったのだ。

菜緒は柊生の従姉《いとこ》を思う優しさや、困難が降りかかっても前を向く姿勢に惹かれた。その彼ともう一度会えるかもしれないと思っただけ、胸が躍《おど》るのを止められない。

ああ、どうしよう……！

「何をしているんですか？」

突然頭上から優しい声が降ってきた。菜緒がハッと我に返って顔を上げると、そこには桧原がいた。

「疲れましたか？」

「あっ、いえ！　……少し、ボーッとしてしまって……」

誰もいなかったとはいえ、仕事中に柊生との関係に思いを馳《は》せるなんて何をしているのだろう。

菜緒は手にしたメモ用紙をさらに強く握り締めた。

「それは？」

手の中のメモ用紙を指されて、慌てて傍らのゴミ箱に放り投げた。

「……あっ、別になんでもありません」

「ふぅーん」

桧原はそう言った直後、背を向けて自分の席へ向かう。だが菜緒は、彼のいつもと違う低い声音に驚き、広い背を目で追った。

今のは、本当に桧原の声？　菜緒の知るアルトがかった優しい声色とは全然違う。

「どうかしましたか？　高遠さん？」

席に座った桧原が、菜緒に声をかける。その声音は聞き慣れたもので、いつもと変わらなかった。

もしかして、今のは聞き間違いだったのだろうか。

「いえ、何もありません。あっ、コーヒーを淹《い》れますね」

心の中で小首を傾げながら席を立った菜緒は、部屋の隅にあるコーヒーサーバーへ行き、二人分のコーヒーを淹れた。一個は自分のデスクへ置き、もう一個を桧原のデスクに置く。ちらっと彼のデスクトップを見ると、空欄がほとんどないスケジュール表が表示されていた。彼の手元にはプリントアウトされた資料が置かれている。一番上にある書類には、彩郷に渡す雑貨の価格票と在庫の有無、そして取引先コードが明記されていた。

「もう調べられたんですか？」

「そうですよ。たった一日だけの差だと思うかもしれませんが、潤滑《じゅんかつ》に進めるには、何事もまず先手必勝です。わかりますか？　それを欲しい、手に入れたいと思ったら、自分から動くんです」

「はい！」

　桧原の指導に、菜緒は元気良く頷いた。頭の中で先手必勝と繰り返し、自分の席へ戻る。

「高遠さんのパソコンに、内装設計事業部から送られてきたクライアント情報を送信しました。報告書の作成をお願いします。特に……ベイエリアのシティホテル契約は是非取りたい案件なので、慎重に下調べしてください」

「はい、わかりました」

　菜緒はパソコンの電源を入れ、桧原が送ってきたクライアントデータの確認作業に没頭した。部屋に響くのはキーボードを叩く音だけで、どちらも声をかけない。お互い目の前の仕事に集中していたので、瞬《また》く間に数時間が過ぎていった。

　退社時間になり、菜緒は椅子に座ったまま両手を突き上げて、凝《こ》り固まった筋肉を伸ばした。ふと視線を感じて横を向くと、頬杖をついて菜緒をじっと見つめる桧原と目が合う。

「あの、何か急ぎの仕事がありましたか?」

「いいえ、何も……。私たちがペアを組んで以降、こうして静かに仕事をするのが常だったなと思っていたところです」

「はあ……」

桧原の言わんとしていることがわからず、菜緒はきょとんとする。その時、彼の手の甲に走る赤いミミズ腫《ば》れが目に入り、「あっ!」と声を上げた。

「……どうかしましたか?」

何故か面白そうに口元をほころばす桧原に背を向け、菜緒はコーヒーサーバーの隣にあるキャビネットへ向かった。小さな救急箱を手にすると、真っすぐ彼のデスクへ向かう。

「高遠さん?」

桧原のデスクの上に救急箱を置いたまではいいが、もしかしてこれは出過ぎた真似だったのではと不安に駆られる。不思議がる彼に見上げられては、尚更だ。だが、この行為に深い意味はない。純粋に無頓着な上司を見かねての行動だと自分に言い聞かせて、救急箱から絆創膏《ばんそうこう》を取り出す。

「実は、商談している時から気になっていたんです。猫にでも引っ搔かれたんですか?」

「手の甲の、ですか?」

「はい。ダメですよ。こういうのはきちんとしておかないと……」

さあ、手をデスクの上に置いてください――そう言おうとした時、桧原がクスッと笑った。

「……ええ、とても元気な仔猫に引っ掻かれました。懐く……とはまた違うんですけどね、とても可愛くて。爪を立てられても、その痛みを帳消しにしてしまうほど……私は仔猫に夢中になってしまったんです」

「そんなに可愛かったんですか？　野良《のら》ですか？　それとも、桧原さんが家で飼われていらっしゃるんですか？」

そう訊《たず》ねると、桧原が長い指で愛しげに引っかき傷を撫でた。無骨なごつごつした手を見て、何かが頭を過《よ》ぎる。それが何かわからず、菜緒は男らしい手を見るともなしに眺めた。

「飼い猫ではないです。どうも私は……仔猫の世話を焼いたり、一途に可愛がったりできるタイプではないので、興味を持たないようにしていました。でも、そういうのは自分で決められるものではないんですね。するっと私の心を虜《とりこ》にしてしまった。ですから、私は手に入れると決めたんです」

「桧原さんがそう言ってしまうほど、可愛い猫ちゃんなんですね」

桧原が菜緒に手を差し出す。菜緒は封を破って絆創膏を持つと、傷口に貼った。処置を終えると、菜緒は救急箱を持って彼に背を向けた。

「飼うと決めたら、最後まで責任を持って可愛がってくださいね。愛情を注げば、きっと爪を立てなくなります。でも、爪を研《と》ぐ場所も必要ですけどね」

菜緒は実家で飼っている愛猫を思い出してふふっと笑い、救急箱をキャビネットに入れて戸を閉めた。そして、何気なく振り返る。

瞬間、菜緒は息を呑んで一歩下がり、思い切り背中をキャビネットに打ち付けた。何故か桧原が傍にいて、躯《からだ》が触れ合ってしまいそうなほどの距離に立っている。

「あ、あ、あのっ！　どう、されたんですが⁉」

どぎまぎして目を泳がせつつ、これ以上桧原が傍へ来ないよう胸の前に両手を上げる。肩を押し返したいのに、彼に触れてしまうと思っただけで動けない。

数十秒前は、気軽に桧原の手に触れていたのに！

でも、あれとこれとはまったく別だ。あたふたしていると、桧原がキャビネットに片手を置いて菜緒に躯を傾けてきた。二人の距離がさらに縮まり、顔がどんどん近づく。上司らしからぬ態度に頭の中が真っ白になり、菜緒はさっと顔を背《そむ》けて目を瞑《つぶ》った。

「ひ、桧原さ――」

「もちろん、他の誰にも懐かないよう、俺が責任を持って可愛がるさ。爪を立てられるのは好きだし。だから、他の場所で爪を研ぐ真似はさせない」

耳殻《じかく》に触れる吐息にドキッとしたが、それよりもいつもと違う低い声音と、男臭さを感じさせる言葉遣いに、菜緒の心臓に鋭い痛みが走った。

この声を覚えている。視界がはっきりしない代わりに、聴覚を研ぎ澄ませて集中していたため、今では忘れられない記憶となって脳に焼きついている。

でも、まさか……

菜緒の手足が急に冷たくなり、躯がふらつく。それをなんとか堪《こら》えてゆっくり横を向き、間近にある桧原の顔を見つめた。手で掻き回したのか、普段よりも乱れた髪が、黒色のフレーム眼鏡のレンズにかかっている。そこにいるのは、確かに見慣れた上司だ。

その時、間近でレンズ越しの目を覗き込んで、菜緒はハッとした。

桧原のかけている眼鏡のレンズには、度が入っていない！

「まだ、気付かないのか？」

おかしそうに口角を上げる狡猾《こうかつ》な笑みに、菜緒の躯の芯に衝撃が走った。彼の唇の形は、記憶にあるものと一緒だ。

どうして？　……どうして!?

「本当はもう少し黙っておこうと思ったんだけどな。でも、知らず知らず煽《あお》られるのはたまらないんでね。……駆け引きは、もう終わりだ」

桧原は少しだけ躯を離し、眼鏡をはずした。それをおもむろに胸ポケットに入れ、彼が目を覆うほど長いぼさぼさの髪の毛を掻き上げて後ろへ撫で付ける。すると、先ほどまでそこにいた柔らかな笑顔を持つ上司はいなくなった。

桧原が、いや、柊生が菜緒を面白そうに見つめている。その彼が手を伸ばし、菜緒の頬に触れようとしてきた。

「なっ！」

ビクッとして声を出した瞬間、菜緒の腰が一気に抜けた。キャビネットに体重をかけて、ずるずるとへたり込む。

真面目でありながら少し抜けたところのある、桧原課長補佐。難しい商談でも何故か簡単に契約をもぎ取ってくる有能な上司は、もう菜緒の前にはいない。そこには、昨夜菜緒を魅了した柊生がいた。

柊生は腰を落として膝を突き、菜緒と視線を合わせる。そしてこれ見よがしに、菜緒が彼の手の甲に貼った絆創膏《ばんそうこう》に顔を寄せ、唇を落とした。

「これ、誰がつけたのか気付かないのか？　可愛い仔猫にキスしたら、手の甲に爪を立てられたんだ。その痛みが俺の欲望に火を点けた。だがそうなったのは俺だけじゃない。俺の腕の中にいた仔猫も躯《からだ》を熱くさせ、もっとと望むように打ち震えていた。俺はそんな彼女が可愛くて、縋《すが》ってくれる菜緒から手を離せなくて――」

柊生に顎《あご》を掴まれ、無理やり顔を上げられる。

「言ったろ？　振り回されるのも悪くないって」

柊生が菜緒の唇の上で囁《ささや》き、顔を傾けて口づけた。

「……っんぅ！」

唇を触れ合わせられた途端、菜緒の躯は沸騰《ふっとう》したみたいに熱く燃え上がった。スカートをきつく掴んで湧き起こる快感を抑えようとするが、それは無理だった。柊生の唇が動き、甘噛みしてくる。舌で口腔《こうこう》を侵されるだけで、快《こころよ》い疼《うず》きに支配される。

いつしか柊生は菜緒の顎を掴んでいた手を頬へ、後頭部へと滑《すべ》らせてキスを深めてきた。

「っふぁ……っぅ」

柊生の舌が我が物顔で蠢《うごめ》き、菜緒の舌を絡め取る。直前まで飲んでいたコーヒーの芳《ほう》醇《じゅん》な香りが、口の中に広がった。昨夜のキスは、大吟醸のフルーティな香りで酔わされた。でも今は、上司に淹《い》れたコーヒーの香りに翻弄されている。

菜緒が心惹かれたのは柊生であって、上司の桧原ではないのに！

菜緒は掴んでいたスカートを離すと、柊生の胸に手を置いて彼を突っぱねた。

「……離してください！」

「菜緒？」

キスで息を弾ませながら、菜緒は熱いものに触れたかのように、さっと柊生の胸に触れた手を離す。

「ど、どうして……何も言ってくれなかったんですか？　昨夜、わたしを見て、すぐにわかったんですよね？　それなのに、何故知らない振りをしたんですか！」

声がかすれるのにも構わず、菜緒は柊生を責め立てた。だが、彼の昨夜の行動が不意に甦《よみがえ》り息を呑んだ。彼は五十嵐と話す菜緒を見るなり、顔を背《そむ》けて部屋に戻り、菜緒が部屋に入るなら帰ると言った。あの時、彼は菜緒に素性《すじょう》を知られたくないと思ったのだ。

バレたくなかった――それは部下の菜緒とかかわり合いになりたくないという柊生の意思表示だろうか。それとも、上司の桧原と、普段の柊生を使い分けていると知られたくなかった？

不意に悲しみが込み上げ、思わず柊生を見つめると、彼がにやりと口角を上げた。

「昨夜は、俺が誰か、菜緒は気付かなかった。上司だと知られないでいるなら、わざわざ言う必要もないだろ？」

「じゃあどうして、今になって――」

菜緒の言葉が途切れた。柊生が菜緒に手を伸ばし、乱暴に頬を掴まれてしまう。

「いったい何が気に食わない？」

「何もかもです！」

柊生の手を払い、菜緒は立ち上がった。足がガクガクしているが彼の脇を通り、自分のデスクへ戻る。パソコンの電源を切り、引き出しに入れてあるバッグを掴んでドアに目を向けた。そこには、菜緒の行く手を阻むように彼が立っていた。追いかけるのではなく、退路を断つ彼の余裕綽々《よゆうしゃくしゃく》な態度に苛立ち、自分の思いをすべて彼にぶつけたくなる。

こんなことは初めてだ。人の目を気にするあまり、極力気持ちを押し殺して周囲に合わせてきた。それがいつもの菜緒なのに、柊生に対してだけ過敏に反応している。

「……そこを退《ど》いてください」

柊生が菜緒の言葉に従い、脇へ一歩動く。それだけではなく、菜緒が外へ出られるようにドアを開けた。ここから逃げ出したいのに、逆に早く帰れば促《うなが》されると動きたくなくなる。菜緒は自分の気持ちを理解できず、片手で顔を覆った。

「もう、どうしたらいいのよ！」

「気にする必要ないんじゃないか。今のままでいればいい」

今のままでいられなくしたのは誰なんですか！――そう言いたい言葉を呑み込んで手を下ろすと、菜緒は俯《うつむ》いてデスクとデスクの間を通り、廊下へ出ようとする。だが柊生の横を通り過ぎようとした瞬間に、彼に二の腕をきつく掴まれた。

「但し、俺は追いかけるから。言っただろ？　……俺のスイッチを入れたのは君だ」

「わたしは、別に何も――」

「本当にそうか？　割り切った遊びで十分楽しかったはずの俺に、箍《たが》をはずさせたのはいったい誰だ？」

掴まれた腕を引っ張られる。あっと思った時、柊生が上体を倒して覆いかぶさり、思わせぶりに目を細める。

「こういう、運命的な出会いが好みだったんだろ？　少女趣味の……菜緒には、胸が高鳴ったんじゃないか？　それとも、まだ駆け引きを続けたいとか？」

親しげに名前で呼ばれて、菜緒の喉の奥が締まる。空気を求めて喘《あえ》ぐと、柊生が距離を縮めて菜緒の唇を塞いだ。

「っんん……！」

激しく唇を奪われ、舌で柔らかなそこを舐め上げられる。そして、強く吸われた。ビリッと電気が走ったような痛みに、菜緒はたまらず柊生の口づけを逃れた。まるで、刻印を押されたみたいに唇が熱を持つ。手で口元を覆って彼を見上げると、意味深に濡れた唇を親指の腹で拭《ぬぐ》った。

菜緒は顔を真っ赤にさせて顔を背《そむ》けると、一目散に部屋を出た。

「もう、何！　あの豹変ぶり！」

無害な桧原と、彼とは姿も性格も真逆な柊生を交互に思い浮かべては、菜緒はうなり声を零《こぼ》した。

二人が同一人物だと知って、気が動転している。それでもなんとか正気を保って女性用の化粧室へ駆け込めたのは、最後のキスで痛めつけられた唇がぴりぴりしていたお陰だ。

化粧台の前で立ち止まると、自分の顔を眺めた。髪は乱れて頬は上気し、瞳は情熱で潤《うる》み光り輝いている。さらに満ち足りた表情が、いつもより菜緒を女っぽくさせている。

こうさせたのが柊生だと思うと、菜緒は嬉しさと困惑と苛立ちが相まって、何がなんだかわからなくなってきた。

ただわかるのは、ひとつ。口づけを終わらせたのは菜緒の方なのに、柊生の唇が離れたそこが寂しくて仕方がなかった。

三

柊生に騙《だま》されたという思いを払拭できないまま、翌朝を迎えた。正直、菜緒は仕事を休んで逃げたい衝動に駆られていた。でも、体調不良ならいざ知らず、自分の勝手な都合で仕事を休むのだけは絶対に嫌だ。インテリアデザイナーとしての仕事には、誇りを持って取り組んでいる。

昨日の今日で柊生と会うのは気が引けるが、菜緒は意を決して出社した。

「おはようございます！」

同僚たちと挨拶《あいさつ》を交わして、そっと桧原のデスクを窺《うかが》う。彼は始業時間前だというのに、既に液晶画面を見てキーボードを叩いていた。その彼が菜緒に気付き、にっこりする。

「おはようございます、高遠さん」

いつもと変わらぬ洒落《しゃれ》っけのない髪型に、黒色フレームの眼鏡をかけて目元を隠している。声音も少し高い。そこに座るのは、まぎれもなくいつもの桧原課長補佐だ。

「……お、はよう、ございます」

上手く声を出せず片言で挨拶をすると、早々にコートを脱いで自分のデスクへ座った。

もしかして昨日の出来事は夢？　柊生さんを想うあまり、自分で作り上げた妄想？　――そう思ってしまうほど、デスクに座って仕事をする桧原に、柊生の面影はない。しかも彼は柊生としてではなく、上司として菜緒に接している。

もう、何がなんだかわからない！

菜緒は仕事に取り組めば余計なことを考えずに済むと思ったが、いつ柊生が上司としての皮を破って表に出てくるのかとびくびくしてしまい、なかなか仕事に集中できないでいた。

午後の仕事が終わりに差し掛かっても、頭の中から柊生の存在が消えない。意識は、自然とデスクに座る柊生に向く。

いや、気になるのは、桧原か……

それにしても、どうして柊生は冴えない上司を演じるのだろうか。会社と私生活で容姿や言葉遣いを変える必要はないと思うのに、彼は菜緒にバレた今でも二面性のある男を演じ続けている。

そうしなければならない理由があるとでも？

また柊生のことを考えている。菜緒は頭を振り、気分を変えるために立ち上がった。部屋の隅にある資料の入ったキャビネットに向かう。だが、昨日そこで何があったのかを思い出し、頬が上気してきた。

「集中、集中よ」

小声で自分に言い聞かせると、ファイルを取り出し、シティホテルの資料を開いた。そこには過去の空間設計がずらりと並んでいる。目を惹くほど綺麗な内装だが、どの部屋も寒色系の色合いでまとめられていた。そのせいで、寒々とした雰囲気を感じる。

今回は、特に色彩のチェックをしようと頭に入れて、デザインに必要な保管データ番号をメモしていく。ファイルをもとの位置に戻してキャビネットの扉を閉めた時、ポケットに入れてある携帯が振動した。携帯を出し、確認する。

「あっ！」

それは、待ちに待ったメールだった。昨夜、出張中の五十嵐に送ったメールの返信だ。居ても立ってもいられなくなり、さっと目を通し、そして、深いため息を零《こぼ》した。

柊生の名前は桧原柊生で、菜緒の上司だと知っていて紹介したという話だった。また、会社での彼と、私生活での彼を演じ分けているのには理由があるらしい。それは、五十嵐の口からは言えないので、直接彼に訊《き》いて欲しいという言葉で締めくくられていた。

「直接訊けないから、律子さんにメールしたのに……」

「何を？」

突然耳元で聞こえた低く色っぽい声音に驚き、菜緒はビクッとした。耳殻《じかく》と耳孔《じこう》をくすぐる吐息に背筋に甘い電流が走り、自然と首をすくめてしまう。肩越しに振り仰《あお》ぐと、柊生が上体を寄せて菜緒の背に覆いかぶさり、菜緒の携帯を覗き込んでいた。

内容を知られたくなくて、慌てて携帯を胸に押し当て、五十嵐のメールを隠す。その行動が気に食わなかったのか、彼の眉間に皺《しわ》が刻まれるが、菜緒は顔を背《そむ》けて部屋を見回した。確かに数分前までは同僚がいたのに、もう誰もいない。

「他の皆は、就業時間が終わったと同時に帰った。残ったのは俺らだけ。聞いてなかったのか？　ああ、男のメールに夢中になっていたのか」

「お、男!?」

その見当違いな指摘に素っ頓狂《すっとんきょう》な声を上げてしまうものの、その先が続かず、菜緒は軽く俯《うつむ》いた。上司の姿でありながら柊生の声で攻められると、頭がこんがらがってくる。何をどう反応すればいいのだろう。

「あの、近寄らないでください……」

菜緒を囲うようにキャビネットに手を置く柊生の腕を押しのけ、自分のデスクに向かって歩き出そうとする。だが、彼が菜緒の腹部に両腕を回し、背後から抱きついてきた。

「なあ……、メールの相手が合コンで知り合った男なら切れよ。俺は誰かと女を分け合うほど、心は広くない」

「男の人じゃありません！　それに――」

菜緒は柊生の腕の力が緩んだ隙に、躯《からだ》を捻った。抱きしめられながらも、顎《あご》を上げて彼をキッと睨《にら》み付ける。

「わたしは柊生さんのものじゃ……いえ、桧原さん……？」

目の前にいる上司の姿をした柊生に、どちらの名前で呼べばいいのかわからなくなった。会社なので桧原？　それとも個人的な話をしているから、今は柊生？

「柊生だ……。俺たちが二人きりの時はそう呼べばいい。俺たちは、もう知らない仲じゃない」

確かに柊生の言葉には一理ある。菜緒たちは、濃厚に舌を絡ませるキスをした。胸も見られ、揉まれ、躯《からだ》を熱くさせられた。でも柊生は、菜緒をどう思っているのか何も言ってはいない。なのに二人きりになった途端、何故か独占欲を示してくる。それがどれほど菜緒を傷つけているのか、きっと柊生にはわからないに違いない。

「もう、こういうのは止めてください。わたしが柊生さんの素《す》の姿を知ったせいで、安心して構ってくるのかもしれませんが、わたし、こういうのに慣れていないんです。付き合ってもいない男性に軽く触れられたり、キ……スされたりするのに……」

柊生の腕を掴んで、無理やり引き剥がそうとする。すると、今度はいとも簡単に離れた。先ほどまではいくら力を入れてもぴくりともしなかったというのに。彼は菜緒の横を通って、自分のデスクへ向かった。深いため息をつくその後ろ姿は、面倒な女はこっちから願い下げだと語っている。

拒んだのは菜緒の方なのに、胸の奥に針でチクリと刺したような痛みが走った。

菜緒が望んだのは、柊生の素直な気持ちだけ。菜緒をどう想っているのか正直に告白してくれれば、彼に騙《だま》されたことは帳消しにするのに、彼はそれすらせず菜緒に背を向けた。

嘘だったのだ。菜緒の虜《とりこ》になったとか、彼のスイッチを入れたとか言った言葉はすべて……

「バカだな、わたし……」

鼻の奥がツーンとなって瞼《まぶた》の裏が熱くなり、視界がボヤけていく。奥歯を噛み締めて感情を押し込み、無理やり涙を振り払う。柊生に振られて泣いてしまったとは絶対に思われたくない。

菜緒は髪で顔を隠して自分の席に座ると、空間設計事業部へ渡すシティホテルの資料作りに没頭した。就業時間はとっくに過ぎているが、今取り組んでいる仕事はできれば今日中に終わらせておきたい。

お願い、わたしがこうして仕事している間に、柊生さんが先に帰りますように——心の中で念じて、菜緒は作業を進めた。データを保存し、でき上がった資料をプリントアウトする。プリンターのある壁際へ移動し、席には戻らずそこでファイリングする。

菜緒は、仕事に集中しているはずだった。でも意識は、背後にいる柊生に向けられている。彼はデスクに座って仕事をし続けており、席を立とうとはしない。ちらっと腕時計で時間を確認すると、もう十九時になろうとしていた。

どうして柊生は帰らないのだろう。

菜緒の手にあるファイリングした資料に視線を落とした直後、後方で椅子の引く音がした。つられて振り返ると、柊生はパソコンの電源を切り、デスクの上に広げていた資料を片付けていた。

「……そろそろ行きましょうか？」

行く？　どこへ？　……誰と？

口をぽかんと開けて柊生を見ていると、彼はコートを着たところで、プリンターの前で動こうとしない菜緒に目を向けた。

「高遠さん、忘れたんですか？　今夜、接待だと伝えたはずですが……」

「……っ！」

声にならない声が喉を締め付ける。今夜は接待だと言われていたのに、すっかり忘れていた。頭の中が柊生の件でいっぱいだったせいだ。

「す、すみません！　すぐに用意します」

菜緒はデスクへ引き返してパソコンを終了させ、ファイルを鍵付きの引き出しに入れる。続いてハンガーにかけていたコートを取りに行き、腕にかけた。用意を終えるとバッグを持ち、ドアの傍で待つ柊生の方へ走る。

「シティホテルの資料作成は終わりました。明日、確認をお願いします」

「わかりました」

「それと……、先に化粧室へ寄らせてください。エントランスでお待ちいただけますか？」

「では、下で待っています」

柊生と別れると、菜緒は化粧室で化粧を直した。そして、鏡に映る悲しそうに曇る瞳を、じっと見つめる。

柊生が仕事モードに入った。菜緒は部下としてそれを喜ばなければならないのに、ぴしゃりと線を引かれたような気がして、心が悲鳴を上げていた。

胸を強く押し、そこをきつく締め付ける痛みとは別の痛みを与える。だが、柊生を想うだけで、心臓がねじれるような疼痛《とうつう》が菜緒を襲う。菜緒は深呼吸し、鏡に映る悲しげな面持ちの自分を見つめた。

これは仕事、私情を持ち込んだらダメなんだからね！　――何度も自分に言い聞かせる。そしてコートを羽織ると、菜緒はバッグを肩に引っ掛けて柊生の待つ階下へ向かった。

電車を乗り継いで、クライアントの泊まっているシティホテルの最寄り駅で降り、クライアントと合流する。そして、ホテルから数分歩いた場所にある割烹《かっぽう》料亭へ向かった。

今回は彩郷の社長と専務だけでなく、社長の妻の女将《おかみ》と専務の姉の若女将がいた。女性が加わったことで、個室の座敷が華やかになる。菜緒は柊生の隣に座った。

「お忙しい中、お時間を取っていただきありがとうございます。今夜はどうぞ楽しんでください」

柊生はいきなり商談の結果を訊《き》くような無粋な真似はせず、世間話から入ろうとする。

だが、突き出しと酒のお銚子《ちょうし》が並び、割烹《かっぽう》料亭の仲居がそれぞれの杯《さかずき》にお酌《しゃく》をし終えた時、社長が口火を切った。

「桧原さん、高遠さん。今回の件では何度も足を運んでくださり、本当にありがとう。専務や女将《おかみ》と十分に話し合った結果、そちらのデザインでお願いしようと思います」

「本当ですか？」

柊生が菜緒の隣で身を乗り出し、社長に顔を寄せる。

「はい！　高遠さんに伺った話を、女将と若女将に話したんです。そうしたら、素人《しろうと》が手を加えるよりも専門家に任せるのが一番だという話になりまして……」

「ただ、お付き合いのある地元の陶芸家さんの壷《つぼ》などは置きたいと考えているんです。なので、そちらと融合させる空間作りをしたいのですが……」

社長の話に女将が口を挟むが、柊生は朗《ほが》らかな面持ちで頷いた。

「大丈夫です。女将のご要望はすべて弊社のデザイナーへ伝えますので、ご安心ください」

「ありがとうございます。ああ、これで一安心だわ！」

社長と女将が仲睦《なかむつ》まじく視線を交わす。二人の素敵な関係に羨望《せんぼう》の眼差しを向けていると、社長の近くに座る専務と目が合った。社長夫婦を見ていたのがバレてしまったと菜緒は恥ずかしくなり一度視線を下げたが、再度クライアントに視線を戻す。

「では、お酒が入る前に、契約を交わしてもよろしいでしょうか？　気分が良くなっている時にサインをいただくのは情緒に欠けますので」

にっこり笑う柊生に、社長が頷いた。菜緒は持参した契約書を差し出す。そこには、既に会社のサインと、担当者である柊生と菜緒のサインが入っている。あとは、社長が書き込めば契約完了だ。社長が、続いて専務が契約書に目を通す。何も問題がないとわかると、社長が達筆な字ですらすらと名前を書いて捺印《なついん》した。

「これで契約成立だ！　さあ、乾杯しましょう」

社長が杯を上げて全員で乾杯した。その後、会席料理がテーブルに並べられる。料理に舌鼓《したつづみ》を打っては、春にリニューアルオープンする彩郷の話題で場の会話が弾む。次第にお腹が膨れてくると、箸《はし》を進めるスピードが落ちてきた。社長は満足げに、何度も杯を空にする。そんな社長を女将が窘《たしな》めている横で、若女将が柊生の方へ躯《からだ》を寄せた。

「とても素敵な料亭をご存知なんですね」

少し酔っているのか、三十代後半ぐらいの若女将の頬がほんのりピンク色に染まっている。しかも、しんなりとした所作が艶《つや》っぽくて、目を奪うほど美しい。柊生もそう感じているのか、愛想のいい笑みを浮かべて若女将をじっと見つめている。

「上司に紹介してもらったんです。私なんかでは、到底このような料亭に足を踏み入れられません」

クライアントに対して誠実な対応をするのはいつものこと。なのに、美人の若女将《おかみ》に話しかけられて嬉しそうにしている彼を横目で見て、菜緒はショックを受けていた。

やっぱり美人で色っぽい女性がいいんだ……

「どうされたんですか？」

「いえ、なんでもありません」

突然、専務に声をかけられた。あたふたして表情を取り繕《つくろ》い、先ほど席を移動してきた専務に人当たりのいい笑顔を向ける。

「そうですか。それなら良かったです！　あの、高遠さん、高遠さんって今おいくつなんですか？　ご出身はどちらで？　懇意にしている方は――」

比較的年齢が近く話しやすいためか、専務は菜緒に個人的なことをいろいろ訊《き》いてくる。それを避けるために日本酒を飲んでいたら、酔いが回ってきた。このあたりで止めておかないと、醜態《しゅうたい》を晒《さら》してしまう。

「さあ、もっと飲んでください」

専務がまた、菜緒の杯《さかずき》に日本酒を注ごうとする。断ろうと、菜緒は顔を上げた。

「あ、あの――」

「申し訳ありません。高遠は既に飲み過ぎているので、ご勘弁していただけませんか？」

若女将と話していた柊生が急に躯《からだ》を反転させて菜緒の肩に手を置き、専務が注ごうとしていた杯を手で隠した。しかも、柊生は親しげに顔を寄せ、頬が触れ合うほどの距離を縮めてくる。

その近さに菜緒は驚き、息を呑んで躯を硬直させた。

「おや？　もしや、桧原さんと高遠さんは――」

酔っ払って無口になっていた社長が、いきなり声を上げる。目を輝かせて、柊生と菜緒を交互に見比べた。

「お付き合いされているのですかな？」

「えっ？　あの――」

社長の言葉に、菜緒は動揺して口を挟んでしまう。だが、柊生はその行為を咎《とが》めようとはせず、にこにこしている。

「そういう風に見えましたか？　だとしたら光栄です。高遠はとても信頼できる部下ですから……。ですが残念なことに、そんな関係ではないですね。彼女はアルコールにあまり強くなく、このまま飲ませていたら大変なことになると思い、口を出してしまいました。……本当に申し訳ありません」

柊生は、社長から菜緒の隣にいる専務に顔を向け、申し訳なさそうに謝った。すると、社長が楽しそうに大声で笑った。

「なんて部下思いの人だ！　こういう人に仕事を任せられる私は、とても幸せ者だ。なあ、女将《おかみ》」

社長を支えていた女将が、笑顔で頷く。

「そうですわね。それはわたしも思いますわ。これからも、どうぞよろしくお願いしますね」

「ありがとうございます。こちらこそどうぞよろしくお願いします」

柊生が頭を下げ、嬉しそうに礼を述べた。すると、社長がいきなり「そうだ！」と声を上げた。

「女将、これも何かの縁だ。プレオープン中に、桧原さんたちを招待しようじゃないか」

「ええ。彩郷のためにとても尽力してくださったお二人に、是非遊びに来ていただきたいですわ」

目をキラキラと輝かせる社長と女将。そして、若女将は妖艶な笑みを、専務は菜緒の隣でそわそわしている。

何やら嫌な流れに、菜緒は不安を煽《あお》られた。

お願いです。これまでのように、勉強を兼ねた内覧として他のデザイナーたちと行かせてください——不規則な鼓動に心を乱されながらも、必死に祈り、静かに柊生の返事を待つ。

柊生が身じろぎし居住まいを正すと、菜緒の心臓が一際高く鳴った。緊張で込み上げた生唾を呑み込んだ時、彼がおかしそうにクスッと笑みを零《こぼ》す音が聞こえた。

「素敵なお誘い、本当にありがとうございます。高遠と一緒に、是非お伺いさせていただきます。その日を楽しみにしています」

柊生の言葉に、菜緒は凍りつく。彼はこれまで一度も内覧に同行したことがない。それは彼の仕事の領分ではないのもあったが、それ以上にいつも仕事が立て込んでいて、時間がないためだ。これまでもクライアントから声がかかっても、さらりとかわしたはず。

それなのに、どうして今回に限って行くだなんて……

菜緒は信じられないとばかりに、隣に座る柊生に顔を向けた。何かを言おうとして口を開けるが、彼の目を見て慌てて口を閉じる。

柊生の態度は、これまでと変わらない。相変わらず物腰は柔らかく、表情も朗《ほが》らかだ。ただ、ひとつだけ違う点がある。眼鏡の奥にある真摯《しんし》な目には、ふざけた色が一切なかった。どんなことでも乗り越える、強い意志が垣間《かいま》見られる。

隣にいるのは確かに上司だが、中身は菜緒にぐいぐい迫る柊生本人だった。

「うん？　どうかしましたか？」

菜緒の視線に気付いた柊生が、不思議そうに話しかけてくる。菜緒は「い、いえ……」と答えるものの、さっと顔を伏せた。

いつもお洒落《しゃれ》に気を遣わず野暮《やぼ》ったい恰好をしていながら、何故柊生は部署一の契約数のトップを維持できるのか、今やっとわかった。

柊生の真正面に座るクライアントは、彼の目を見られる。そこにある覇気《はき》漲《みなぎ》る強い眼差しを見て、彼を信用してみようと思うのだろう。そして目の前にいる社長は、柊生の物腰柔らかい態度と外見に騙《だま》されず、彼の秘めた情熱を信じて契約しようという気になった。だから社長は、柊生のすべてに魅了され、彩郷へ招待したのだ。

「では、週末の予定で招待状を送らせていただきます」

社長が意気込んで言うと、柊生がゆっくりと頭を振った。

「いえ、内覧を兼ねますので、こちらから予約を取らせて——」

「いやいや、プレオープン中で申し訳ないが、私たちに接待させていただきたい。高遠さん、是非桧原さんと一緒に来てくださいね」

菜緒は名前を呼ばれて、ハッとして面《おもて》を上げた。

「えっ？　あっ……は、い……」

返事をしてしまった。これでは、柊生と一緒に彩郷へ行くと宣言したようなもの。

何故か菜緒は騙された感が否めなかった。言葉巧みではないのに、柊生の手のひらで、社長も女将《おかみ》も菜緒も踊らされたと感じてしまうのはどうしてだろう。

それはたぶん、この話の流れに満足する柊生の笑顔を見たせいかもしれない。

「楽しみですね、高遠さん。君も早く、素敵な内装を自分の目で見たいでしょう？」

「それはもちろんです！」

すぐさま返事をするものの、またもそう言わざるを得ない状況に持っていった柊生の手腕に、菜緒はただため息をつくしかなかった。

柊生は楽しそうに微笑み、誰にも見えない場所でさりげなく菜緒の手を握ってきた。突然のことに動揺してしまうが、菜緒が手を引く前に彼はそっと手を離し、意識を社長たちに向ける。

菜緒は柊生の振る舞いに困惑しつつも、再び専務に話しかけられて、意識を仕事モードに移した。

それからしばらくリニューアルの話題に花を咲かせたが、その間に膳は片付けられ、テーブルには食後のほうじ茶が並べられた。一口、二口と口にしたところで、社長が柊生に頷く。

それを合図に、柊生が頭を下げた。

「では、ご連絡をいただけるのをお待ちしております」

「ええ、楽しみにしていてくださいね」

社長は女将に支えられて立ち上がった。若女将と専務も腰を上げたので、柊生と菜緒もあとに続いて割烹《かっぽう》料理店を出た。

「ここでいいです。ホテルは目の前ですし、家族と一緒に少し冷たい風にあたって、酔いを覚ましながら帰ります」

「わかりました。どうぞ気を付けてお帰りください。空間デザイナーが後日そちらへ伺いますので、またご連絡いたします」

柊生が社長と、続いて他の三人と握手を交わす。菜緒も倣《なら》って社長たちに礼を述べ、最後に専務と握手した。笑顔で手を離そうとするが、彼に手をがっちり握られてしまう。

「えっと、あの……?」

「お待ちしています、高遠さん。必ず来てくださいね」

「かなら、ず……? あ、はい、お伺いできるのを楽しみにしていますね」

専務が愛想良くにっこりした時、突然菜緒の手の中に何かを忍ばせてきた。

「次に会える日を心待ちにしています」

菜緒の耳元で囁《ささや》くと手を離し、専務は社長の隣へ戻る。再度全員に挨拶《あいさつ》を交わすと、四人はホテルへ続く街路樹の歩道を歩いていった。

クライアントが五メートルほど先の信号を渡り切ったところで、菜緒は手の中に押し付けられたものに視線を落とす。だが、小さく折りたたまれたメモ用紙を開けて中身を確認する前に、柊生に取り上げられてしまった。

「あっ！」

柊生はメモ用紙に書かれた中身を読むなり、ビリビリに破いた。それを割烹料亭の軒先に置いてあるゴミ箱に捨てる。

「ちょっと！　何を、やっているんですか！」

ゴミ箱に手を突っ込もうとする菜緒の手を、柊生が乱暴に掴む。

「いい度胸だな……」

「何を言って……あっ！」

柊生の片腕が細い腰に回され、彼に引き寄せられる。菜緒を睨《にら》みながら眼鏡をはずし、苛立たしげにぼさぼさの髪を掻き上げた。

「俺が隣にいるのに、他の男に愛想を振り撒くなんてな」

「振り撒いていません！　それに、わたしはもっと言いたいことが……ちょっ、柊生さん！」

菜緒は柊生に無理やり引っ張られ、幹線道路を離れた脇の路地裏へ連れ込まれる。そして、二人の間に隙間ができないほどぴったり抱き寄せられた。彼の胸に手を置いて上体を離すが、きつく力を込められているため、それ以上は動けない。

「俺に言いたいことって何？」

柊生は菜緒の頬にかかる髪を撫で、優しく耳にかけた。彼の指が耳殻《じかく》に触れるだけで息が詰まる。背筋を這《は》う疼《うず》きに躯《からだ》がぞくりとした瞬間、彼に股間を押し付けられた。それほど硬くはない。でも、菜緒の下腹部に触れる男性の昂《たかぶ》りが徐々に大きくなっていく。

菜緒の口から喘《あえ》ぎが漏れ、喉の脈がぴくぴく跳ねる。タートルネックで首筋が隠れているのがせめてもの救いだが、きっと柊生は菜緒の躯の変化を読み取っているに違いない。その証拠に、彼はもっと高みへ上ろうと、硬くなってきた股間を押し付けてくる。

もう嫌だ。こんな風にからかわれ続けられるのは……

「どうして彩郷さんの招待をお受けになったんですか？　これまで一度も……わたしと一緒に内覧に行ったことないじゃないですか。そもそもデザインに関しては、柊生さんはノータッチで――」

「招待してくれたのに、断るのも悪いだろう？　……それに、せっかく菜緒と一泊できる機会を俺が逃すとでも？」

柊生は甘い声で意味深なことを囁《ささや》き、不意をついてきた。こういう駆け引きをする男性に慣れていないせいで、菜緒の心臓はどんどん早鐘を打ち始める。その鼓動音に翻弄され、冷静に物事を考えられなくなっていく。

「本当に……、本当にそういう言い方はやめてください。いったいわたしをどうする気なんですか？」

菜緒は柊生を見ていられなくなり、顔を伏せた。

「どうする気って、俺は散々言ってきたと思うけど。しかも、俺のことを知らないまま抱かれたくはないと言ったのを受け、俺はお前の上司だと素性《すじょう》を明かした。俺は菜緒の望みどおりにしているのに、いったい何が気に入らない？」

「わたしをどう想っているか、何も言ってくれてないからです！」

強い口調で叫んだ自分に驚き、菜緒は柊生の腕の中で息を呑んだ。彼も目を見開いている。

こんな風に自分の感情をぶつけるつもりではなかった。もっと大人の対応をしようと思っていた。でも、柊生に言葉の駆け引きを仕掛けられると、どうしていいのかわからなくなる。相手が彼というだけで、心を激しく揺さぶられてしまう。

ああ、どうしよう！

菜緒は動揺しつつ、柊生を仰《あお》ぎ見た。

「な、何も言ってくれないのに、二人の気持ちはひとつだ……みたいなことを言われても、わかりません」

柊生の胸の上で、強く握り拳《こぶし》を作る。

「わたし、言って欲しかった……。あの時、告白してくれていたら――」

「あのさ……、俺、菜緒の部屋で言っただろ？　もう好きだの嫌いだの……言葉を欲しがる恋愛はできないって。そう言ってた俺が、今菜緒に夢中になってる。遊びほうけていた俺を、菜緒がそこまで引き上げたんだ。俺を変えさせた自分に自信を持てよ」

先ほどよりも硬くなった股間を、菜緒の下腹部にグイッと擦《こす》り付ける。その感触に、菜緒の頬が紅潮していく。

「俺は、女と見れば見境もなく勃起するガキじゃない。この年齢になると、なんとも思っていない相手に勃《た》つこともなくなった。そういう俺の心を菜緒が乱してる。俺を沸き立たせられる女はお前だけだと思っていい……っていうか、俺がここまで説明するなんて、本当に焼きが回ったな」

柊生は信じられないと顔を歪めつつも、次第に頬を緩め、観念したような笑みを浮かべた。

「そこまでしてでも、菜緒が欲しいって意味か……。なあ、覚悟を決めて俺だけの女になれよ」

柊生が誘いをかけてくる。真摯《しんし》な目で見下ろし、菜緒を欲しいと熱くなった躯《からだ》を押し付ける。

言葉が欲しいと望むのは、我《わ》が儘《まま》なのだろうか。一言〝好きだ〟と囁《ささや》いてくれたら、柊生の胸に飛び込めるのに……。

だが、柊生は菜緒が欲しいと抱きしめ、躯を興奮させている。好きだと言ってはいないが、柊生の言葉には菜緒を想う気持ちが込められている。それは、菜緒に好意を寄せているという意味では？　無理やり気持ちを吐かせるのではなく、彼が菜緒に想いを伝えたくなる日を待てばいいのではないだろうか。

愛は求めるものではない、与えるものだから……

正直、大人の恋愛は初めてで戸惑いがある。でも、その初めては、柊生と経験したい。彼にすべてを捧げたい。

「菜緒？」

柊生の口から漏れる、懇願《こんがん》の声音。そこに込められた菜緒を欲しいという気持ちに勇気を得て、手を上げて彼の首に両腕を回した。

「柊生さん、わたしと付き合ってください。わたしの……恋人になってください」

「もちろん。ああ、菜緒……」

情熱にかすれた声で名を呼ばれる。その響きに胸が震えてうっとりすると、柊生が菜緒の頬を片手で包み込んだ。優しく撫でては、指の腹を下唇に走らせる。親密な行為に菜緒の頬は上気し、胸が躍《おど》り始めた。

菜緒が柊生を引き寄せたのか、彼が顔を傾けて上体を倒してきたのかはわからない。二人の距離が近づき、彼の熱い吐息が素肌に優しく触れる。息を呑んだ時には、彼に唇を塞がれていた。

「っんぅ！」

最初こそ針金が通ったように躯《からだ》が強張《こわば》っていたが、唇を貪《むさぼ》る柔らかな感触と、ちゅくっと吸い付く音に、柊生の腕の中で躯は蕩《とろ》けていった。

「……っ……ぁん」

これまで交わしたキスと変わらないはずなのに、心が通い合っていると思っただけで、燃えるような熱が四肢にまで広がっていく。

もっとして、わたしを求めて――自《みず》ら先を望んで躯を柊生に押し付けると、彼の唇が巧みに動き始めた。濡れた舌先で唇の隙間をなぞられ、歯で甘噛みされる。そのたびに、下腹部奥に熱だまりができ、背筋に疼《うず》きが走った。

「っん……っく、っんん！」

菜緒の腰が砕けそうになる。力の入らなくなってきた足を踏ん張って、必死に柊生にしがみついた直後、女性たちの楽しそうな笑い声が耳に届いた。ここがどこかなのか我に返った菜緒は、自分から顎《あご》を引き口づけを終わらせた。彼の肩に額《ひたい》を置き、弾む呼気を整えようとするが上手くいかない。彼の口づけで煽《あお》られた熱は、消えるどころか躯の中心で今もまだ燻《くすぶ》り続けている。

柊生も同じみたいだ。菜緒の下腹部を刺激する彼の欲望が、さらに硬くなったように感じる。

「菜緒……っ！」

柊生が、菜緒の腰を抱く腕に力を込める。頬に触れていた手を後頭部へ回し、頭と躯をギュッと抱きしめてきた。

「……菜緒を抱きたい。いいか？」

「抱くって、……どこまでですか？」

恐る恐る訊《たず》ねる菜緒に、柊生がかすれ声で笑いを零《こぼ》す。菜緒の耳殻《じかく》に顔を寄せ、そこにキスを落とした。

「どこまでって、面白い言い方をするんだな。そういう受け答えも嫌いじゃないが……今は言葉遊びをしている余裕はない。……なあ、菜緒の家に行っていいか？」

柊生は菜緒を求めている。抱き合って、キスして終わりではない。大人の彼がそれで終わらせるはずはない。もちろん、抱かれる決心はついている。だが、菜緒が処女だと知ったら、彼はどういう反応を示すのだろう。

菜緒はだんだん怖くなってきた。

「菜緒の意思は尊重はしたいが、ここまできて逃げるのはなしだ……」

「わたしを、抱きたいんですか？」

突然柊生が菜緒の両肩を掴んで、躯を引き離す。そして、何を言ってるんだと言わんばかりの表情をした。

「俺は、菜緒のすべてを知りたいと思ってる」

柊生の言葉で、あとずさろうとしていた菜緒の足がぴたりと止まる。そして、心を覆っていたもやもやしたものが一斉に消えていった。

柊生はすべてを知りたいと思ってくれている。それならもう、何も恐れる必要ない。ありのままの自分を曝《さら》け出せばいい！

内なる声の後押しを受け、菜緒は柊生の腕を掴んで彼を見上げた。

「わたしも！　……わたしも柊生さんに求められたいです」

こんな声を出せたのかと思うほど、声音が甘くなる。誘惑するような言い方だと恥ずかしくなったが、それが柊生の燻《くすぶ》った心に火を点けたみたいだ。

柊生は菜緒の肩を掴むと、早歩きで路地裏を出た。そして、空車のタクシーを手を上げて停める。

「た、タクシーですか？」

「本当はそこのホテルへ行きたいが、さすがにクライアントが泊まってるところはな」

柊生に促《うなが》されてタクシーに乗り込むと、彼は菜緒の住むマンションの住所を伝えた。車の波に乗ったタクシーはベイエリアに架かる橋を越えて、一路菜緒の住むマンションに向かう。

タクシーがマンションの前に停まるまで、柊生は一言も口を開かなかった。だが彼は、菜緒の手を握り、指を絡め、手の甲を優しく愛撫し続けていた。

精算を終えてタクシーを降り、柊生と肩を並べてエレベーターに乗る。菜緒と五十嵐の住む階に停まって共用廊下に出ると、突然肌を刺すほどの冷たい風が吹き、菜緒の髪とコートを巻き上げた。寒さに躯《からだ》を縮こまらせるが、躯の芯はずっとぽかぽかしている。ヒーターの傍にいるのではと思うほど、じんわりとした温もりが波状に広がっていく。

そうさせているのは、隣に立つ柊生のせいだ。

玄関ドアの前で立ち止まると、柊生が菜緒を守るように風上に立つ。そういう些細《ささい》な行動で、菜緒は守られている、好意を持たれていると感じた。

大人の恋愛ってこういうものなのかもしれない。言葉に頼らず、態度で想いを示すのが……

少し寂しくもあったが、たくさんの恋愛を重ねてきた柊生と付き合うには、菜緒が子どものままではいけない。

菜緒はキーケースを取り出すと鍵を回し、玄関ドアを開けた。

「どうぞ、入ってくだ……っぁ！」

玄関に入ってヒールを脱ごうとした菜緒の腰に、柊生の片腕が回され、頬を手で包み込まれる。

「しゅ、柊生……っんん！」

忙《せわ》しない仕草で唇を塞がれる。突然のことに、手にしていたバッグとキーケースを床に落としてしまった。彼にぐいぐい押されながら、唇を割られ、舌を口腔《こうこう》へ挿入され、熱く濡れた舌を絡ませられる。

「ま、……待って、ストーブを――」

顔を背《そむ》けて口づけを逃れようとするが、側頭部に回された彼の手に力が込められ、唇を求められた。

「待てない……」

激しい口づけの合間に、柊生がかすれ声を漏らす。彼の熱い躯《からだ》、菜緒を抱きしめる力強い腕にくらくらして、思考が追いつかない。彼の手でコートを脱がされても、菜緒は拒めなかった。

「あ……」

突然、膝の裏に何かが触れた。そう思った時には既に、菜緒は柊生に支えられ、ベッドに腰掛けていた。

廊下を歩いて、奥の部屋にあるベッドまで歩いた記憶がない。しかも、彼の手で間接照明を点けられたことにも、まったく気付かなかった。

「柊生、さん……」

戸惑いの声を上げる菜緒の前で、柊生が自分のコートを脱ぎ、続いて上着をその場に落とした。そして膝をついて菜緒と目線を合わせてくると、菜緒のセーターの裾《すそ》を掴む。

「寒さなんて、忘れさせてやる。……さあ、手を上げて」

「えっ、あの！」

もう服を脱がされるの？　お風呂は!?

何もかもが初めての経験のためどう対応すればいいのかわからず、脳内パニックになる。口籠《くちご》もっていると、柊生の手でセーターとシャツを脱がされた。ブラジャーのカップから零《こぼ》れそうな乳白色の乳房に、彼の目が釘付けになる。

「菜緒も……俺のネクタイをはずして」

柊生に手を取られ、ネクタイの結び目に導かれる。だが菜緒は、ネクタイの解き方なんて知らなかった。震える指先でそこに触れながらまごついていると、彼が菜緒の腰に片手を置き、もう一方の手を背中に回してブラジャーのホックをはずそうとする。そんな彼の手が、ピタリと止まった。

「何？　どうしてはずさないんだ？」

「その……男性のネクタイを、今まで一度もはずしたことがなくて」

頬を染めて顔を伏せる菜緒の手首を、柊生にきつく掴まれる。締め付けられる痛みにハッとして、彼を見つめた。彼は、驚いたように菜緒の目を覗き込んでいる。無知がバレてしまったのが恥ずかしくて頬を染めると、彼は嬉しそうに口元をほころばせた。

「じゃ、俺が教えてやる。ここに指を入れて緩めるだろ？　そこがほぐれたら、こっちを持って、引っ張る」

菜緒の耳元に唇を寄せた柊生が、艶《つや》のある甘い声で囁《ささや》いた。吐息が耳殻《じかく》をくすぐるたびに、心が騒ぐ。菜緒の気持ちを乱すのは、それだけではない。彼の言葉がとても意味深で、自然とセックスを連想させられてしまったからだ。

柊生の勃起したものが、未通の花蕾に触れ、挿入され、リズムを刻まれるのかと思うと、下腹部奥がじんわりと火照《ほて》り、秘所が自分の意思とは裏腹に戦慄《わなな》き始める。

菜緒の息が弾み、浅い呼吸しかできなくなる。緊張と興奮で気道が狭まり、息苦しさが増してきた。菜緒はなんとか平静を装《よそお》い、柊生が教えてくれたようにネクタイをほどいた。それをフローリングの床に落とすと、次はシャツのボタンをはずしてと促《うなが》される。ひとつ、ふたつとボタンをはずしていく。柊生の鍛えられた肉体が少しずつ露《あらわ》になるにつれて、彼の呼気が徐々に荒くなり、菜緒の手に触れる彼の胸板が激しく上下し始めた。

「脱がせて……」

さらに柊生の声がかすれる。それを耳にした途端、ブラジャーに隠れた乳首が硬くなり、生地に擦《こす》れた。

「……っぁ」

喘《あえ》ぎが零《こぼ》れる。弾む息遣いが胸を揺らし、そこに柊生の目が釘付けになった。男性経験のない菜緒でも、女性に馴れた彼を魅了できると思っただけで、喜びが込み上げてくる。

菜緒が柊生のシャツを脱がすと、鍛えられた肉体が間接照明に照らされ、盛り上がった筋肉に陰影を作る。女性とは違う強靭《きょうじん》な体躯《たいく》にうっとり見惚《みと》れていると、彼がベルトを抜き取りズボンのボタンをはずした。彼の股間が膨らんでいるのがはっきりわかる。心臓が口から出そうなほど早鐘を打ち、躯《からだ》が期待と不安で小刻みに震えた。

「菜緒……」

柊生が菜緒の名前を囁き、首筋に顔を寄せる。音を立てて口づけし、強く吸っては菜緒の敏感な場所を舌で探っていく。柔肌《やわはだ》に歯を立てられると、突如ビリビリとした電流が生まれ、菜緒の欲望を焚《た》き付けてきた。

「っんぁ……」

躯がビクンと弓のようにしなる。

「前も思ったけど、感度がとてもいい……」

彼の熱い吐息が耳元をかすめた途端、柊生の手でブラジャーのホックがはずされ、胸を締め付ける圧迫感がなくなった。

「あっ！」

自然と胸を隠そうとするが、そうする前に柊生が菜緒の耳殻に舌を這《は》わせた。舌先で耳朶《じだ》を舐め上げ、唇でそこを挟む。

「……っんぅ」

たまらず肩をすぼめて、躯《からだ》を縮こまらせる。そんな菜緒の肩紐に、柊生が指を引っ掛け、素肌を舐めるようにブラジャーを取り去った。露《あらわ》になった乳房を無骨な大きな手ですくい上げ、揺らし、揉みしだく。指の隙間から、時折充血してぷっくり膨らんだ乳首が顔を覗かせる。顔は火が出そうなほど熱くなるが、柊生の手で送られる快《こころよ》い疼《うず》きに抗《あらが》えない。しかも、とろりとした愛液が伝い落ち、双脚の付け根を濡らし始めていた。

「あっ……ダメっ……」

我知らず弾む喘《あえ》ぎを零《こぼ》し、自然と内腿《うちもも》を擦《こす》り合わせる。あふれる蜜で、パンティが湿り気を帯びてきた。少し動けばくちゅと音を立ててしまうほどの量に、羞恥《しゅうち》が湧き起こる。

「なあ、巻きスカートってなんでこんなにエロいんだろう。知ってた？　浴衣みたいに、生地が重なった隙間に手を忍ばせろって、ずっと誘惑されてる気分だった」

柊生が菜緒の頬にキスを落とし、ぺろりと舌で舐め、菜緒の大腿に手を置いた。巻きスカートに手を忍ばせ、閉じられた双脚の内腿を撫でる。触れるか触れないかの手つきに息を呑んだ直後、彼の指先が菜緒の秘所に届いた。軽く擦られただけなのに、強い刺激を感じて躯がビクンと跳ねる。

「しゅ、柊生さ――」

「もう少し脚を開いて。気持ち良くしてやる。……ほら」

　菜緒の顔が紅潮していく。だが、情熱にかすれた声でねだられると断れず、菜緒はゆっくり下肢の力を抜いた。柊生の指でタイツの上から上下に擦られる。執拗《しつよう》に襞《ひだ》に沿って撫でられ、探り当てられた花芯に強い振動を送られた。

「……んぅ……っふぁ……」

　躯の芯を中心に留まる甘やかな波紋に喘ぎが止まらない。さらに、鼻を抜ける自分の悩ましげな声にまで、菜緒は興奮を掻き立てられた。シーツを握り締め、高まる快感を堪《こら》えようとする。そうすればするほど躯が燃え上がり、頭の中が真っ白になっていく。

「本当、菜緒は仔猫だよな。俺がこうして可愛がれば、甘える声で鳴いてくれる。そして、こうすれば――」

　菜緒の耳元で囁《ささや》いた柊生が顔を動かし、菜緒の唇の端《はし》に舌を這《は》わせた。たまらず口をかすかに開けて息を吸うと、彼に唇を塞がれた。彼の熱い舌を差し込まれ、貪《むさぼ》るように口の中を侵される。

「んんっ……ぅ！」

　問答無用に歯列をなぞられ、舌を激しく絡ませられる。彼の唾液が口の中に広がり、息苦しくなる。ぬちゅっと唾液の音を立てられ、吸われると、脳の奥が痺《しび》れて躯が震えた。

上では唾液の絡まる音を、下では菜緒のあふれた愛液音を立てられて、静かな部屋に淫靡《いんび》な粘液音が響き渡る。そこに、菜緒の甲高い喘《あえ》ぎがまじり合う。

柊生はキスをしながら口角を上げ、菜緒の腫《は》れてぴりぴりする柔らかな唇を舐め、名残惜しげに口づけを止めた。

「ほらっ、もう……こんなに淫らに乱れてる。仔猫の喉を指で撫でてやると、ゴロゴロ音を立てて擦り寄ってくるのと似てるよな」

「わ、わたしは仔猫じゃ……」

「違うというのなら証明してみせろよ。まあ、結局、俺の方が正しいとわかると思うけど。なあ、……俺が初めて菜緒に触れた時を覚えてるか？　菜緒は快感に酔って、俺に爪を立てたんだ。まるで、仔猫だった」

柊生が額《ひたい》を擦《こす》り合わせて、菜緒の間近で囁《ささや》く。ふっと息を吐かれて頬を撫でられて、ねだるような声を出してしまうと、彼が色っぽく笑った。

タイツ越しに秘所を弄《いじ》っていた柊生の指が離れてホッとしたのも束の間、彼は菜緒の大腿を撫で上げてお尻に触れ、円を描くように揉んだ。

「どうしてだろう……。菜緒は俺を煽《あお》るのが、本当に上手い。俺がこの先、菜緒以外の女に勃《た》たなくなったら、責任――」

「ま、待ってください！」

柊生の手がタイツとパンティの中へ忍び込んできた。慌てて彼の手をスカートの上から押さえるが、急に彼に腰を抱かれて浮かされる。勢いで、タイツとパンティを大腿まで脱がされた。

「あっ！　しゅ、柊生さん、シャワーを浴びさせて——」

「駄目だ。匂いは消させない」

「匂いって……！」

フェチ的な発言に、菜緒の顔が真っ赤になる。柊生はそれ見て笑い、再び菜緒をベッドに押さえ付けた。

「キャッ！　でも……っ！」

柊生の手で、菜緒のタイツとパンティを剥ぎ取られる。彼はベッドに膝と片肘をついてのしかかり、息を呑む菜緒に顔を近づけた。

「言ったろ。……もう待たない」

力の抜けた手を、柊生に掴まれる。彼は自分の股間へ菜緒の手を導き、硬く漲《みなぎ》った昂《たかぶ》りに押し付けた。

大きく膨らんだ柊生のものに生地越しに触れた途端、そこが火傷《やけど》したように熱くなる。

菜緒は小さなパニックに陥《おちい》った。柊生に掴まれた手を振り払い、自分の胸に引き寄せる。

「まるで処女の反応だな。……だが、そういう菜緒も嫌いじゃない」

柊生は笑いながら、菜緒の口腔《こうこう》に人差し指を突っ込んできた。

「っんくぅ！」

「俺の指を舐めて」

そんなことはできないと小さく頭を振る。だが柊生はにっこりして指を動かし、舌の腹を押さえる。自然と唇がすぼまり、ちゅっと彼の舌を吸い上げてしまう。

「いい子だ……」

指を回転させて引き抜かれた。菜緒の唾液のせいで光る指を、彼は首筋、鎖骨と走らせる。柔らかな乳房と硬く尖った乳首に、湿った跡がついていく。

「や、ヤダ……っぁ」

柊生に触れられたところが疼《うず》き、冷やされ、火が放たれたように熱の道ができていく。ぞくぞくする刺激に、彼を誘うみたいに乳房が揺れた。

「菜緒は……どこまで俺を煽《あお》ればいいんだ？　ったく」

苛立たしげに言いつつも、柊生は楽しそうに躯《からだ》を寄せ、菜緒の首筋に顔を寄せた。激しく脈打つ部分を舌で舐め、柔肌《やわはだ》に歯を立て、愛撫を下げていく。そのたびに彼の胸板が尖った乳首に触れ、菜緒のそこは敏感になってきた。

「あ……はぁ……」

柊生が胸の膨らみを鼻で擦《こす》り、乳房を鷲掴《わしづか》みにした。彼の手に収まりきらない乳房を、揉みしだき、指の腹で強く乳首を捏《こ》ね回す。そして、ツンと尖ったそれを口にふくんだ。

「……んっ、んっぁ……は……っ」

菜緒は、いやいやと頭を振る。だが、柊生はいやらしく舌先を見せ、小刻みの振動を送って弄《いじ》ってきた。強く吸ったと思ったら、ざらついた舌の腹で舐め上げる。ちゅぷちゅぷと唾液の音を立てて、美味《おい》しそうに乳房にむしゃぶりついた。

柊生が菜緒を求めている。恥ずかしいのに、もっとしてとねだってしまいそうになる。

菜緒は、自然と柊生の頭を掻き抱いた。欲望で熱くなった彼の体温が、素肌を通して菜緒に伝わってくる。その熱に焚《た》き付けられ、菜緒の躯も燃え上がってきた。彼が与えてくれる至福の時間に息を弾ませ、彼の柔らかな髪を指で梳《す》く。それだけで下腹部奥が締まり、蜜口がぴくぴくした。こんなにも感じてしまっていると知られたくない。そう思っても、菜緒の意思に反して生まれた愛液は滴《したた》り落ちていく。

「しゅ、柊生さん、わたし……っぁ」

「わかってるさ……」

柊生が顔を上げて、菜緒の唇に触れるか触れないかの寸前で止まった。お互いの吐息が至近距離でまじり合う。唇を触れ合わせてはいないのに、親密な者同士でしか生み出せない距離感が、菜緒をさらに興奮させる。弾む息遣いを抑えられなくなり、たまらず目を閉じた。すると、彼に唇を塞がれた。角度を変えては、菜緒の唇を貪《むさぼ》り、舌を挿入させる。彼の蠢《うごめ》くねっとりした舌を迎え入れ、熱く絡ませ合う。

柊生は激しく口づけを交わしながら、菜緒の腰を撫で下ろし、大腿へと伸ばした。巻きスカートの裾《すそ》に触れると、大腿を舐め上げるようにゆっくり手繰り寄せていく。愛液で濡れた秘所が冷気に晒《さら》されて、ぞくりとした震えが走った。

「あっ……！」

柊生の手で膝を立たせられる。彼は指で内腿《うちもも》を撫で上げ、誰にも触れさせたことのない湿り気の帯びた双脚の付け根へと忍ばせてきた。

「んふぁ……、そこ……っん！」

花弁に触れられただけで、薄い淫襞《いんひだ》が彼の指に吸い付く。割れ目に沿って上下に擦《こす》り上げると媚肉《びにく》が戦慄《わなな》き、くちゅといやらしい粘液音が聞こえた。

「俺を受け入れるために、こんなに濡れてる」

込み上げる恥ずかしさに耐え切れず、菜緒はシーツに足の爪を立てた。しかしその力は、快感が増すごとに徐々に抜けていった。

柊生が執拗《しつよう》に花弁を上下に擦る。動きが速くになるにつれて、花蕾からとろとろした蜜があふれ出てきた。彼は菜緒の唇の上で笑みを零《こぼ》し、執拗に秘められた淫唇を弄《いじ》った。

それ以上されたら、イッてしまう！

送られる悦びに、菜緒の心臓が一際高鳴った時、柊生の指が花芯に触れた。

「イヤ……そこは……ああっ！」

包皮の花芯を最初は優しく、そして強く擦られる。瞬間、甘美な電流が尾てい骨から脳天へ突き抜けた。

「あっ、ダメッ……んぁ！」

躯《からだ》が瞬時に硬直し、花芯を中心に熱が波状に広がっていった。しかし、心地いい疼《うず》きは瞬《また》く間に鎮火し、菜緒は息を弾ませながらベッドに沈み込んだ。

少し息を整えたかったが、柊生はそれさえも許してくれない。間を置かず、菜緒の愛液まみれの襞《ひだ》を左右に開き、蜜口を弄る。直後、指を一気に挿入してきた。

「……っ！」

蜜壁を広げられる圧迫感に、息が辛くなる。強い刺激に躯がビクンと跳ねるが、蜜壷の敏感な壁を擦り、愛液を掻き出されると、触れられたそこかしこから新しい熱が生まれる。菜緒は、快楽に包み込まれていった。

「あっ、あっ……」

柊生は挿入を繰り返し、時折指を曲げ、瓶の底についたクリームをこそげ取るような動きを加えてきた。蜜壁を擦られるたび、腰が引けそうになるのに、柊生の指を咥える花蕾を中心に熱くなっていく。

「は……ぁ、……ふぁ、んっ！」

菜緒は漏れる喘《あえ》ぎを堪《こら》えたくて手の甲で口元を覆う。でも、次をねだるように、自然に柊生の指をきつく締め上げていた。

「……もっと力を抜くんだ。久しぶりなのか？　菜緒のここ……かなり狭い」

「ち、違っ……っんぁ……っ！」

久しぶりなんかじゃありません、初めてなんです！　——そう言わないといけないのに、柊生の愛撫に翻弄されて、喘ぎしか出ない。意識までも凌駕《りょうが》する蕩《とろ》けるようなうねりに抗《あらが》えない。

「っん、ん……っぁ、は……ぁ」

「可愛過ぎる……」

潤《うる》む目で、柊生を見る。彼は気持ちいいわけではないはずなのに、菜緒を見るその目は情熱的な光を帯びている。彼の呼気のリズムが速くなっていた。合わせて、菜緒の膣内に挿入する指のスピードが増していく。ぐちゅぐちゅと淫靡《いんび》な音を立て、空気をふくんだ粘液音が大きく部屋に響いた。

「っくぅ……やぁ……あ……ぁ」

肌をざわつかせる、ねっとりした快《こころよ》い陶酔《とうすい》に包み込まれる。下肢の力が抜け、振動にく締め上げる。
合わせてだらりと双脚が開いた。なのに菜緒のそこは、柊生の指を奥まで誘ってはきつ
「凄いな。俺の手で乱れてくれるのが嬉しいのに、これでは菜緒の……躯《からだ》を開かせた他
の男に嫉妬《しっと》してしまいそうだ」
「わ、わたし……っんぅ！」
そんな人はいないと告げようとする菜緒の唇を、柊生が乱暴に塞いだ。
「っん、……ふぁ……うっ」
指の挿入に合わせて躯を上下に揺さぶられ、甘い潮流に浚《さら》われそうになる。
その時、柊生の指がある一点を擦《こす》り上げ、菜緒は悲鳴を上げた。脳天へと快感が駆け
抜け、菜緒は彼を抱きしめた。経験したことのない疼痛《とうつう》に、涙がじんわり浮かんで目尻
が濡れる。喘ぎ声が止まらない。
「ここか……、菜緒のいいところ」
キスを終わらせて顔を上げた柊生が、再び指を曲げて一点を擦り上げる。
「ダメっ……んぅ、イヤ、……そこは……っんふぁ、ああ……っ！」
菜緒の蜜口を広げる柊生の指をギュッと締め上げる。その収縮さえもほぐすように、
彼はいとも簡単に奥を抉《えぐ》った。
「あっ、あっ……もう、イクッ！」

「イけよ、俺の手で」

柊生はスピードを上げて、菜緒の感じる部分を攻め立ててきた。空気をふくんだ淫靡《いんび》な音が、菜緒の聴覚を刺激してくる。

ああ、本当にダメ！　もう耐えられない！　——爪先をシーツに立てて下肢を引き攣《つ》らせ、菜緒の意識を浚《さら》おうとする滾《たぎ》る熱に身を投げ出した時、瞼《まぶた》の裏で色鮮《あざ》やかな閃光が弾け飛んだ。

「ううっ……！」

菜緒はくぐもった声を漏らして、二度目の小さな潮流に躯《からだ》を硬直させる。そして、蜜壷に収まったままの柊生の指を締め上げた。

直後、四肢の力を抜いてベッドに深く沈み込んだ。湿った息が漏れ、シーツを湿らせていく。弾む息遣いを整えていると、急にベッドが上下に揺れた。閉じていた目を気怠《けだる》げに開け、ベッドを下りた柊生の綺麗な背中を見る。彼はスーツのポケットから何か取り出し、唇に挟んだ。ズボンとボクサーパンツを脱ぎ捨てるとベッドに腰掛け、唇に挟んだ小さな包みを破る。前屈みになり、ごそごそと手を動かした。

柊生はコンドームを付けている。これから彼に抱かれるのだと思うと、少しずつ落ち着きを取り戻した拍動音が、またも速いリズムを刻み始める。その音は、まるで耳の傍で太鼓《たいこ》を打ち鳴らされているみたいに、大きく響いた。

柊生から目を逸《そ》らせないでいると、彼が静かに振り返った。ベッドに両手をついた姿は雄々しい獣そのもので、欲望に光らせた瞳を真っすぐ菜緒に向けている。獲物を捕獲しようとするように静かに忍び寄り、菜緒の双脚の間に身を置いた。

鍛え抜かれた逞《たくま》しい肢体、黒い茂みから頭をもたげる赤黒いシンボルに、自然と息を呑む。それはとても大きくて、動いても決して頭を垂れない。それほど硬く漲《みなぎ》っている。

菜緒と早くひとつになりたくて……

口腔《こうこう》に溜まっていく生唾を呑み込んだ時、柊生の手が菜緒の腹部で絡まる巻きスカートに伸びてきた。彼はボタンをはずしてファスナーを下ろすと、簡単にそれを脱がせ、後方へ放り投げた。菜緒の全裸に、彼は目を輝かせて大きく息を吸い込む。

まるで女神を崇《あが》めるような表情に、菜緒の胸が高鳴る。そういう顔をさせているのは自分だと思うと、女性としてほんの少しだけ自信が湧いてきた。

「柊生、さん……」

菜緒の声がかすれる。

「わかってる……」

菜緒の膝の裏に触れた柊生に、双脚を大きく開かせられた。愛液にまみれた花弁がぱっくり割れ、彼が欲しいとそこが蠢《うごめ》き出す。大胆な恰好に羞恥《しゅうち》が込み上げるが、それはすぐに掻き消えた。菜緒の秘所を見た彼の目が感激で見開かれると同時に、逞しい胸板が激しく上下に動き始めたのが見えたためだ。

柊生と躯《からだ》を重ねる瞬間が、刻一刻と迫っている。そう思っただけで、一度弾けたはずの熱いうねりが、再び躯の中で渦《うず》巻いていく。

柊生さんの想いを受け止めたい！　――そう強く望んだ時、彼がそそり勃《た》つ自分のものを支えて、膨れた切っ先で菜緒の媚肉《びにく》を上下に撫でた。

「んっ……ぅ、は……ぁ……うっ！」

まるでキスをねだるように、淫唇が鈴口に吸い付こうと震える。柊生は悦に入った息をつき、そこばかり何度も縦に弄《いじ》った。いつ挿入されるかわからない妙な期待感のせいで、菜緒のドキドキが止まらない。

「菜緒っ……」

柊生の充血した先端が、濡れた花蕾に触れた。ぬちゅと音を立てて、彼のものが、指でほぐされた蜜口を押し広げて分け入ってきた。

「あ……ぅ、んっぁ……！」

指を挿入される感触とはまったく違う四方八方に広げられる感覚に、息が詰まる。ぴりっとした裂傷の痛みが走って顔をしかめた時、彼が愛液で滑《すべ》りのいい蜜壷の奥まで一気に貫いた。

刹那《せつな》、鋭い破瓜《はか》の痛みに襲われ、菜緒の躯が硬直した。

「ひぅっ、痛っ……、っんぁあっ！」

　躯を丸めて柊生の背にしがみつき、痛苦に耐えようとする。だが、花蕾に捩《ね》じ込まれた熱棒に薄い皮膚を引き伸ばされ、燃えるような痛みがそこを中心に広がり始めた。

「まさか、初めてだったのか!?」

　柊生が驚きの声を上げて上体を起こし、顔を歪める菜緒の頬に手を伸ばす。その指で、目尻にたまる涙を優しい手つきで拭《ぬぐ》った。

「……バカだな。素直に言えばいいのに。俺を驚かせるために黙っていたのなら、大成功だよ。俺は今、猛烈に……感激してる」

　柊生は笑みを浮かべて、菜緒の目を見つめていた。菜緒が詰めていた息を少しずつ吐くと、震える唇に軽く口づけを落とす。

「大丈夫、しばらくすれば痛みは引いていく……。あとは躯に湧き起こる快感を、素直に享受すればいい」

　熱い吐息を菜緒の唇に零《こぼ》しながら、柊生は腰を引き、またほんの少しだけ切っ先を蜜壷に埋《うず》める。ゆったりとした滑《なめ》らかな動きに、性急さは感じられない。彼は苦しそうに額《ひたい》に汗を滲《にじ》ませて、何度も同じ行為を繰り返した。

　次第に彼の太い根茎で広げられた花蕾が柔らかくなり、彼のものが滑らかに挿入されるようになった。じわじわと侵食する熱に煽《あお》られて、たまらず仰《の》け反《ぞ》る。

「つんぁ……は……ぁ、うっ」

敏感な内壁を穿《うが》たれ、躯《からだ》の芯に甘い電流が走った。痛みの向こう側にある刺激に、躯が蕩《とろ》けて腰が砕けそうになっていく。

「……痛みはもうないか？」

菜緒は小刻みに頷き、潤《うる》む目で「大丈夫みたい、です」と告げた。まだかすかに痛みは残っているが、それよりも柊生の熱を持つ太い肉茎がしなり、内壁を擦《こす》られる気持ち良さの方が勝っている。初めての行為なのに、ここまで感じるなんて自分でも信じられなかった。

「それは良かった。ゆっくりと感じさせたいが……俺の躯の下で喘《あえ》ぐ菜緒を見ていたら、もうたまらない」

柊生が情熱的な声で囁《ささや》き、挿入のスピードを速めた。

「あっ、あっ……っんぅ、はぁ！」

総身を揺すられるたびに、湿り気を帯びた喘ぎが零《こぼ》れる。それさえも愛おしいとばかりに、柊生に唇を塞がれる。彼は手早く舌を滑《すべ》り込ませ、くちゅくちゅと音を立てて菜緒の舌を味わい、絡め取った。

「んんっ、ぅ……っ！」

柊生は腰をスムーズに動かし、菜緒の膣奥深くを突き上げる。ぬめりのある蜜壷を擦り上げるにつれて、徐々に彼の竿が太くて硬くなってきた。彼の大きさに慣れてきたところだったのに、鋭敏になった皮膚を今以上に薄く引き伸ばされる。思わず呻いてしまうが、破瓜《はか》の時に感じた痛みはなかった。疼痛《とうつう》もどこかへ消え、快《こころよ》いうねりだけが膨れ上がっていく。

好き、好きです、柊生さんっ！　――舌を絡ませ、お酒の香りがする彼の唾液を口腔《こうこう》いっぱいに受け入れながら、菜緒は彼の背を抱きしめた。

「……っ！」

柊生がくぐもった声を漏らし、突然口づけを終わらせた。上体を起こすと、菜緒の双脚をしっかり抱えて結合を深くさせる。細い腰に両手を添え、ゆったりしたリズムで律動を始めた。ずるりと雄茎を抜き、奥を抉《えぐ》り、退き、熟れた蜜壁を擦り上げられる。じりじりと焼ける熱情が、尾てい骨から脳天へと駆け抜ける。

「ンっ！　あっ……っ、はぁ……う！」

あれほど大きく漲《みなぎ》った昂《たかぶ》りを受け止められるのだろうかと、不安に思ったのが嘘のように、粘液で滑る狭い鞘《さや》に、柊生の硬くて太い剣が寸分違わず埋《うず》められる。菜緒の躯は快楽に包み込まれて火照《ほて》り、肌は汗ばんできた。

「ああっ、菜緒！」

柊生は頬を上気させ、苦しそうに荒い息遣いを零す。でも、その表情は恍惚《こうこつ》の色を浮かべている。彼が抽送を速めてきた。腰を回転させてはあふれ出る蜜を外へ掻き出し、弄《いじ》られたことのない場所を穿《うが》たれる。

「やぁ……っ、ん……ふぁ、あっ、あっ……」

菜緒の上半身がビクンと跳ね上がる。柊生は余裕なく菜緒を求めていたはずなのに、クスッと笑った。悦びに身をよじる菜緒を見て頬を緩め、嬉しそうに目を輝かせる。

「本当、仔猫そっくりだ……」

わたしは仔猫じゃない！——そう言おうとしたが、言葉が喉の奥で詰まる。柊生の切っ先で、奥深い敏感な壁を擦《こす》り上げられる。

「っぁ、ダメ……っんぅ、そこは……ぁ、っ、いやっ！」

我が身を襲う快感に、菜緒は身悶《みもだ》えた。心を乱す潮流が下腹部奥で速さを増し、どんどん渦《うず》を巻き始める。菜緒はシーツの上で髪を乱して頭を振るが、柊生は菜緒を攻め立てる。大きくしなる脈打つ熱棒を蜜壷に抽送しては、菜緒の乳房を振動で揺すってきた。

「あ……う、んんっ、ふ……ぁ、は……っん！」

躯《からだ》の中心に籠《こ》もる熱がじわじわと広がり、四肢にまで浸透していく。高まっていくにつれ、耳孔《じこう》の奥に膜が張ったみたいに耳鳴りがした。

もう限界が近づいている。蜜壁を掻き回す柊生の肉棒に、一際感じる箇所を擦り上げられて、菜緒は顔をくしゃくしゃにし、すすり泣きに似た喘《あえ》ぎを零《こぼ》した。それでもなお、硬く漲る昂《たかぶ》りは容赦なく、角度を変えては蜜で濡れた敏感な内壁を突いた。

「あぁ……もう、イ……クッ……ぁんっ、ふ……っ」

掻き乱された熱情が膨れ上がり、気が遠のきそうな高揚感に躯を支配される。肩口を揺らしながら頭を振り、菜緒を呑み込もうとする潮流から逃れようとするが、上手くいかない。喘ぐのさえ辛くなり、声がかれてきた。

柊生の攻めは和《やわ》らぐどころか、どんどん菜緒を追い立てていく。彼の吐息、菜緒の喘ぎが協奏する。ぐちゅぐちゅと空気をふくんだ淫靡《いんび》な音が立っては、激しく腰を突き上げられる。

菜緒がどれほど淫らに感じているのか、それを菜緒自身に伝えるように、柊生は腰を回転させては昂りを膣奥に埋めた。

「んっ……う、ふ……っ、は……ぁ！」

逃げ場のない、繭《まゆ》に包まれたような愉悦に、躯の痙攣《けいれん》が止まらなくなってきた。胸を打つ拍動音が、耳の傍で大きな音となって鳴り響き始める。

もう、躯を支配する快感の痛みに耐え切れない！

生まれた熱が凄い勢いで波状に広がっていくにつれて、菜緒は柊生の背に強く爪を立てて彼を強く抱きしめた。

「……クッ！」

柊生の声が、情熱的にかすれる。額《ひたい》に汗を滲《にじ》ませて硬く昂《たかぶ》った自身を膣内に穿《うが》ち、顔を苦しげに歪める。その時、彼が二人のつながった部分に手を滑《すべ》らせた。

「……君が好きだ」

えっ？　今……なんて？

柊生の吐き出された言葉が脳に伝わった瞬間、充血してぷっくり膨らんだ花芯を指の腹で強く捏《こ》ね上げられた。

「きゃあっ……!!」

躯《からだ》の中で鬱積《うっせき》していた熱が一気に弾けた。蜜壷を穿つ柊生自身をきつく締め上げて、菜緒は天高く飛翔した。瞼《まぶた》の裏に眩《まばゆ》い閃光が走り、躯は血が沸騰《ふっとう》したかのような熱に覆われる。四肢がぶるぶる震えるほど甘美な嵐が駆け抜けていった。菜緒の膣壁が戦慄《わなな》き、膣内にある柊生の逞《たくま》しい剣をしごく。そして、彼の太い根茎に淫唇がキュッと吸い付いた。

「……ううっ！」

絶頂に達した菜緒を追って、柊生が膣奥で精を迸《ほとばし》らせた。菜緒は、自身を強く抱く柊生の背中を撫で上げ、彼の汗ばんだ襟足に指を絡めて優しくそこを撫でた。

「柊生さん……」

愛しげに柊生の名を囁《ささや》き、早鐘を打つ彼の心臓のリズムに耳を傾ける。ちゅっと肩に唇を押し付けて、満ち足りた息をついた。すると彼がゆっくり上体を起こし、腰を引いた。ずるりと抜ける感触に躯が強張《こわば》るが、彼を離したくないと勝手に花蕾が彼を締め上げる。

柊生は小さな声で笑い、温かい膣内から自身を引き抜いて起き上がった。菜緒が上掛けを引っ張り上げて裸体を隠す横で、彼はコンドームの処理をする。ゴミ箱に投げ捨てると、上掛けを捲《めく》って躯を忍ばせ、菜緒を組み敷くように覆いかぶさってきた。達したはずなのに欲望を失わない彼の昂りが、菜緒の大腿に触れる。

もう一度求められるのかと思うと恥ずかしくなったが、菜緒は唇を求める柊生に応えた。唇を割られ、舌を差し入れられ、絡められるだけで、うっとりした声が漏れる。

「……っんぅ」

柊生がぺろりと菜緒の下唇を舐めて、頬にキスを落とす。もう一度と唇を求めたものの、彼は名残惜しげに顔を離して仰《あお》向けになった。それから柊生は、菜緒の首の下に腕を回し、肘を立てて菜緒の頭を優しく撫でる。菜緒は彼の肩に頭を、胸に手を置いて寄り添った。

「あの……、さっき、わたしを好きだって――」

「ああ、言わずにいられなかった。最中に言うなんて、こんなのは初めてだ」

柊生は片腕を目の上に置き、菜緒から顔を隠そうとする。その姿があまりにも新鮮で、菜緒は少し上体を起こして彼を覗き込んだ。

そこにいたのは、物事に執着を見せないのんびり屋の上司でもなく、力強い男らしさを前面に出す五十嵐の従弟《いとこ》でもない。自分の取った行動に戸惑い、その意味を頭の中で咀嚼《そしゃく》している、新しい柊生だ。そんな姿の彼を見ているだけで、菜緒の心がほんのり温かくなってきた。言葉を求めるのは止めようと思った矢先に聞けた心の吐露に、嬉しさが込み上げてくる。

柊生を見ていると、彼が腕を退《ど》けて照れた目を菜緒に向けてきた。

「自分で自分が信じられない……。あれほど、好きだの嫌いだのと言った言葉を囁《ささや》く恋愛はできないと言って――」

菜緒はそっと手を上げ、柊生の唇に触れた。

「確かにそう言ってました。だからこそ、柊生さんの言葉を信じられるんです。そういう恋愛はできないと言ったのに、感情のまま口にしてくれたので……」

柊生を初めてこの部屋に招いた際に言われた彼の言葉を思い返して、わかった。

いつから菜緒に興味を持ったのかはわからないが、彼はこの部屋で菜緒を抱きしめてくれた時にはもう想ってくれていたのだ。そうでなければ、菜緒が拒んだあの夜、無理やり抱いていただろう。そうしなかったのは、少なからず菜緒を想う感情が心にあったからだとしか思えない。

あまりにも嬉しくて、菜緒の頬がふっと緩む。すると、柊生が菜緒の鼻先を乱暴に摘《つま》んだ。

「おい、笑うな。こっちは……かなり動揺してるっていうのに」

「どうして動揺なんてするんです？　抱きしめてもらえるだけで……わたしは幸せなのに。そうさせているのは柊生さんなんですよ？」

「処女のくせに生意気だな……」

口は悪いのに柊生の頬はほんのり上気し、口元は嬉しそうにほころんでいた。

ちぐはぐした顔を見せる彼がとても可愛い……

菜緒は愛情を込めて、彼の胸に頬を寄せた。自然と背に腕を回して抱きしめてくれる彼の優しさに、胸の奥が熱くなる。

「……もう処女ではありません。柊生さんにあげちゃいました」

「ああ、俺がもらったな。っていうか、その年齢で未経験だったことに驚きだよ。よく男の毒牙に引っ掛からなかったな。……夢見る少女のせいか？」

「言っておきますが、彼氏いない歴イコール年齢ではないですよ。わたしだって、付き合った人はいます。ただ、躯《からだ》を重ねる勇気がなくて。まだ子どもだったんです、わたし――」

菜緒の背に触れていた柊生の手が上へ滑《すべ》り、襟足をがっちり掴まれた。突然のことに驚いて顔を上げると、彼が菜緒に顔を寄せて唇を塞いだ。

「っぁ……ん、ふ……ぁ」

ねっとりと濡れた舌が口腔《こうこう》へ差し込まれる。菜緒のすべてを貪《むさぼ》るような口づけに、目がぐるぐる回り始める。強く抱きしめられたと思ったら二人の位置が逆転し、菜緒は柊生に組み敷かれていた。

「……っぅ、……んぁ」

柊生は菜緒の下唇に甘噛みし、ちゅっと音を立ててキスを終わらせた。菜緒を見る彼の瞳には、不安や困惑、恐怖といったものが入りまじって揺らいでいた。彼の心許《こころもと》ない感情を目にして、菜緒は息を呑む。すると、彼が菜緒の柔らかな頬を指で挟んで引っ張った。

「い、痛い！」

「あのな……彼氏に抱かれたあとに、昔の男の話はしないでくれ」

「えっ？　……昔の男って別に――」

わたしのは十代の時の恋であって、大人の恋は初めてなのに――そう言おうとしたが、柊生の眉間に皺《しわ》が刻まれるのを見て、菜緒は口を閉じた。

「いいか、他の男には一切目を向けるな。……って、俺がこんなセリフを口にする日が来るなんてな」

独占欲を丸出しにしたと思ったら、柊生は急に自分の発言に頬を上気させた。でも、彼の目は真っすぐ菜緒に向けられている。

言っただろ？　俺はお前が好きなんだ——そう言っているように感じられる。嬉し過ぎて、菜緒の胸の奥は彼への想いでいっぱいになっていく。

「……はい」

菜緒はにこやかな顔で、柊生の言葉に頷いた。言葉だけでなく態度でも伝えたくて、彼の背に両腕を回して抱き寄せる。首に顔を埋《うず》めて、熱い口づけを落とした。彼が満ち足りた声を漏らし、小さく笑う。

「覚悟しておけよ。仔猫が擦り寄っていい相手は……俺だけだからな」

柊生が菜緒の柔らかな髪に顔を寄せ、そこを頬ですりすりと愛撫する。まるで傍へ近寄る仔猫を無条件に可愛がるみたいに、菜緒を甘やかそうとしていた。

こうして広い胸に抱かれて大切にされると、仔猫と呼ばれるのも悪くない。

調子のいい自分を笑いながら、菜緒は小さなあくびを漏らした。初めてのセックスで、心身ともにとても心地いい疲れを感じている。手に入れた快感はどこかへ消えたのに、躯《からだ》はまだほんのり熱く、目を閉じたくなる。

菜緒は柊生の肌に満ち足りた吐息を零《こぼ》し、彼の背に回す腕に力を込めた。

「柊生さん、わたし……寝てもいいですか？　このまま……柊生さんの温もりに包まれて眠ってしまいたい」

「……いいよ。菜緒が眠るまで、ずっと抱いててやる。だが、二度目の時は寝かさないからな」

柊生は菜緒の横へ躯《からだ》を移動し、仰《あお》向けになった。菜緒が眠りにつきやすいように、彼が優しく抱き寄せてくれる。

柊生も疲れているはずなのに……

柊生の示してくれる、愛の籠《こ》もった仕草が本当に嬉しい。菜緒は頬を緩めて、躯と心を満たしていく幸せに浸《ひた》った。そして、彼のムスク系の香りと温もりに包まれてそっと目を閉じた。

「わたしが眠ったら、いつでも……帰っていいですからね」

菜緒は、彼が気兼ねなく自宅へ戻れるように小さな声で囁《ささや》いた。

本当は、朝までこうして一緒に過ごしたい。初めて躯を重ねた日だから、太陽が射し込む部屋で恋人と目覚めたい。でもそれは、我《わ》が儘《まま》だとわかっていた。

「……残念ながら、帰る気はさらさらないね」

柊生が呟く。だが、その声は菜緒の耳に届かなかった。気怠《けだる》い躯の力をそっと抜いた途端、菜緒は気持ちいい深い眠りに誘われていた。

四

——柊生と結ばれて一週間後。

柊生と恋人同士になったとはいえ、仕事場では上司と部下の関係を貫いていた。彼は桧原課長補佐という皮を徹底して被り続けている。野暮《やぼ》ったい髪型に、黒色のフレーム眼鏡をかけて、朗《ほが》らかな笑みで同僚やクライアントと言葉を交わす。ただ、二人きりになると、仕事の合間でも上司の皮を脱ぎ、難しい顔をして菜緒を見ていることがある。

こっちを見ろよ——という眼差しが向けられているのを肌で感じていたが、菜緒は彼の視線に気付かない振りをしていた。柊生の姿ならいざ知らず、上司の姿で男としての目を向けられると、菜緒の方が変な感じがしてしまい、頭の切り替えが上手くできなくなってしまう。でもそれが、秘密の社内恋愛をしているという感じにさせられる。

初めてセックスをした翌朝、柊生は菜緒の家に泊まった。上司の姿をした彼と一緒に出勤したのも、もしかしたら影響しているのかもしれない。

ああ、彼の一挙一動にドキドキしてしまう……

コントラクト事業部へ戻る途中の廊下で、菜緒は腕に抱えたファイルで口元を隠した。

うっとりした息を零《こぼ》し、忍び笑いを漏らす。

残念ながら、柊生とはまだ一度もデートをしていない。実家で何かがあったらしく、毎晩真っすぐそちらへ帰るせいだ。付き合い始めたばかりなので、当然寂しい部分もある。でも同じ会社なので、毎日会えている。ほんの些細《ささい》なことだったが、それで十分幸せだった。

仕事でもつながっていられるなんて、なんて素敵なんだろう！

菜緒は、手元のファイルに目線を落とした。それは、空間設計事業部でもらってきたシティホテルのデザイン画と、先日契約を結んだ彩郷の客室の写真。どちらも目を奪われるほど素敵だ。これを柊生に見せたら、きっと一緒に喜びを分かち合える。

うきうきして廊下を歩いている時、菜緒の携帯が振動した。スカートのポケットから携帯を取り出して、液晶画面を見る。そこには五十嵐の名前があった。

「もしもし、律子さん？」

『菜緒ちゃん？　今、電話大丈夫？　あのさ、今夜の約束なんだけど、延期させてくれる？　実は急遽《きゅうきょ》同僚のピンチヒッターで、今夜の便でベトナムへ行かなきゃいけなくなったの。本当にごめん！』

菜緒は腕時計を見た。終業時間の十七時を少し回っている。

「いいえ。わたしのことは気にしないでください。それにしても、こんな時間に出張が決まるなんて……。大変だと思いますけど、体調には気を付けて行ってくださいね」

『うん、ありがとう。ああ、それにしてもショック……。柊生と付き合うようになった経緯を訊《き》くはずだったのに！』

菜緒は五十嵐の残念そうな声音に苦笑しながら、コントラクト事業部のドアの前で立ち止まった。

「次に会う時に、たくさん訊かれるのを覚悟しておきますね」

冗談めかして言うと、五十嵐が楽しそうに声を上げて笑う。

『言ったな。……菜緒ちゃん、あたしに根掘り葉掘り訊かれる覚悟をしておきなさい！じゃ、帰国したら電話するね』

五十嵐との通話を切ると、菜緒はドアを開けた。部屋には、残業する柊生の他に、帰り支度を始めている同僚が二人いた。彼らはコートを腕にかけると、ドアの近くにあるホワイトボードへ寄り、商談と直帰のマークを書き込む。

「桧原さん。俺たちはこれから商談へ行ってきます」

「はい、頑張ってきてくださいね」

柊生は部下たちに笑顔で応じ、ドアのところで立ち止まっている菜緒にちらりと目を向ける。口元をほころばせつつも、彼はすぐに自分の仕事に戻った。

「じゃ、高遠さん」

同僚に声をかけられ、菜緒はハッと我に返り、慌てて「いってらっしゃい」と二人を送り出した。

ドアが音を立てて閉まり、部屋は静まり返った。

柊生と二人きり……

菜緒は変な緊張を感じたが、柊生は上司として仕事に徹している。菜緒も彼の部下として振る舞わなければと背筋を伸ばし、胸に抱えたファイルを持つ手に力を入れてゆっくり歩き出した。

菜緒が自分の席にではなく、柊生のデスクへ向かうのに気付いたのだろう。彼はパソコン画面から視線を動かし、顔を上げた。

「お忙しいところすみません。空間設計事業部で受け取ってきた、シティホテルの客室デザイン画です。あと、彩郷の現場写真が入っています。明日以降で構いませんので、確認よろしくお願いします」

柊生のデスクに、ファイルを置く。

「うん、わかった。ありがとう」

上司の姿でありながら、柊生が男っぽい笑みを浮かべた。男の色気を漂《ただよ》わせる表情に、菜緒の心臓が高鳴り始める。張り詰めていた空気が甘いものに変わっていくのを感じ、自然と菜緒の頬が火照《ほて》り出した。

「菜緒、今夜さ――」

　柊生が声をかすれさせて話し始めたその時、菜緒の携帯が振動した。さらに、ポケットに入れていたそれと彼のデスクが触れていたため、不快な音が部屋に響き渡る。二人の親密な空気が、一瞬で壊れた。

「す、すみません。もしかしたら、律子さんかも。ついさっき、彼女と話したばかりなので……」

「ここで出て構わない。就業時間は終わってるし」

　何故か柊生は忌々《いまいま》しげにため息をつき、手にしていたペンをデスクの上に放り投げた。

「あの、ごめんなさい！」

　菜緒は柊生に背を向け、携帯を取り出した。

「律子さん？　いったいどうされ――」

『もしもし？　菜緒さん？』

　相手の声が男性のものだと気付き、菜緒は声を詰まらせた。

「えっ？　あの……」

　携帯を離して、着信番号を確認する。そこには郷内健児《ごうないけんじ》と表示されていた。携帯に登録してあるということはなんらかの知り合いだが、その名前に記憶はない。

『嫌だな～、忘れちゃった？　俺が誰なのか……』

「あの、どなたかとお間違えではありませんか？」

菜緒は訝《いぶか》しく思いながらも、相手の失礼にならないよう丁寧に訊《たず》ねた。

『間違えてないよ。高遠菜緒さんとは、先週のバレンタイン合コンで隣の席になったばかりだし』

「あっ！」

菜緒は郷内を思い出した。女性に不自由しそうにない、野性的で男らしい容貌をした男性だ。菜緒の思ったとおり、彼は同僚たちの熱い視線を一身に浴びていたにもかかわらず、それを歯牙《しが》にもかけなかった。そんな彼とその場のノリで携帯番号とアドレスを交換したあと、どこかのホテルで働いているという話を聞いたが、菜緒は女性の扱いに長《た》けた彼には興味を持てず、世間話を終えると早々に席を立って化粧室へ逃げたのだ。もちろんアルコールと人で酔って目の奥がじんじんと痛み、コンタクトをはずす目的もあった。その後は彼には近寄らず、話もしなかったのに、どうして今になって連絡をしてきたのだろう。

「……あの」

『思い出してくれた？　あの日、菜緒さんだけなんだよね……俺が話しかけているのに逃げた女性って。嫌がられてたんだと思うんだけど、余計に君を忘れられなくなってさ』

こういう風に、女性を手のひらで転がそうとする態度が、菜緒は気に入らなかった。同僚たちはそれが恰好いいと騒いでいたが、菜緒は受け付けなかった。

「あの……、合コンでは――」

『菜緒さん、一度俺と会ってくれませんか？　……今夜なんてどうです？　俺の働いているホテルのバーに、菜緒さんを招待したいな』

通話を切ったら郷内の番号を着信拒否にしようと考えながら、菜緒は額《ひたい》に手をあてた。

「いえ……。えっと、お誘いは嬉しいんですが――」

「切れ」

耳元で聞こえた低い声に、菜緒はその場で飛び上がって振り向いた。いつの間にか柊生が席を立ち、菜緒の背後に立っている。髪の毛は上司仕様のままだが、伊達眼鏡ははずし、菜緒を睨《にら》み付けていた。

『菜緒さん？　どうしました？』

どこか笑いを堪《こら》えるような郷内の声が聞こえるが、菜緒は目の前の柊生から目を逸《そ》らせなかった。心臓にギュッと締め付けるような痛みが走り、脈が跳ね上がる。

「あ、あの……」

「切れ」

『菜緒――』

柊生の人を震え上がらせる冷たい声音に、菜緒はたまらず通話を切って携帯をポケットに入れた。

「えっとですね……、これは、その——」

「切れよ」

「……もう、切りましたよ？」

なのに、柊生が一歩菜緒に足を踏み出す。何がなんだかわからず、菜緒は逃げるように足を引き、あとずさった。

「菜緒……」

柊生は数歩で距離を縮め、菜緒の手を掴み彼の方へ引き寄せる。躯《からだ》が触れ合うほどの距離に息を呑むが、彼は気にしない。それどころか菜緒の方へ顔を近づけ、目を覗き込んできた。

「お前にちょっかいをかけてくる男は、すべて切れと言ってるんだ」

そう言った途端、柊生は居心地悪そうに顔を歪めた。戸惑いを目に宿して、菜緒の手を引っ張ってデスクへ向かう。

「返事は？」

「あっ……はい。着信拒否にしておきます」

菜緒の返事に満足したのか、柊生は頬を緩めてデスクを回ると椅子に座った。真横に立つ菜緒の腰に片腕を回す。

「あの？」

「菜緒が空間設計事業部で引き取ってきた資料を見た。シティホテルの件は、いい感じに仕上がっている。クライアントと会う日程を、少し早めてもいいな。それと、彩郷の客室は、デザイン画よりももっと良くなった。写真ではわかり辛い部分もあるが、空間を広く見せる視覚でのマジックは素晴らしい」

「は、はい」

柊生も菜緒と同じ意見を持ってくれて嬉しくもあった。だが、この状況にどう応じればいいのかわからないせいで、歯切れが悪くなる。

仕事の話をしているのに、柊生は上司として接していない。それどころか、菜緒の腰を優しく撫でている。その下の素肌に触れたいとばかりに指を動かされて、菜緒の息が弾み始めた。

「彩郷には、明日、俺が連絡を入れておく。菜緒は、シティホテルの方のアポを取って、日程を調整してくれ。それと、来月の週末は商談を入れないで欲しい」

「わかり、ました……っぁ！」

背筋に甘い疼《うず》きが走り、躯がビクンとなる。菜緒は腰を抱く柊生の手を掴んだ。

「何？　……どうかした？」

ニヤニヤと楽しそうに菜緒を見上げる柊生。菜緒は頬を染めて、ぷいっと顔を背《そむ》ける。

「知りません！」

柊生の手を振り払い、自分のデスクへ行って退社の準備をしようとする。だが一歩進んだだけで、彼に手を掴まれた。

「なあ、今夜……菜緒としたい。もう、いいか？」

懇願《こんがん》の光を瞳に宿す柊生を、菜緒は見つめた。

柊生とセックスして以降、キスは会社でも人目を忍んでしていたが、それ以上のことはなかった。菜緒の生理も重なり、親密な行為はお預け状態だった。そして今、彼は菜緒を欲しいと訴えている。

「……ごめんなさい。あの、まだです」

「はあ……」

柊生は肩を落として残念そうに首を掻く。拗《す》ねた姿が可愛くて、菜緒はぷっと噴き出した。

「おい、今……笑ったな」

そう言って立ち上がると、柊生は両腕を菜緒の背に回した。二人の躯《からだ》がぴったり重なり合うほど力を入れる。そして少し手を滑《すべ》らせて菜緒の首筋に触れると、ゆっくり顔を寄せてきた。

「か、会社ですよ？」

「もう就業時間は終わってる……。知ってるだろ？」

もちろんだ。ただ、眼鏡をかけていないとはいえ、上司の姿で求められると、やはり気持ちが落ち着かない。身をよじって抱擁を逃れようとするが、それが逆に彼の心に火を点けたようだ。

柊生の顔がさらに近づいてくる。彼の欲望に満ちた吐息が、菜緒の頬を、唇を撫でていく。

「わかってるのか？　俺は……君が欲しくてたまらない」

菜緒の心臓が速くなる。息をするのも苦しくなり、呼吸のリズムが崩れていく。かすかに唇を開けて息を吸った瞬間、柊生に唇を塞がれた。

「っんぅ……！」

切羽詰まった態度で菜緒を欲しがる柊生の口づけは、その性急さとは裏腹にとても甘かった。優しく舌を吸われ、絡ませられるだけで躯がふにゃふにゃと蕩《とろ》けそうになる。

「は……ぁ、ぅ……んっ」

柊生と素肌を合わせたいと、躯が勝手に彼に擦り寄る。欲望を煽《あお》られて漏れる喘《あえ》ぎや、口づけの合間に零《こぼ》れる息遣いが静かな部屋に響いてくると、菜緒は慌ててキスを逃れて俯《うつむ》いた。彼の肩に額《ひたい》を置き、弾む息を整えようとする。なのに、彼のスーツから伝わる体温や彼の愛用している香水の香りに、くらくらしてしまう。ブラジャーで隠れる乳首は、ビリビリと痛みが生じるほど勃《た》っていた。

口づけだけで淫らに感じてしまうなんて……

セックスは一回だけ。あとは抱擁とキスだけなのに、日が経つにつれて、躯《からだ》が敏感に反応するようになってきている。このままでは、エッチな子だと思われてしまう。

菜緒は激しく高鳴る拍動音に翻弄されながらも、柊生の胸に手を置き、上体を反らして躯を離そうとした。だが、逆に引き寄せられて下半身を押し付けられた。

「……っぁ！」

かすれ声が漏れる。柊生のものが硬くなっていくのを感じる。ぐいぐい擦《こす》られるだけで、急速に躯が熱を帯びていく。

柊生の胸の上に置く手が震え始めると、彼が菜緒を抱いていた腕をさっと解いた。躯を覆う力強さと温もりが消え、菜緒の胸に喪失感が生まれる。

柊生は満悦の笑みを浮かべて、キスで濡れた菜緒の唇を指で撫でた。敏感に痺《しび》れるそこを触れられて、菜緒の息が弾んだ。

「ざまあみろ」

柊生が楽しそうに小さな声で笑った。そこで初めて、彼にからかわれていたとわかり、菜緒の顔が恥ずかしさで真っ赤になった。どうすれば菜緒が感じるのか知っていて、彼は欲望を煽《あお》ってきたのだ。そして今、彼が欲しくて躯を火照《ほて》らせているのもわかっている。

「ひ、酷《ひど》い――」

そう言ったところで、菜緒の意識が押し付けられた膨らみに向いた。菜緒にキスし、抱いただけで反応した下半身。柊生も菜緒に負けず劣らず報いを受けている。たぶん、菜緒よりも辛い状況に陥《おちい》っているだろう。翻弄されているのは菜緒だけではないと安堵した時、柊生がムッとした様子で菜緒の手を掴んだ。

「そっちがそういう態度を取るなら、俺を満足させてくれてもいいんだけど」

「えっ？　満足って……」

きょとんとする菜緒の手を、柊生は自分の股間へ導いた。少し硬くなったそこを擦らされる。手のひらにあたる彼の感触に、菜緒は狼狽《うろた》えた。声が出てこない代わりに、呼吸の間隔が短くなっていく。

「こうやって、俺の硬くなったものを、菜緒の手と口で感じさせてくれてもいいんだ」

菜緒は、慌てて柊生の股間に触れさせられていた手を引き、胸に押し当てた。

「これでわかっただろ？　菜緒の気持ちを考えて、強要してこなかったっていうのが。大人の関係を望む俺が、菜緒を思いやってるって気付いて欲しい――」

「あの！　……そういうのをして欲しいんですか？　柊生さんはわたしに？」

菜緒は柊生の言葉を遮《さえぎ》った。男性を悦ばせる行為は、知識としてはあるが、これまで一度も実践したことはない。そういうのを彼が望んでいるのかどうか、きちんと知っておきたい。

羞恥心《しゅうちしん》はもちろんある。でも、恋人同士の間では対等でありたいと思うから……

胸をドキドキさせて柊生の返事を待っていると、彼がふっと口元をほころばせた。

「俺が踏み込めばさっと逃げるくせに、間を置かずに踵《きびす》を返して俺の心に忍び込んでくるんだな。まっ、無理強いはしないよ。徐々に俺に慣らすプロセスも、楽しくなってきてるし」

柊生はポケットに手を突っ込み、上体を倒して菜緒の耳元へ顔を寄せた。

「でも、そうだな……。菜緒が俺を悦ばせたいと思ってくれるんなら、俺に何をしてくれても構わない。いつかは……フェラはして欲しいな」

フェ、ラ……

甘くかすれる柊生の声音に乗って聞こえた言葉に、菜緒の躯《からだ》は発火しそうなほど熱くなる。たまらず口を覆って俯《うつむ》き、目を閉じた。菜緒の拙《つたな》い愛撫に、息を弾ませてよがる彼の姿が脳裏に浮かぶ。想像したとおり、いつの日か彼が菜緒の手で恍惚《こうこつ》感に浸《ひた》るかもしれないと思っただけで、胸の高まりが収まらない。

当然恥ずかしさはある。だが、どんな行為をしてでも柊生を歓喜させたいと望むのは、菜緒がそれほど彼を愛しているということだ。

まさか、これほどまで柊生を想うようになるなんて……

「別にすぐにしてくれってわけじゃないから」

柊生は菜緒に背を向けて、コートを手に取る。そんな彼の袖を、菜緒は咄嗟《とっさ》に掴んだ。

「うん？」

「……もう少しだけ、待っててください。あの……頑張ります」

おずおずと柊生を見上げる。菜緒の言葉に、彼の頬の高い位置がほんのり染まった。

「だから……お前のその態度が俺をおかしくするんだよ」

ニヤける口元を手で覆い、さっと顔を背《そむ》ける柊生。女性を惹き付ける男らしい相貌《そうぼう》に似つかわしくない照れ方に、彼への想いが募ってきた。菜緒は彼の腕にそっと躯を寄せた。

「……とりあえず、会社を出るか。今夜空いてるんだろ？　どこかで一緒に夕食を取ろう」

菜緒は柊生の誘いに目を見開いた。一瞬にして湧き起こった喜びに躯が包み込まれる。恋人同士になってデートに誘われたのは初めてだったからだ。菜緒は嬉しさのあまり破顔するが、これまで柊生が忙しくしていたのを思い出し、表情を引き締めた。

「柊生さん、今日は空いてるんですか？　その、実家でいろいろあったって……」

「ああ。でも今日は大丈夫だろう。……さあ、退社の準備をするんだ」

「はい」

菜緒は柊生の傍を離れ、自分のデスクへ向かった。やはり実家の話はさりげなく言葉を濁《にご》されてしまったと、ほんの少しだけ肩を落とす。

実家の話をしてくれたのは、付き合い始めた翌日のこと。彼に隠そうとする意図はないようだが、菜緒が踏み込もうとすれば、言いにくそうに口を閉じるのが常だった。そのため、菜緒は彼が会社と私生活で二面性を演じる理由も訊《き》けないでいた。

もしかして、このふたつにはつながりがあるのだろうか。柊生が会社では無害の男性を装《よそお》い、外ではその皮を脱ぎ捨てるのは、実家と関係が？

訊きたい衝動に駆られる。でも柊生は、気持ちを口に出すのがあまり好きではないらしい。やはり、自分から訊く真似はせず、柊生が言ってくれるのを待つべきかもしれない。

「おい、手が止まってる」

柊生の声に、菜緒はハッとして顔を上げた。彼は会社を出るために上司の姿に戻ったのか、先ほどはずした黒色フレームの眼鏡をかけている。菜緒が来るのを、ドアの傍で待っていた。

「す、すみません！」

慌ててデスクの周りを片付け始めるが、菜緒は柊生のことが気になって仕方なかった。

もしかして、デートも上司の姿でするのだろうか……

柊生の面影のない、上司の容姿が嫌いなわけではない。上司の桧原には尊敬を抱いているし、外見とは違って意外と頼れるのも知っている。ただ、桧原の姿でデートとなると変な気分になる。

菜緒は小さくため息をついてからコートを羽織ってバッグを持ち、柊生の傍へ駆け寄った。

「何を考えていた？」

「えっ？」

もしかして、顔に不満が出ていた⁉

そんなことを柊生に言えるはずもなく、菜緒はどう言い訳しようかとあたふたする。

だが、柊生の眼鏡を見て言い訳を思いついた。

「えっと、注文していた眼鏡が届いたと連絡があったので、帰りに取りに行かないと……って考えてました」

「ふーん」

嘘をつくな。そんなことは一切考えていなかったくせに――そう言わんばかりの眼差しに、菜緒は苦笑するが、眼鏡の件で連絡があったのは本当なので何も言わなかった。

菜緒は柊生と廊下を歩きながら、彼を見上げる。

「夕食の前に、会社近くにある眼鏡チェーン店へ寄っていいですか？」

「いいよ。買う時、一緒に行くって約束していたのに、付き添えなかったし」

「ありがとうございます」

感謝を込めてにっこりした時、廊下を歩く別部署の社員と会った。上司の桧原に戻って人当たりのいい笑みを浮かべる柊生とともに挨拶《あいさつ》をして、エレベーターに乗り込む。そして、ロビーを通って会社の外へ出た。

「寒っ！」

身を切るほどの冷たい風に煽《あお》られて、髪とコートがなびく。菜緒は髪を手で押さえて、躯《からだ》を縮こまらせた。まだ桧原が柊生だと気付かなかった以前と同じように、彼は風上に立ち、盾《たて》となって菜緒を風から守ってくれる。何も言わずに気遣ってくれるその優しさに、菜緒の心がほんわかしていく。

菜緒は柊生に寄り添い、駅へと続く幹線道路の歩道を歩いた。駅前の賑やかな地域に入ってくると、商業施設の鮮《あざ》やかなイルミネーションで照らされた街路樹が目に飛び込んでくる。そこはまるで夢の国かと思うほど、煌《きら》びやかな雰囲気に包まれていた。そういう道を恋人と歩ける幸せに胸を弾ませながら、菜緒は道中にある眼鏡チェーンを指さした。

「ここです」

自動ドアが開いて店内へ一歩入るが、菜緒の隣で柊生がピタッと足を止めた。

「……悪い、電話だ」

携帯電話の液晶画面を見るなり、柊生は嫌そうに顔を歪めた。取りたくはないが、無視できない相手なのだろう。

「どうぞ、取ってください。わたし……眼鏡を受け取るだけなので」

「すまない……」

柊生は菜緒に頷いて外へ出ると、道路と歩道を遮《さえぎ》る柵《さく》に腰掛けて携帯を取った。眼鏡をはずし、目にかかるほどの髪を手で掻き上げる。

「いらっしゃいませ。お伺いいたしましょうか？」

店員に話しかけられて、菜緒は店員に意識を向けた。

「お願いします」

菜緒は注文書を渡して椅子に腰掛ける。購入した眼鏡の調整をしてもらい、ケースを選んでいる間も、柊生は店内へ入ってこない。ガラス窓の向こう側を見ると、街灯に照らされた彼の姿が見えた。まだ、電話をかけてきた相手と話している。ただ彼は、苛立たしげに髪の毛を何度も掻きむしっていた。離れた場所にいる菜緒にも、彼の虫の居所が悪いのが伝わってくる。

「何か不具合などがありましたら、気軽にお立ち寄りくださいませ」

「あっ、はい。どうもありがとうございました」

菜緒は椅子を立つものの、まだ電話中の柊生に近寄っていいのか躊躇《ためら》いがあった。だが、店内にずっと居続けるわけにもいかない。

店員に会釈《えしゃく》して、菜緒は自動ドアの前へ行った。ドアが開いた途端、柊生の「いい加減にしてくれ！」と怒鳴り声が響いた。その声に、菜緒の躯《からだ》がビクッとなる。ただ、そんな態度を取っているにもかかわらず、彼は相手の声に耳を傾けていた。

電話の相手は、もしかしたら家族かもしれない。ここ最近、実家の方でごたごたしていると言って、デートすらできなかった件を思うと、そうとしか考えられなかった。

「またのお越しをお待ちしております」

店員は頭を下げて、店内へ戻っていった。菜緒は柊生の方へ歩き出す。菜緒に気付いた彼が、静かに顔を上げた。

「今日は無理だ。この話は週末に……だから、もう……いい加減にして……いや、その話は終わったはずだ。俺はこれまでみたいに、もう親父たちの言うがまま黙って付き合えない――」

先ほどとは打って変わって、冷静に話し出した柊生。だが、急に言葉を詰まらせて、口を閉じた。そして手を額《ひたい》にあて、頭を支えて俯《うつむ》く。

「……わかってる。だから、何度も俺は――」

いったい何を言い争っているのだろう。理由はわからないが、柊生がかなり追い詰められていて余裕がないのが見て取れた。立ち入らない方がいいのかもしれないとも思ったが、彼の前にそっとしゃがみ込んだ。

「落ち着いてください」

柊生にしか聞こえない声で囁《ささや》き、彼の膝を優しく撫でる。彼は驚愕したように目を見開くが、ゆっくり菜緒の手の甲に触れた。そして、ギュッと強く握り締める。

その時、柊生と話している男性の声が聞こえた。彼の剣幕に相手の男性も怒っているのかと思いきや、柊生とは正反対で楽しそうに笑っている。

「いや、今はまだ……。頼む、もう少しだけ待って……って、おい！」

最後に声を張り上げた柊生はため息をつき、力なく携帯のボタンを押した。会話が切れたと確認したあともしばらく口を閉ざしていたが、やがて静かに菜緒と目を合わせる。

「何があったんですか？」

「悪い……。最近父たちと対立していたせいで、我慢ができなくなってしまった」

菜緒の前で、柊生は渋い顔で肩を落とした。

「菜緒……夕食はまたの機会にしても――」

「もちろん、夕食はいつでも構いません。お父様とじっくり話してください。柊生さんに何か言ってくるのも、親として心配されているからだと思いますし」

　柊生を安心させようと微笑むが、菜緒は心の中で〝お願い、何が柊生さんを悩ませているのかわたしに教えて！〟と囁《ささや》いていた。でも彼は何も言ってくれない。やるせない表情を浮かべて菜緒をじっと見つめていたが、菜緒の背に両腕を回して強く抱きしめた。

「柊生、さん？」

「俺は逃げ出さない。……逃げ出せば楽かもしれないが、今回は投げやりになってはいない。未来に希望を抱いているんだ——」

　柊生の言葉尻が小さくなる。菜緒を抱く腕がかすかに震えているのは、心の中で葛藤《かっとう》しているのだろうか。理由を訊《き》きたい気もするが、きっと彼は口を噤《つぐ》むに違いない。

　気持ちを吐露できない柊生を、菜緒は人目もはばからず抱きしめ返した。

　この人は決して後ろ向きにならない。五十嵐の彼氏の件でも、自《みずか》ら進んで困難な道へ進もうとした。だが、そのせいで何もかも自分の肩に背負い込んでしまう節が見られる。今もそうだった。菜緒に弱音を吐かず、自分で乗り越えようとしている。

　寂しい気もするが、菜緒はそういう柊生を好きになった。だがこれからは、菜緒が傍にいることで、ほんの少しでも心を休められたらと、彼の頬に口づけを落とす。

「そうやって、何事にも前を向いて立ち向かおうとする柊生さん……とても素敵です」

「……ったく、お前は」

菜緒の肩で笑い声を漏らす柊生だったが、ゆっくり腕の力を緩め、冷たくなった菜緒の頬に触れた。そして、柔らかな下唇を親指で撫でる。

「なあ、知ってる？　……俺たち、注目の的だって」

「えっ!?」

菜緒は慌てて周囲を見回した。歩きながらちらちらとこちらを見つめるカップルや、足を止めて興味津々《きょうみしんしん》な目を向ける男女の姿が視界に飛び込んできた。寒いのに急激に血が沸騰《ふっとう》したかのように熱くなり、冷えた手足がじんじんしてくる。

「は、は、早く……行きますよ！」

菜緒は柊生の背に回していた手を離し、俊敏に立ち上がった。柊生の手を掴んで引っ張り、彼を立たせると、いそいそとその場を逃げ出す。しばらくの間は顔を伏せ、周囲の目がなくなるまで歩き続けた。

そんな菜緒の隣で、柊生は今も笑い続けている。何がツボにはまったのかは知らないが、肩を揺らしていた。彼をじろりと睨《にら》み付ける。しかし、先ほどまでの緊張がすっかり解けているその表情に、菜緒の口元が自然とほころんだ。

「……これなら、笑われてもいいかな」

菜緒の存在で柊生の張り詰めた気をまぎらわせられるのなら、こんなに嬉しいことはない。

「うん？　何か言ったか？」

「いいえ、別に、何も……」

菜緒は柊生と腕を組んで、束の間のデートを楽しむ。だがそれも、駅前で終わりを告げた。菜緒は指の力を抜き、手を脇に下ろす。

「実家、行かれるんですよね？　タクシーに乗られますか？」

菜緒は柊生に訊《たず》ねて、ロータリーに設置されたタクシー乗り場に目をやった。

「ああ、電車だと乗り継ぎで時間がかかる」

「じゃ、わたしはここで失礼しますね。また明日、会社で」

にっこり笑って身を翻《ひるがえ》そうとする菜緒の手を、彼が急に掴んだ。

「柊生さん？」

「父との対立は……少々難がある。だが、必ずなんとかする」

柊生が何を言いたいのかは察しがつかない。ただ、何も訊《き》いていないのにここまで話してくれることが、とても嬉しかった。

「頑張ってきてくださいね」

菜緒はそっと背伸びをして、柊生の耳殻《じかく》に唇を寄せる。

「柊生さんとは毎日会社で会えるので寂しくはないですけど、またデートに誘ってくださいね。二人きりで過ごせる日を待っています」

菜緒はさっと一歩後ろに下がった。目を丸くさせる柊生に微笑み、今度こそ彼に手を振って小走りに駅の改札へと向かった。

一度も振り返らず前だけを見つめていたが、柱の陰に入ったところで足を止める。自分らしくない大胆な言動に、今になってどぎまぎしてきた。高鳴る胸に手を置き、凄い速さでリズムを刻む拍動音に耳を傾ける。

エッチな恋人だと思った？　誘う真似をした菜緒に幻滅しただろうか。でも、こういう気持ちを抱くのは、相手が柊生だからだとわかって欲しい。

菜緒の弾む呼気が少しずつ落ち着いてくると、そっと柱から顔を覗かせて、タクシー乗り場へ目を向けた。タクシーに乗ってもういないと思っていたのに、柊生はまだそこにいた。しかも列に並ぶどころか、ベンチに座って前屈みになり、笑顔で何かに触れている。目を凝《こ》らして彼の足元を見ると、そこには小さな白い仔猫がいた。彼が手を動かせば動かすほど、激しく飛び跳ねる。その手を途中で止めると、仔猫はもっと遊んでとばかりに、彼の足に突進してぶつかっていた。彼は肩を揺らして笑い、仔猫の頭を、顎《あご》の下を指でくすぐる。

優しげに、そして幸せそうに……

柊生の表情に魅了されてうっとり眺めていると、彼は仔猫を優しく抱き上げて立ち上がった。隣のベンチにいた母娘連れのところへ行き、仔猫を渡す。キャリーバッグを持っているのを見ると、仔猫の飼い主なのだろう。

母娘は柊生に頭を下げて立ち上がると、バス乗り場へ向かった。彼はコートにポケットに手を突っ込み足元に視線を落とす。だがすぐに顔を上げて真正面をじっと見つめると、人のいなくなったタクシー乗り場へ行き、開けられたドアの車内へ乗り込んだ。

菜緒はまだ胸をドキドキさせながら、柊生の乗ったタクシーのテールランプが見えなくなるまで、その場に立っていた。

五

三月に入り、寒さも和《やわ》らいできた。とはいえ、暖かい日が続いたと思ったら急に気温が下がる。これは、春が目前という意味だ。もうすぐ、桜の開花予報がニュースで流れ始めるだろう。わくわくする反面、それは仕事が急激に忙しくなるという知らせでもあった。例年どおり、内装設計事業部から回ってくる仕事がどんどん増えている。それにつれて、菜緒のスケジュールも詰まっていった。

そんな中、和カフェを経営する五十代のクライアントから会いたいと連絡が入り、急遽《きゅうきょ》時間を作って会社の応接室に通した。デザインについての相談かと思いきや、先方の意向で早めに契約したいというものだった。こちらにしてみれば願ってもない話で、前倒しでの契約の運びとなった。

「早めに契約できて、本当に良かったです」

押印を終えたクライアントの女性が、ホッと安堵の息を零《こぼ》した。

「いえ、こちらこそありがとうございます。早いご決断に感謝いたします」

いつもと変わらない上司の皮をかぶった柊生が、穏やかな顔つきで彼女に挨拶《あいさつ》する。

「和の雰囲気を大切にして、素敵な内装にしてくださったでしょう。こちらになら、空間デザインも任せていいかなと思ったんです。そう思ったら居ても立ってもいられなくなって、急がせていただきました。無理を言ってしまい、本当に申し訳ありません」

「いえ、とんでもないです。弊社と契約しようと思って足を運んでくださっただけで、私どもは本当に嬉しいです」

柊生が目を細めて頷くと、クライアントが席を立った、菜緒たちも立ち上がり、それぞれが握手を交わす。

「私がお送りしてきますので、高遠さんはあとをお願いしますね」

「えっ？　……でも――」

「さあ、外までお送りさせていただきます」

きょとんとする菜緒の言葉を遮《さえぎ》り、柊生はクライアントをエスコートして応接室を出ていった。独り残された菜緒は、椅子に座り、テーブルに広げられたデザイン画と契約書を呆然と眺める。

「あとをお願いって、何？」

菜緒は小首を傾げる。そうしながらも、ひとまず契約書や空間設計事業部に出す依頼書を別のクリアファイルに入れて、テーブルの上を片付け始めた。ひととおり片付けを終わらせるが、柊生はまだ戻ってこない。

菜緒はテーブルに置いてあるスケジュール帳を開いた。柊生と付き合い始めてもうすぐ一ヶ月になる。なのに、まだ一度も彼とちゃんとしたデートをしていない。初めてのデートは、彼の父親からかかってきた電話でキャンセルされた。それ以降もお互いの都合がつかず、計画を立てられなかった。

確かに、会社で会えるだけで嬉しいとは思ったが、まさかこんなにも恋人らしいことができないなんて……

菜緒は気怠《けだる》げに息をついて、両手で顔を覆った。実際のところ、柊生に無視され続けているわけではない。外でクライアントと会う時には、さりげなくデート気分を味わわせてくれ、部下ではなく恋人として気遣ってくれる。それだけではない。会社ではキス以上のことはしなかった彼が、最近は二人きりになると、菜緒に触れるようになってきていた。休憩時間に、彼に何度指と唇で感じさせられただろうか。

求めてもらえるのは嬉しい。ただ、上司の姿で柊生として優しくされると、変な気分になる。最近では彼に触れられるたびに、彼氏とは別の男性と浮気している気分になってしまうのだ。同一人物だとわかっても、それほど上司としての桧原と、彼氏としての柊生はまったく違って見えた。

「そんな彼と、一泊旅行……」

スケジュール帳に付けられた印を見て、菜緒は甘い吐息をついた。

空間設計事業部が受けた彩郷の仕事は滞《とどこお》りなく終わり、現在三月末のオープンに先駆けて、プレオープン真っ最中。日頃お世話になっている関係者や常連客を招待しているという話を聞いている。その期間中に柊生と菜緒にも一泊して欲しいと、招待状が送られてきていた。完成した全室の写真を受け取ってはいたが、約束どおり、柊生はスケジュール調整をして社長の招待を受けた。

しかも、明日から……

「ハードル高過ぎる……」

「どのハードル？」

いきなり柊生の声が響いた。菜緒はハッとして、ドアの方を見る。そこでは、眼鏡をはずした彼が菜緒を見ていた。

「あの！　えっと……なんでもないです。ところで、いつ入ってこられたんですか？」

「ついさっき」

柊生は疲れを滲《にじ》ませたため息をつき、先ほどまで彼が座っていた席に座った。そして、気怠《けだる》げに菜緒を見つめる。

「契約は一週間後の予定だったんだけどな。早くなったことで、またスケジュール調整しないと」

「そ、そうですね。頑張ります」

そう答えはするものの、柊生の何か訴えかけるような艶《つや》っぽい目つきに、菜緒の下腹部奥がざわつき始める。こういう目をする時、決まって彼は菜緒に手を伸ばす。このままでは危険だと思い、さっと顔を背《そむ》けて立ち上がった。テーブルに置いてあるファイルをまとめ、腕に抱える。

「あの……このあとのスケジュールですけど――」

スケジュール帳を取ろうとした菜緒の手首を、急に柊生に掴まれた。ビクッとして彼に目を向けると、彼は菜緒の手を引っ張って爪に口づけを落とす。甘く誘う仕草に、自然とハイヒールに隠れた爪先がキュッと丸まる。

「このあと？　ああ、詰まってる。だが午前中はずっと忙しく、昼休みもほとんど仕事で潰してしまっただろ。だから、少し休めばいい。これは上司の命令だ」

「でも、これじゃ……全然休憩できません！」

菜緒は胸の前で抱えるファイルをきつく掴み、高鳴る鼓動音を隠すように胸に押さえ付けた。

「そうか？　俺は菜緒と一緒だと、素《す》の自分でいられて落ち着けるけど。ほら……こっちに来て」

「ちょっ……しゅ、柊生さん！」

柊生に、強く手首を引っ張られた。突然のことに、ファイルが手から滑《すべ》り落ちた。彼はそれには目もくれず、菜緒の腰に両腕を回した。胸の下に顔を埋《うず》め、熱い吐息をセーター越しに零《こぼ》す。

「ダメです。いつ誰が入ってくるか……」

「鍵はかけてある。その辺、俺がぬかりないって知ってるくせに」

意味深な言葉に、菜緒の頬が上気してきた。彼の手が滑り、起毛地のスカートの上でお尻を揉まれる。それだけで、淫唇がぴくぴく戦慄《わなな》き始めた。

「……っぁ！」

「感じた？」

菜緒は、漏れそうになる喘《あえ》ぎを堪《こら》えようと奥歯を噛み締めた。だが、柊生の手はスカートの中へ滑り、大腿の裏を撫で上げ、内腿《うちもも》に忍んでくる。その手はさらに移動し、秘められた部分に触れてきた。

「ンッ、ぁ……ダメです、柊生さんっ！」

柊生の肩に両手を置き、躯《からだ》を引き離そうとする。そうするよりも前に、彼の指でタイツの上を執拗《しつよう》に擦《こす》られ、快《こころよ》い痺《しび》れが尾てい骨にまで響いた。躯に溜まっていく熱いうねりに背を丸め、菜緒は柊生の肩を強く掴む。

「お願い、です……。会社では……っ、っん！」

「今は休憩中だと言ったろ？　それに菜緒のここ、熱くなってる。ほら、少しずつ湿り気を帯びてきた」

「だって、柊生さんに触られたら、っん……、そうなるのって……っぁ、当然じゃないですか」

送られる快感に下肢が戦慄《わなな》き、躯がビクンと跳ねる。柊生の手で煽《あお》られた熱が渦《うず》を巻き、菜緒の躯が燃え上がる。それは瞼《まぶた》の裏にまで浸透し、薄《うっす》ら目が潤《うる》んできた。

「あっ、あっ……やだ、……は……ぁ」

廊下を歩く社員に声を聞かれるかもしれないと思うと気が気でなく、声を抑えようとするが、喘《あえ》ぎを止められない。

次第に菜緒の秘所を弄る、柊生の指の滑《すべ》りが良くなる。滴《したた》り落ちた愛液がパンティを濡らし、タイツにまで浸透していた。これではいつもと同じで、菜緒だけが感じさせられて、イッて、終わってしまう。

もうこんな風に感じさせられるのはイヤだ！

「柊生、さん……、柊生さんっ！　もう、っんぁ……触らないで！」

菜緒の口調がきつくなる。途端、柊生の指の動きが止まった。刺激がなくなりホッとした反面、その先を望む渇望の狭間で、菜緒の躯が自然と震えた。

「……それ、どういう意味？　俺にはもう触れられたくないってことか？」

「ち、違います！」

不機嫌を通り越して冷たい怒りを低い声音に滲《にじ》ませる柊生に、菜緒は慌てて頭を振った。これまで何も言おうとせず、彼の求めを受け入れてきた。だから、今の菜緒の態度を、彼は拒絶と受け取ったのだろう。

「触れられたくないだなんて、思うわけないじゃないですか。ただ、いつもわたしばかりが満たされて、柊生さんは全然……満足できてないですよね？　もうイヤなんです。わたしだって柊生さんに気持ち良くなって欲しい。柊生さんと一緒に愛し合いたい。そう思うのは、わたしの我《わ》が儘《まま》ですか？」

柊生は目を見開き、呆然と菜緒を見上げている。菜緒はおずおず手を伸ばし彼の頬に触れ、ゆっくり指を走らせた。彼に触れられる喜びに胸をドキドキさせながら、彼の唇にそっと視線を落とす。

「言ってくれたのに……。デートに誘ってくれるって……。わたし、心待ちにしていたんですよ。やっと柊生さんと恋人らしいことができるかなって」

柊生に求められるのは嫌ではない。彼の気持ちが菜緒に向けられていると知っているからだ。でもそれより、もっと恋人らしい雰囲気を彼と楽しみたい。いろいろな話をして、手をつないで、微笑み合って、そして軽くキスを交わしたい。こんな調子なので、少女趣味だと言われるのだろう。それでも、そういう恋人同士のプロセスを柊生と経験したかった。

だが、菜緒は自分が我儘《わがまま》を言っているのも理解していた。自分を情けなく思いながら、柊生の唇に触れていた指を離す。

「ごめんなさい。自分の気持ちばかり言ってしまって……。柊生さんが何かで頭を悩ませているってわかっているのに」

しゅんと肩を落とすと、柊生が菜緒の腰を強く抱きしめて、胸に顔を埋《うず》めてきた。

「あ、あの……柊生さん⁉」

「悪い……、俺の考えが浅はかだった。菜緒は、俺がこれまで付き合ってきたどの女とも全然違うと知っていたはずなんだけどな……」

柊生が顔を上げ、菜緒の目をじっと見つめた。

「もうすぐいろいろなことが終わる。そうすれば、菜緒との時間をゆっくり取れるから、あと少しだけ待っててくれ」

「柊生さん……」

いろいろなこととは何を指しているか、気にならないわけではない。だが、菜緒は彼の言葉に頷き、彼の頭を優しく掻き抱いた。

「だから……、それなんだよ」

「えっ？」

柊生は深いため息をつき、菜緒を引き寄せた。菜緒は、彼の膝の上に座らされる。間近で、目が合った。二人の吐息がまじり合うほどの距離に、少しずつ呼吸のリズムが乱れていく。そろそろ彼に慣れてもいいのに、こうして男の色気が漂《ただよ》う眼差しを向けられるだけで、興奮してしまう。口腔《こうこう》に湧き出る生唾をなんとかして呑み込み、気持ちを落ち着けようとするが、上手くいかない。

菜緒がかすかに唇を開いて、浅く息を吸い込んだ時、柊生が菜緒の鼻に自分の鼻を擦《こす》り合わせ、ペロッと唇を舐め上げた。

「……っ！」

菜緒は咄嗟《とっさ》に上体を後ろへ引き、口を手で覆って柊生を見つめた。菜緒の躯《からだ》の芯に疼《うず》きが走ると同時に一気に躯が燃え上がり、その熱で頬が紅潮していく。

「この一ヶ月、どれほど菜緒が欲しいという悩みに苛《さいな》まれていたか……。わかってるのか？　俺の手で快感に悶《もだ》えるたびに、菜緒はどんどん綺麗になっていった。ちょっとした笑み、肩をすくめる仕草に、俺は性欲を煽《あお》られた。つまり、俺が会社でも菜緒に手を触れずにいられなくなったのは、すべてお前のせいだ」

「ええっ？　わたしが悪いんですか⁉」

目を見開いて驚く菜緒を、柊生がにやりと笑う。

「こんなに執着心が芽生えたのは、菜緒に出会ってからだ。俺を本気にさせた責任を取れよ。そうすれば、俺は菜緒がもっととせがんでしまうほど、可愛がってやる。そうだな、まずは……明日の泊まりの仕事で」

「あ、明日……」

二人きりで向かう泊まり仕事で、柊生は菜緒を抱くと宣言した。初めて彼に抱かれた日のように、四肢を絡ませ、互いの肌が湿り気を帯びるほど燃え上がったあの夜を、二人で再現するという意味だ。彼の気持ちを理解した途端、菜緒の心臓が一際高く鳴った。

「覚悟しておけよ……」

柊生は余裕綽々《よゆうしゃくしゃく》な態度で、菜緒の顎《あご》の下を指で撫でた。まるでじゃれてくる仔猫をあやすような手つきに、菜緒は彼の手を掴む。

「わたしは仔猫じゃないのに……」

柊生が肩を揺らして声高に笑う。いつまでも仔猫扱いする彼に頬を膨らませるものの、菜緒の気持ちは、二人きりで過ごす仕事という名の小旅行に向いていた。

＊＊＊

「う～ん、いい天気！」

土曜の午後。マンションのエントランスを出た菜緒は、澄み渡る青空を見上げた。風は冷たいが、躯《からだ》を包み込む太陽の陽射しは暖かい。一週間も経てば、厚いコートを脱ぎ捨てスプリングコートを羽織っているだろう。外へ出る機会も増え、柊生とのデートを楽しめるに違いない。

嬉しさに声を零《こぼ》した時、マンションの前の道路に停められたセダンの車が目に入った。その車にもたれて腕を組んでいるのは柊生だ。

菜緒は迎えに来てくれた彼の傍へ、急いで走り寄った。

「お待たせしてすみません！」

「いや、大丈夫だ。俺もついさっき着いたところだし」

早く着いたのなら、家に上がってくれても良かったのに……

でもそうしないのが、柊生の気持ちの表れかもしれない。

今日は、これから栃木県那須岳の麓《ふもと》にある老舗《しにせ》旅館の彩郷へ向かう。招待を受けてはいるが、当然仕事も兼ねている。車を降りていた柊生は、上司の恰好をしていた。伊達眼鏡はさすがにはずしているが、髪型に洒落《しゃれ》っけはなく、毛先は目にかかっている。

これは仕事だという柊生の意思表示だろう。朝早くに出発してデートを楽しみながら現場へ入ることもできたはずだが、彼はあえて夕方までに現地へたどり着ける時間にした。仕事だからと、遊びの時間を組み込む真似をしない。

その気持ちはわかるものの、菜緒は柊生の上司仕様の姿を見て肩を落とした。

「はあ……」

「何？ ため息をつくほど、俺と一緒にいたくないって？」

「違います！ その――」

デートを楽しめないとしても、道中は上司の姿をした桧原ではなく、恋人の柊生と一緒に行きたかったです――と言いたかったが、あえて言葉を呑み込んだ。そんな菜緒に、柊生が手を差し出す。

「ほら、荷物」

「あっ、はい。お願いします」

菜緒は小さいボストンバッグを手渡す。柊生がトランクに荷物を入れる間にコートを脱ぎ、菜緒は助手席に躯《からだ》を滑《すべ》り込ませた。続いて、柊生も運転席に乗り込んできた。

茶系のチェック柄の巻きスカート、白色のセーター、そしてロングブーツと気合の入った自分の姿に苦笑する。恋人と長時間一緒にいられるだけでなく、一泊となれば、女子力を高めたくなるのも当然だ。

シートベルトを締めて、乱れたスカートの裾《すそ》に触れた時、その手を柊生に握られる。顔を上げると、柊生がハンドルに手を乗せて上体を捻り、菜緒の方へ顔を寄せてきた。

「っんぅ……！」

柊生にキスされた。さらに口を開けよとばかりに、唇の合わせを舌でなぞられる。ぞくぞくする感触に口を開けると、彼の舌が口腔《こうこう》に差し入れられた。かすかに香るコーヒーの味に、キスされているんだと実感が湧く。

「ンッ……、んふぁ……」

上顎《あご》を舐められ、舌を絡められるだけで、菜緒の躯の奥深い場所で小さな火が燻《くすぶ》り始める。スカートをきつく掴んで喘《あえ》ぎを漏らすと、柊生がちゅっと音を立てて唇を離した。

「……ぁ」

「良し。充電完了。今夜は今以上のことをするから……それまで俺を受け入れる準備をしておいてくれ」

「なっ！」

柊生が何を望んでいるのか、菜緒だってわかっている。ただ、それを恥ずかしげもなく言う柊生の大胆さに、菜緒は目を見開いた。彼は菜緒の反応に満足したようで口元をほころばせると、座り直してエンジンをかけた。

道中、二人の間に会話はあまりなく、静かなドライブとなった。会話がなくても心地いい雰囲気に満足しているのか、柊生は楽しそうにハンドルを握っている。だが都心の高速道路に入った直後は渋滞に巻き込まれて、少し苛立ちを見せた。時間には余裕を持って出てきたが、渋滞で到着するのが遅れ、先方に迷惑をかけたらと思うと気が気でなかったのだろう。だがその心配は取り越し苦労で、徐々に車の量は減って渋滞は改善された。その後、最高速度を維持できるようになると、彼の焦りも消え、リラックスし始めた。

菜緒はと言えば、脳の回路がパンクしてしまいそうだった。今夜起こるであろう行為がふとした瞬間に頭を駆け巡り、菜緒のいろいろな部分を刺激してくる。いい意味で、柊生のキスは菜緒を煽《あお》っていた。

菜緒は我知らず甘い吐息を零《こぼ》しては、車中に流れるＦＭラジオに耳を傾けていた。

途中サービスエリアで休憩を取ったあと、真っすぐ目的地へ車を走らせる。それは、高速道路を降りてもしばらく続いた。

空気が澄んでいるのもあり、荘厳な那須岳が鮮明に見えた。そして一時間後には、山間にぽつぽつと光が灯り始める。綺麗な夕焼けに染まった空と、山の稜線。その美しいコントラストは、まるで別次元の世界へ誘うドアのようだ。

「とても綺麗ですね」

菜緒がぽつりと呟くと、柊生が「そうだな」と返事する。

「景観もそうだが、近くには美術館、ゴルフ場、サファリパーク、牧場もある。自然を満喫したい家族連れには持ってこいの観光地だな。スキー場や温泉もあるし。彩郷さんは、本当にいい場所にあると思う」

「そうですよね……」

那須岳を背にして建つ生まれ変わった彩郷を、もうすぐ自分の目で見られると思うと、菜緒の胸はうきうきしてきた。

しばらく山道を走った車は、彩郷の駐車場で停まった。外へ出た途端、都内とは比べ物にならない冷気に肌を刺される。だが、それよりも自然に囲まれてひっそり佇《たたず》む素敵な旅館の外観に、菜緒は目を奪われた。木造の大きな平屋は年代を感じさせる建物だが、古びた印象はまったくない。オレンジ色の間接照明で照らされた旅館は、山を背に美しく浮かび上がっていた。

贅《ぜい》を尽くした癒《いや》しの旅館として、旅館情報誌などで何度も取り上げられるのも頷ける。息を呑むほどに素晴らしい建物に、菜緒は感嘆の声を上げずにいられなかった。

「ああ、なんて素敵なの……！」

「そうだな。さあ、行こう」

「はい！」

横を向くと、手で掻きむしったみたいに髪の毛を乱し、眼鏡をかけた柊生がいた。既に上司の仮面をつけた彼からボストンバッグを受け取ると、二人で灯りの入った灯篭《とうろう》が並ぶ道を通り、老舗《しにせ》旅館のエントランスへ歩き出した。

大きな自動ドアが開いた瞬間、一気に洗練された空間が広がった。調度品と絨毯《じゅうたん》は濃い色で、客が寛《くつろ》ぐラウンジのソファセットやカーテンなどは明るい色で統一されている。古い旅館の趣《おもむ》きに、現代風のアレンジが加わったその内装は高級感の漂《ただよ》う素晴らしいものだった。

「お待ちしておりました！」

女性の声にフロントを見ると、女将《おかみ》がいた。

「お久しぶりです。今日は、ご招待ありがとうございました」

柊生がにこやかに挨拶《あいさつ》し、女将と握手を交わす。

「とんでもないです。本当に親身になってくださった桧原さんと高遠さんには、是非来ていただきたかったんです。お二人が間に立ってくださらなかったら、こんなにも素敵な空間を作れませんでした。……あっ！」

女将がふと視線を逸《そ》らして、誰かに微笑みかける。

「桧原さんと高遠さんが到着されましたよ」

女将がそう言うと、彩郷の社長が廊下の奥から現れた。

「桧原さん、ようこそお越しくださいました！」

社長は満面の笑みで柊生に近づき、握手を求めてくる。二人は力強く握手した。

「私どもをお招きくださり、ありがとうございます。空間デザインを担当した者が資料として撮った写真を拝見しましたが、やはり自分の目で見るのとでは全然違いますね」

「そう言っていただけると、本当に嬉しいです！」

社長は豪快に笑い、傍へ来た着物姿の仲居に手を上げる。彼女は、すかさず菜緒たちに近寄り手荷物を持った。

「新しくなった我が彩郷でごゆっくりお寛ぎください」

「ありがとうございます。仕事を兼ねていますが、夕食後はのんびりさせていただこうと思っています」

「では、お部屋へご案内いたしますわ」

女将がそっと前へ出て、柊生と菜緒を廊下の奥へと案内してくれた。廊下は凹凸《おうとつ》を作った灯り取りに間接照明を設置することによって、落ち着いた雰囲気と情緒が醸し出されていた。廊下の両端に敷き詰められた小石が、普段の生活を忘れさせる異空間へ誘うトンネルを連想させるのがまたいい。シティホテルや一般的な旅館とは違う雰囲気に、菜緒は自然とわくわくさせられた。

「わたしどもの旅館は平屋造りなので、メインロビーから少々遠い部屋もございますが、実はそちらの部屋が一番人気なんですよ。カップルの方には二人きりで過ごされる甘い空間を、ご家族の方には多少騒いでも声が漏れない楽しい空間をと思い、音の広がりに配慮した造りになっているんです。今回、そちらのお部屋をご用意いたしました。お寛《くつろ》ぎくだされば嬉しいですわ」

「お心遣いありがとうございます。とても仕事をしやすくなります。ねっ、高遠さん」

周囲の内装やインテリアを見ては感嘆していた菜緒は、急に話を振られて柊生を仰《あお》ぎ見た。

「えっ？　あっ……はい」

色彩のコントラストに目を奪われていたせいで、何の話をしていたのかわからなかったが、菜緒の答えに柊生も女将《おかみ》も満足げににこにこしている。菜緒は胸を撫で下ろして、和《なご》やかに話をする二人のあとについて行った。

廊下の奥の部屋へ行く前に、その手前のドアで女将が立ち止まる。

「こちらが高遠さんのお部屋になりますが、先に桧原さんのお部屋へご案内しますね。高遠さんも、是非当旅館自慢のお部屋をご覧ください」

「えっ？　でも……」

上司の部屋へ入るのはまずいと思い、菜緒は一瞬尻込みする。だが柊生は問題ないと、小さく首を横に振った。

「高遠さん、仕事の打ち合わせをしたいので、まず僕の部屋へ入ってくれますか？　自分の部屋で寛ぐのは、内覧を終えてからということで……」

「そう、ですね。はい、そうさせていただきます」

考えてみれば、彩郷の社長や女将は、菜緒が柊生と付き合っているという事実を知らない。招待とはいえ、ここへは内覧の仕事で来ている。部下が上司の部屋へ入って、今夜の仕事の打ち合わせをしても、なんら問題はない。

「では、そちらにお二人分のお茶をご用意させていただきます」

「ありがとうございます」

菜緒は女将に礼を言うと、前を歩く柊生に続き、奥へと進んだ。

女将が、引き戸に手をかける。奥へ続くドアの前にある機械にカードキーを通し、ドアを開けた。

「こちらが、桧原さんにご用意させていただいたお部屋になります」

女将が脇へ寄り、桧原が室内に入る。菜緒も彼に続いて室内に足を踏み入れた。

瞬間、目の前に広がる見事な室内設計と色のコントラストに目を奪われた。

「まあ！」

感嘆の声しか出ない。室内の写真は見せてもらっていたが、やはり二次元と三次元では見え方が全然違う。室内に入って驚かされるのは、まず広いことだ。四方の壁の一辺に濃い茶系の壁紙を持ってくることで陰影ができ、視覚の魔法でよりいっそう広く感じられる。テーブルに置かれた白色系の細長いセンターテーブルが、奥行きを演出していた。また、陶芸家の手で作られた花器と現代和風の家具、温かみのある灯篭《とうろう》風のスタンドすべてが、部屋に馴染んでいる。部屋の隅に置かれた大きなベッドも、和風感を乱してはいない。それどころか、柔らかそうに膨らんでいるベッドは雪見障子から見える雪原のようで、飛び込んで跡をつけなくなるほどだ。

柊生と一緒に……

菜緒は脳裏に浮かんだ裸の柊生とベッドで睦み合う光景を振り払い、ゆっくり部屋を見回した。掘りごたつ形式のテーブルの正面は、大きなガラス張りとなっていて、坪庭と裏山を望めるようになっている。しかもそこには、灯篭に照らされて神秘的に浮かび上がる露天風呂まで設置されていた。

「なんて素敵なの……」

「喜んでいただけて、とても嬉しいですわ」

女将《おかみ》の嬉しそうな声で我に返った菜緒は、慌てて彼女に頭を下げた。

「すみません。あまりにも素敵で、釘付けになってしまいました」

「そうおっしゃっていただけるなんて、本当に光栄ですわ。私どもも、とても満足していますの。高遠さんのお言葉を聞けば、主人だけでなく、彩郷の者は皆笑顔になると思います。さあ、お部屋へどうぞ。こちらに腰を下ろして、足を伸ばしてください」

女将が柊生と菜緒に笑顔を向けて、掘りごたつへ案内する。柊生が歩き出すと、彼女は傍にいる仲居に荷物を室内へ運ぶように指示した。

本当はすぐにでもデジタルカメラを取り出し、この部屋のいろいろなところを撮りたい気分だった。しかし、菜緒は大人しく掘りごたつへ行き、柊生の正面に座る。

「高遠さんのお荷物ですが、どうなさいますか？　お部屋へ運ばせていただきましょうか？」

煎茶と茶菓子をテーブルに並べる女将が、ふと菜緒に訊《たず》ねてきた。

「あっ、そうですね……」

女将の後ろに控える仲居が、いつでも動けるように待機してくれている。だが、わざわざ部屋へ持っていってもらうのは悪い気がした。貴重品は入っていないが、内覧に必要なデジタルカメラはそこに入っている。これから柊生と仕事の打ち合わせをするならば、バッグは傍らに置いておくのがいい。

「バッグには仕事道具が入っているので、わたしが自分で持っていきます」

「わかりました。では、カードキーをお渡ししておきますね」

女将は菜緒の前にカードキーを置き、柊生の部屋に入る時と同じ方法で鍵が開くと教えてくれた。

「それでは、お仕事もあるかと思いますので、わたしはこれで失礼させていただきますね。何かご要望がありましたら、気軽にフロントへご連絡くださいませ。ところで、あの……」

女将《おかみ》は、ついと柊生に目をやる。

「主人から話が入ってるかと思いますが、今回はプレオープンということで――」

「はい、社長から伺っております。内装と空間設計に携わった弊社としましても、使い辛いところがないか、室内の不具合はないか、気付いた点はきちんと社へ持ち帰り、またこちらで対処できそうなところは、必ずお知らせさせていただきます」

「ああ、良かった……。どうぞよろしくお願いいたします」

女将は胸に手を置き、ホッとした顔になる。

「それでは、失礼いたしますね。ごゆっくりお過ごしくださいませ」

女将と仲居は、笑顔で部屋を出ていった。

部屋に二人きりになった途端、柊生はふくみ笑いをしながら煎茶の入った湯のみに手を伸ばす。

「どうかなさったんですか？　……なんだか、とても嬉しそう」

柊生は煎茶を飲もうとしていた手を止め、それを漆器の茶托《ちゃたく》に戻した。

「……ああ、菜緒の返事に満足していたんだ」

「満足？」

「菜緒が仲居に荷物を持っていって欲しいと頼んでいたら、俺がその必要はないって言うところだった。……菜緒は純粋に持っていく必要はないと思ったんだろうけど、俺としては着替えを部屋に持っていって欲しくなかったからな」

「それって、いったいどういう……」

きょとんとする菜緒に、柊生が呆れたように肩を落としてため息をつく。その間も、菜緒は彼の言葉を何度も心の中で反芻《はんすう》し、それが何を意味するのか考えた。そして、たった一つの答えを導き出した。

も、もしかして……

「わたし、一緒の部屋に泊まってもいいんですか？　ここへは仕事で来て――」

「そう仕事だ。そして、彩郷さんのご厚意で招待された一泊でもある。深く考えずに楽しめばいい。どうせ一緒の部屋に泊まっても、会社にはわからないし」

にやりと笑う柊生の顔つきに、菜緒は口をぽかんと開ける。

もちろん、今夜は柊生と一緒に甘い夜を過ごすつもりでいる。でもまさか、そのまま同じ部屋に泊まろうと彼が考えていたなんて思いもしなかった。

だけど、柊生はそれを望んでくれている。菜緒との甘い時間を、この部屋で……

突如芽生えたわくわく感を隠し切れなくなり、菜緒は柊生に微笑みかけた。

「そうですね。せっかく招待してくださったんですから、楽しまないと損ですよね」

菜緒の率直な言葉に、柊生は楽しそうに笑い出した。

「なんです？　わたし、変なことを言いましたか？」

「いや……本当に、菜緒はころころ感情が動くなと思って。怯《ひる》んで逃げようとするのに、すぐに前を向く。いつまでも悩まない、まるで――」

柊生はテーブルに肘をついて腰を浮かせ、菜緒の方に上体を倒した。そしておもむろに手を伸ばし、菜緒の顎《あご》に指を走らせる。突然の愛撫に、菜緒の心臓が高鳴った。彼のその行為は、駅のベンチに座り、優しい目で仔猫を可愛がっていた時とまったく同じだ。

「今、またわたしが仔猫みたいだって言おうとしましたね」

唇を尖らせて文句を言う菜緒に、彼はぷっと噴き出す。

「当然だろ？　今だってほら、俺を威嚇《いかく》してるじゃないか。でもそうやっておきながら、俺が撫でれば擦り寄ってくる。そうだろ？　うん？」

相手の心を蕩《とろ》けさせる声音で囁《ささや》き、菜緒の方へ顔を傾ける。このままでは、なし崩しで唇を奪われてしまう。

「し、知りません！」

言葉と態度で求めてもらえる嬉しさを堪《こら》えつつ、菜緒はぷいと横を向いて立ち上がった。視界が変わったことで、再び室内のデザインに意識が向いた。

「ああ、やっぱり素敵……」

するとと、柊生がクスクス笑った。

「いいよ。まずは仕事だ。デザイン関連の内覧は菜緒に任せる。俺は俺でフィードバックの必要があるかチェックするから」

「ありがとうございます！」

菜緒は急いで自分のバッグへ駆け寄り、中からデジタルカメラを取り出す。そして室内を撮り始めた。

空間デザイナーが手がけた色の魔法に、菜緒は夢中になった。インテリアデザイナーとしてまだ駆け出しの菜緒は、今は間を取り持つコントラクト事業部に籍を置いている。もちろん、間接的に触れさせてもらえる今の仕事にも満足しているが、いつの日か空間設計事業部に異動し、デザイナーの下でインテリアの勉強をしたいと思っていた。

仕事といえば、柊生はこの仕事を始める前は、何の仕事をしていたのだろう。

菜緒はデジタルカメラを少し下ろし、仲居が運んでくれた荷物の傍でしゃがみ込む柊生をちらっと窺《うかが》った。だが気を取り直し、目の前の仕事に集中する。菜緒は外へ出て、ヒノキ作りの露天風呂に近づいた。美肌に効果的な酸性硫黄泉は、乳白色をしている。躯《からだ》を屈めて光に反射する露天風呂の水面、立ち上る湯気、温かみのあるウッドデッキをふくめた光景を写真に収めた。

少し一息をつくと、写したアングルを液晶画面で確認する。白い息が空気に漂《ただよ》うのも、手がかじかむのも気にならない。空を染める茜色が徐々に消え、暗闇に包まれていく風景に溶け込む庭と露天風呂。次々と違う顔を見せるそれらの写真に、菜緒は見入った。

「おい、そろそろいいか？」

ハッとして振り返る。ガラスドアを開けたそこに立つ柊生は腕を組み、柱にもたれていた。

「結構な時間、夢中で写真を撮ってる。まあ、菜緒と組んで以降いつもこんな感じだから、わかってはいるが……こうも無視され続けられるとなると――」

「無視なんて！」

いや、実際は仕事に夢中になり過ぎて、柊生のことを忘れていた。菜緒は素直に「ごめんなさい」と謝り、彼の傍へ近づく。

「柊生さん、見てください。いいアングルでたくさん撮れました。資料作りが楽しみです」

柊生が、菜緒のデジタルカメラの液晶画面を覗き込む。二人の髪が触れ合うほど近くに寄られてドキッとしながらも、保存したデータを彼に見せた。

「この色の魔法、素晴らしいですよね。うちには、こんなにも素敵なデザイナーがいるって伝えていきたいです。でもわたしたちが力説するよりも、彩郷さんでの噂を聞きつけて、仕事の依頼が入ってくるかもしれませんね」

「……そうだな。そうなれば、俺が課長補佐でなくなる日も近いかな」

「えっ？」

意味深な柊生の言葉に、菜緒は彼を振り仰《あお》いだ。彼はなんでもないと微笑み、肩をすくめる。

「ほら、写真を撮る場所も多いんだから、さっさと仕事を終わらせてこい」

「あっ、そうですね……」

そう言うものの、柊生の言葉が気になって意識が彼に向く。すると、彼が菜緒の肩を抱き、子どもをあやすみたいに手のひらで軽く頭を叩いた。

「……何も心配するな」

柊生は菜緒の頭にもう一度優しく触れて、部屋に入った。バッグから新たな資料を取り出すと、掘りごたつのテーブルへ移動して腰を下ろす。だが、菜緒が彼を目で追っているのに気付いた彼は、眉間に皺《しわ》を刻ませてドアの方を顎《あご》で指す。

「早く行ってこい。俺はここで仕事して待ってる。菜緒が戻ってきたら、夕食の時間だ」

「は、はい」

菜緒は後ろ髪を引かれる思いだったが、柊生に背を向けて部屋を出た。ひとまずやるべきことをしようと、フロントへ向かった。

「すみません」

「はい！　……あっ！」

フロントの奥から出てきたのは、菜緒も面識のある社長の息子、彩郷の専務だった。

「高遠さん！　到着されていたんですね。お迎えしたかったんですが、すみません」

「いえ、気になさらないでください。今日はご招待いただきありがとうございます」

丁寧にお辞儀をする菜緒を、専務がフロントを回って出てくる。

「こちらこそ、来てくださって嬉しいです！　ただ――」

「ただ？」

小首を傾げる菜緒に、専務は苦笑いを浮かべてうらめしそうに見る。

「連絡先を渡したのに一度もしてくれなかったということは、僕には脈はないという意味なんでしょうか……」

専務が何の話をしているのか、最初はピンとこなかったが、割烹《かっぽう》料亭の店先で彼にもらったメモを、柊生にビリビリに破かれて捨てられたのを思い出した。

「あの！　えっと……すみません。ご連絡ができなくて……」

メモ用紙に何が書かれていたのか、今となっては柊生に訊《き》かなければ知る術《すべ》はない。

だが専務の言葉でなんとなく理解した菜緒は、素直に謝った。

「それってどういう意味ですか？　忙しくて連絡ができなかったということ？　それとも、僕は……お眼鏡に適《かな》わなかったということでしょうか？」

「あ、あのですね。わたしは――」

何をどう言えばわからず、とにかく真実に近い話をしようとする。だが気持ちを伝えようとしたところで、専務がいきなり菜緒の手を両手で握ってきた。突然のことに言葉が詰まり、菜緒は目を見開いて彼を仰《あお》ぎ見た。専務はさらに菜緒に近づき、つなぐ手に力を込めてくる。

「僕たちが会ったのはほんの数回、個人的な会話を交わしたのは割烹料亭でだけです。それでも高遠さんの人柄と笑顔と優しさに心を打たれました。少しずつでいいんです。僕と心を通わせてくれませんか？　……お願いです、僕にチャンスをください」

必死に想いを伝えてくる専務に、菜緒は困惑した。仕事は終わったとはいえ、相手はクライアントの息子。この先仕事でかかわり合いになるのは少ないかもしれないが、それでも可能性はゼロではない。

菜緒は女性としての立場と、インテリアデザイン会社で働く立場の狭間で心が揺れた。だが、専務が仕事付き合いの垣根を越えて想いを告げている以上、菜緒は女性として彼に自分の気持ちを伝えなければと思った。

口腔《こうこう》に溜まる生唾を呑み込み、顎《あご》を上げて専務の目を見つめる。そしてデジタルカメラを持った手で、菜緒の手をきつく握る彼の手に触れ、静かに彼を拒んだ。彼の手がだらりと躯《からだ》の脇に落ちる。

「こんなわたしを真剣に想ってくださり、ありがとうございます。正直、嬉しかったです」

「それなら！」

一瞬専務の目が輝き、表情が明るくなる。だが菜緒はすかさず頭を振り、頭を下げた。

「ごめんなさい。わたし、お付き合いしている人がいます。だから、あなたの想いを受け入れることはできません」

「付き合っている方が……」

小さくなっていく声に、菜緒はゆっくり顔を上げて専務を窺《うかが》った。彼はくしゃくしゃにした顔を隠すように、片手で目を覆っている。

「そうじゃないかなって、思ってました。連絡がなかった時点で、見込みはないなと……。それでも高遠さんと会ったら、やっぱりきちんと自分の気持ちを伝えなければと思って……。こうなるとわかっていても、自分の想いをぶつけられて良かった」

専務はゆっくり手を下ろし、傷ついた目をしながらも菜緒に微笑みかけた。

「ありがとうございます。俺の気持ちを茶化さずに聞いてくれて……、きちんとフってくれて。今は悲しみの方が強いですけど……これでまた前を向いて頑張れます」

菜緒はそれ以上専務を見ていられず、小さく俯《うつむ》いた。その時、手に持つデジタルカメラが目に入り、ここへ何しにきたのか思い出す。だが、それを上手く口にできずにいると、彼がカメラを指した。

「もしかして、館内の写真を撮ろうと？」

「そ、そうなんです！　あの、館内の写真を撮らせていただいても構いませんか？　もちろん宿泊客の写り込みには気を付けます。担当者が既に確認済みかとは思いますが、あくまでわたしたちの目線で写真に収めたいんです」

「大丈夫です。その件は伺っています。お好きなところを写してください」

「ありがとうございます！」

専務に礼を述べた時、宿泊客の年配夫婦がフロントへ来て「すみません」と声をかけた。

「失礼します」

一人の男から専務に戻った彼は菜緒に頭を下げると、そちらへ行った。菜緒は専務の後ろ姿にもう一度心の中で謝り、気持ちを入れ替えて、旅館のあちらこちらの写真を撮り始めた。個室のダイニングルーム、バー、カフェなどを中心に、さらには廊下や化粧室なども写真に収める。

やはり全体的に旅館内の灯りは絞られ、上品な大人の雰囲気を楽しめるようになっていた。高齢の方だと、少し薄暗いかもしれない。ただ、照明の灯りの量はそれぞれ細かく調節できるだろう。

廊下を歩いてインテリアを見ている時、個室のダイニングルームを出る浴衣姿の宿泊客が視界に入った。アルコールが入って上機嫌で出てくる姿に、慌てて腕時計を見る。

「嘘……、もう八時を回ってたの!?」

菜緒は宿泊客とすれ違いながら、廊下を進んだ。フロントの前を通り、旅館の一番端《はし》にある部屋へ急ぎ足で向かう。だが、ドアを開けようとして、菜緒は柊生の部屋のカードキーを持っていないことに気付いた。

「そうだった……」

これはもう仕方がないと、菜緒はチャイムのボタンを押す。鈴の音のような柔らかいチャイム音は、寛《くつろ》ぐ宿泊客の邪魔をしないよう十分に配慮されている。

「こういう心配り、好きかも……」

ボソッと呟いた時、ドアが開いた。目の前に立つ柊生はスーツ姿ではなく、ジーンズと黒色のタートルネックセーターを着ていた。整えていない髪と眼鏡は健在だが、彼の鍛えられた体躯《たいく》から滲《にじ》み出る男らしさに、菜緒はうっとりしてしまう。でもそれは、彼に睨《にら》まれるまでだった。

「今、何時だと思ってる？　夕食の時間はとっくに過ぎてるんですけど」

口調こそ丁寧なものの、その声音は上司仕様のアルトがかった色とは違って、低い。菜緒は血の気が引く思いを抱きながら、素直に頭を下げた。

「ごめんなさい。あの……夢中になってました」

「……こうなることは、薄々わかってたけどな」

柊生が観念したように息をつき、脇へ寄る。菜緒は再度「すみませんでした」と謝り、部屋に入った。テーブルに広げられた書類から、彼も今まで仕事をしていたとわかる。彼は菜緒の横を通り、書類を片付け始めた。

「もしかして、急ぎの仕事ですか？」

「いや。菜緒が資料作りの写真を撮っている間、ボーッとしているわけにもいかないと思ってさ。来月は少し忙しくなりそうだし」

「新入社員が入ってきますものね」

そう告げた途端、柊生の手がぴたりと止まる。

「あっ、ああ……それもあったな」

それも？　他にも仕事で忙しくなる予定があるのだろうか。

頭の中にある、柊生のスケジュールを振り返る。彼の仕事が隙間のないほどびっしり詰まっていたのを思い出し、菜緒は苦笑いを浮かべた。

「さあ、夕食へ行こう」

柊生は一枚の用紙だけをテーブルに残し、あとの資料はファイルに綴《と》じてバッグへ入れる。菜緒もダイニングルームへ持って行く貴重品をまとめた。

「はい。あっちこっち動き回ったので、お腹ぺこぺこです」

「じゃ、たくさん食べないと。食後の運動は激しくなると思うし」

「運動なんてしませんよ？　ゆっくりのんびり……温泉に浸《つ》かって肌をぴかぴかに磨いて――」

柊生さんに甘えるんです！　――ふふっと笑う菜緒に、柊生が呆れた顔をする。

「はいはい。俺のために思う存分磨いてくれ」

つっけんどんな言い方だが、柊生は菜緒にちらりと流し目を向ける。そこにある意味深な目つきに、菜緒の心臓が高鳴った。彼への愛しさが一気に込み上げて、息が弾んでくる。

「……早く、ご飯食べに行きましょう」

柊生と過ごせる時間をたくさん作りたい一心で、菜緒は照れながらも彼を急《せ》かし、一緒にダイニングルームへ行った。

先ほど写真を撮らせてもらった掘りごたつの個室へ入ると、仲居たちが広いテーブルに和食の懐石料理を並べた。直後、料理長と専務が挨拶《あいさつ》にやってきた。

「遅くなって申し訳ありません」

時間に遅れたことを謝る柊生に、専務は「いえ、事前にご連絡をいただいていたので大丈夫です」と言って笑みを浮かべる。

えっ、連絡をしていた⁉

ハッとして柊生を見ると、彼は上司の顔で申し訳なさそうな顔を専務に向けていた。

柊生は、菜緒が写真を撮ることに夢中になってしまうとわかっていたのだ。自分の性格をわかってもらえているんだと思うと、嬉しさのあまり菜緒の頬が緩む。

「本日は、ようこそお越しくださいました。高遠さんとは既にご挨拶させていただいたんですが――」

専務の言葉に、柊生がじろりと菜緒に目を向ける。理由は、なんとなくわかる。彼は、専務がこっそり渡してきたメモ用紙の内容を見た。そのせいだろう。

でも、菜緒が付き合っているのは柊生だ。菜緒と専務が、どうにかなるわけないと知っているはずなのに……。

菜緒は柊生の方をあえて見ず、専務と料理長に目を向けた。料理長は、とちぎ高原和牛を溶岩《ようがん》プレートで焼く方法、さらに湯豆腐や刺身と一緒に食べる薬味の説明をしてくれた。

和牛を口に運ぶと、蕩《とろ》ける食感と口腔《こうこう》いっぱいに味わいが広がっていく。

「とても美味《おい》しいです！」

「ありがとうございます」

しばらく四人でいろいろな話をしたのち、料理長と専務がダイニングルームの個室を出ていった。すると、柊生がすかさず「おい」と声をかけてきた。

「はい？」

「何を話した？　……専務と」

菜緒は肩をすくめるだけに止《と》めたが、あまりにも柊生が菜緒をじっと見るので、素直に「付き合っている人がいますって言ったんです」と告げた。彼の頬の高い位置が、見る見るうちに薄《うっす》らと染まる。

「そうか……」

柊生はただ一言そう口にしただけで、それ以上は何も言わず、料理に箸《はし》を伸ばした。

菜緒は自分の答えが柊生を喜ばせたかと思うと嬉しくて、料理を口に運ぶ箸のスピードが速くなった。

次第に、美味《おい》しい料理と恋人らしい会話に、菜緒の胸がいっぱいになっていった。箸を置き、ちらっと柊生を見て、幸せに微笑む。

恋人と一夜を過ごせると思うだけで、どうしていつもと違った気分になれるのだろう。初めて愛し合った時よりも、もっと柊生との時間を大切にし、ねっとりと絡みつくような甘い夜を過ごしたいという感情がどんどん湧いてくる。

わたしって、こんなにもエッチだったんだ――食後のデザートのメロンをフォークで刺し、口に運ぶ。果汁が口腔《こうこう》に広がり、唇の端《はし》から零《こぼ》れそうになる。

「っん！」

菜緒は、滴《したた》る果汁を紙ナプキンで拭《ぬぐ》おうとする。そうするよりも前に、柊生の指で拭われた。驚いて顔を上げると、彼は腰を上げてテーブルに手を置き、菜緒の方へ上体を屈めていた。

「菜緒は、本当にド天然。故意にしているんじゃないっていうのが、余計に……たまらなくなる」

柊生に口角を拭われる。何がなんだかわからないまま目をぱちくりさせて、果肉をゴクリと音を立てて呑み込むと、彼は大きな声でため息をついた。

「この状態で、それをするのか!?　……もう無理だ。部屋へ戻るぞ」

「えっ？　あの……はい」

柊生が席を立つ。菜緒も間を置かずに立ち上がり、彼を追って個室を出た。彼は何も言わず菜緒の手を取り、一番遠い客室へと誘う。

客室に戻ると、柊生はリモコンを掴み、露天風呂と庭を照らす灯りを点けた。自動カーテンを引いて、景色を覆い隠す。

「俺は、少し女将《おかみ》と話してくる。早急に直した方がいい点がいくつか見つかったんだ。

もし必要ならば、うちのものを来させなければならないし。……菜緒は、ここの部屋の露天風呂を楽しんでこい」

「えっ？　でも、仕事で女将《おかみ》さんと会われるんですよね？　それならわたしも一緒に——」

「いや、ここは俺一人で大丈夫。菜緒は先に温泉を楽しんでて。……ゆっくりとな」

柊生は意味深な笑みを浮かべ、テーブルに置いていた用紙を取り上げた。

「じゃ、俺は行ってくる」

「すみません。ありがとうございます！」

仕事中の柊生よりも先に温泉に入るなんて気が引けるが、菜緒は彼の言葉に甘えることにした。彼に言われたとおり、露天風呂で綺麗に躯《からだ》を洗って肌をすべすべにしよう。

柊生が菜緒に手を振って、部屋を出ていった。

オートロックの締まる音を耳にすると、菜緒はすかさずボストンバッグに駆け寄った。着替えを取り出し、備え付けの浴衣を持って内風呂の脱衣所へ向かう。

セーター、スカート、タイツ、そして下着を脱ぎ捨て、持参した髪留めで髪の毛を捻り上げる。準備を終えると、露天風呂へ続くドアを開けた。冷気が肌にまとわりつき、寒さで震え上がる。だが、写真を撮った時とはまた違う顔を見せる露天風呂と庭の風景にうっとりと見入った。

灯篭《とうろう》の光の演出で、暗闇に浮かび上がる露天風呂。柔らかな暖色系の灯りがそこかしこを照らし、陰影をつけ、情緒あふれる空間を醸し出していた。

「わたしもこういう仕事がしたい！」

　思わず叫んでしまい、菜緒は慌てて口を閉じる。他の部屋にまで声が届いてしまったかもと焦るが、耳をすませても何も聞こえない。ただ、木々を揺らす風の音と、湧き出た温泉がヒノキ作りの湯船に注がれる音だけが響いている。

「良かった、大丈夫だったみたい……」

　安堵した菜緒は、露天風呂の傍にある洗い場へ向かった。腰掛けに座り、備え付けのボディシャンプーで躯の隅々まで綺麗に洗う。そして、湯気の上がる温泉に躯を沈めた。

「ああ、最高……！」

　菜緒は感嘆の吐息を零《こぼ》し、肌を包み込む温かな湯をすくっては肩にかける。さらさらしているというより、少し肌にまとわりつく柔らかい水質のようだ。それがまた、とても気持ちいい。

　手足を伸ばし、末端まで血が巡る感覚にうっとりする。目を閉じ、温泉が注ぎ込まれて水面を打つ音に耳を傾けていると、ドアを開ける音、続いてウッドデッキを踏む足音が耳に届いた。

　何気なく目を開けた瞬間、柊生の形のいい引き締まったお尻が視界に飛び込んできた。

彼は何も言わず洗い場へ向かい、菜緒が先ほど腰掛けた場所で躯《からだ》を洗う。菜緒はその光景に目を見開き、口をぱくぱくさせた。

何も言えないまま、柊生が躯を洗うたびに動く背筋、上腕筋、水滴が伝い落ちる肌をじっと見つめる。すると、彼が振り返った。

柊生は濡れた手で、目元を覆うほどの前髪をゆっくり後ろへ梳《す》いた。まるで上司の仮面をはずすようなその仕草に、菜緒は息を呑む。

柊生に恥ずかしさはないのか、彼は下半身を隠そうとはせず、堂々とした姿で湯船に近づいてくる。黒い茂みの下にある彼のものに、反応はまだない。だが、菜緒を見つめる瞳には、欲望の光が宿っている。

柊生は湯船に入り、菜緒の方へ距離を縮めてきた。

「ま、待って……!」

咄嗟《とっさ》に片腕で胸を隠し、恐る恐る立ち上がる。近寄る彼から離れようとするが、隅に追いやられて動けなくなった。あっと思った時には既に遅く、彼の手に捕まって引っ張られていた。

柊生と触れ合うのを心待ちにしていたのは認める。菜緒にだって欲望はあり、彼といちゃいちゃしたいという気持ちはあった。広いベッドで四肢を絡ませ、彼と愛し合いたいと望んでいた。でも、そうするよりも前に、まさか彼と一緒に露天風呂に入る予想外の展開になろうとは……

予想外の展開に、菜緒の心拍数は極限にまで上がっていく。

「しゅう、せいさん。あの——」

菜緒は恥ずかしさで柊生を拒もうとする。なのに、彼に触れられただけで下肢に力が入らなくなり、崩れ落ちた。湯の中で踊る乳房が彼の胸板に触れ、乳首がぴりぴりし出す。柊生の肩に手を置いて距離を取ろうとするが、彼はそれに構わず菜緒のこめかみに唇を落とした。

「……ぁ」

「逃げるんじゃなく、俺を抱き寄せてくれないのか？」

「で、でも！　あの……ここは露天風呂で、外で……まさか、こんな！」

声を詰まらせる菜緒に、柊生はおかしそうに笑った。

「そういう行為をしてもいいんだよ。だからこの一番端《はし》の部屋は、カップルに人気のある部屋なんだろ？　女将《おかみ》がそう言ってたじゃないか」

「じゃ、女将さんがあの時に言っていたのは——」

男女がどこで愛し合っても大丈夫だと？　悲鳴を上げるような真似をしなければ、多少声を上げてもいいと、暗にそういう意味を込めて話していた!?

「だから、何も気にせず俺に身を任せてくれ。菜緒に触れたいんだ。ここで……」

背に回されていた柊生の手が、菜緒のわき腹を優しく撫でる。それだけで下腹部奥が熱くなり、彼を待ち望む秘所が戦慄《わなな》き始めた。

「しゅ、う……っぁ！」

菜緒はかすれる声で、柊生の名を呼ぶ。菜緒のこめかみに触れる彼の唇が笑うように開いたと感じた時、艶《つや》っぽい笑い声が聞こえた。

「俺に触れられて、もっと声を上げればいい。淫らに乱れて、感じてくれ……」

柊生が囁《ささや》くなり、彼の手が上へ進み、乳房を手のひらで包み込んだ。柔らかさを確かめたいとばかりに優しく揉みしだいては、硬く尖る乳首を捏《こ》ね回す。そうされるだけで、菜緒の心臓が早鐘を打ち始めた。湯の水面が波打つのに合わせて、菜緒の呼気が弾んでくる。

「っん……、あ……っ」

「……躯《からだ》は洗った？」

菜緒は言葉を発せられず、何度も小さく頷く。

「それなら良かった。躯を洗うから……と言って、俺の手を退《しりぞ》けることはないわけだ」

「で、でも……っぁ、髪の毛は、まだ――」

「明日の朝、洗えばいい。どうせまた一緒に入るんだし」

柊生は、菜緒の乳房に触れていた手を下げていった。腹部を撫で、湯で揺らぐ茂みに指を絡ませる。

「柊生、さん……。お湯の中なのにっ！」

「俺にすべて任せろと言っただろ？　菜緒はただ感じればいい」

柊生の指がさらに滑《すべ》り、菜緒の淫唇に沿って優しく擦《こす》り始めた。時折その指が、隠れた花芯に触れる。菜緒の躯が、ビクンと跳ね上がった。

「ほ、本当に……ここで？」

「俺に身をゆだねられないとでも？」

菜緒はそっと顔を上げて、頭を振った。その間も柊生は執拗《しつよう》に指を動かし、菜緒が快《こころよ》い陶酔《とうすい》に顔を歪めて吐息を零《こぼ》すのを見つめている。

「いいえ。ただ、正直びっくり……っんぁ、……してますけど。だって、まさかここで求められるなんて、ッン……思っていなくて」

「お前は、本当に……真っすぐ俺にぶつかってくるんだな」

柊生は嬉しそうに頬を緩めて、菜緒の頭に自分の額《ひたい》をこつんと触れ、背に回した片手を上下に撫で上げる。

「今夜は、お互いに心を許す……淫らな夜を過ごそう。もう止めてと言っても、止めないから」

「わたし……っ、んぁ、そ、そこ……っぁ」

強く拳《こぶし》を作り、柊生の愛撫で湧き起こる快感を堪《こら》えようとする。だが、彼の手で蕩《とろ》けるような高揚感を知った躯《からだ》は、いとも簡単に火を点けられた。煽《あお》られるだけで火種は燻《くすぶ》り出す。

「ンッ……、あ……っ」

柊生の指の腹が、いやらしい動きで花弁を擦《こす》る。そのたびに湯が波打ち、胸を優しく撫でていく。硬く尖った乳首が空気に触れ、湯がそこをかすめる。菜緒の躯に放たれた小さな火は、徐々に燃え上がってきた。

「菜緒のここ、俺の指が滑《なめ》らかに動く。明らかにお湯じゃない、いやらしい液体があふれてる」

「もう、そんな風に……言わないでください！」

羞恥《しゅうち》で頬を染め、情熱で潤《うる》む目で柊生を見上げる。

「責任は、すべて……柊生さんにあるんですよ。わたしをこんな風に感じやすく……っん、ぁ……させたのは、柊生さんなんです」

「ああ、そうだ。理解して欲しいな……。俺がここまで相手の躯を開くことに……専念する意味を」

柊生は菜緒の頬を鼻で擦り、湿り気を帯びた吐息で柔肌《やわはだ》を撫でる。それだけで躯が反応し、菜緒は顎《あご》を上げて背を反らした。彼の顔が下がり、首筋に歯を立てられる。菜緒の口から喘ぎが零れた。

「お前の喘ぎは、本当に俺を興奮させる。……ほら、もっと足を開いて」

「……はい」

閉じていた双脚をおずおずと開く。すると、菜緒の割れ目に沿っていた彼の指で媚肉《びにく》を左右に押し開かれた。敏感な皮膚を引っ張られて、湯にそこを刺激されてしまう。熱い、火傷《やけど》してしまいそう――そう思った瞬間、戦慄《わなな》いていた蜜口に柊生の指が挿入された。

「ああ……っ、やっぱり……お風呂の中では……っぁ！」

柊生の指が動く。最初はまだ慣れていない蜜口と膣壁を広げるような律動だったが、徐々にリズムのスピードを上げていった。

初めて柊生に抱かれて一ヶ月間。その間、二回目はなかった。でも今、彼は久しぶりに菜緒を求め、さらにその先へ進もうと行為を急《せ》いている。菜緒は彼の手で躯を執拗に開かされた。躯の芯が痺《しび》れ、すすり泣きしてしまうほどじわじわと侵食される悦びを受けている。彼に触れられると、即座に躯が反応してしまう。これまでに感じたものより、菜緒を襲う快感は強烈だった。

「つん……う、嘘っ、あっ、あっ……！」

菜緒はたまらず柊生の首に両腕を回して、抱きついた。彼の唇が肩に落とされ、素肌に舌を這《は》わせられる。たったそれだけで、彼の指が収められた膣壁がキュッと引き締まった。

「いつもより、菜緒の感じ方が凄いな。わかってる? 吸い付くように腰が動いてる」

「だって……、っぁ……」

「一度イかせてやる」

柊生は菜緒の耳元でそう囁《ささや》くと、蜜壷を広げ、快楽を送り続けていた指の挿入を止めた。ずるりと抜ける感覚に息を呑む。快《こころよ》い潮流を逃したくないとばかりに、不満の声を漏らすと、菜緒の肩を掴んだ彼に、いきなり立たせられた。

「きゃ! な、……何!?」

下肢に力を入れる間もなく、柊生の手で後ろ向きにされる。手で湯船の縁を掴むと、お尻を彼に突き出す体勢を求められた。恥ずかしい姿に、菜緒の躯《からだ》が一気に燃え上がった。

「しゅ、柊生さん! いったい何を……あっ!」

柊生が菜緒の背後に立ち、前屈みになって抱きついてきた。片手は乳房をすくって鷲掴《わしづか》みにし、もう一方の手は平らな下腹部を覆う。そしてその手を黒い茂みに滑《すべ》らせ、ぷっくり膨らみ始めた花芯に触れた。

「は……ぁ、っあ……」

愛撫で張り始めた柔らかい乳房を揉みしだかれる。指の間から覗く充血した乳首がぷっくりしていくと、そこを彼の指の腹で捏《こ》ねられた。さらに摘《つま》まれ、挟まれると、衝撃が脳天を突き抜けた。腰をくねらせて躯中に広がる熱に悶《もだ》えた時、柊生の太い竿で秘所を擦《こす》られる。

先ほどまでは反応していなかった柊生のシンボルが、今では芯を持って硬くなり、菜緒の濡れた媚肉《びにく》に触れていた。ハッと息を呑むと、彼は菜緒の淫唇を左右に開き、蜜口に指を入れた。

「あっ！　……うんっ、……くっ」

湯船に注がれる温泉の音と協奏するように、柊生にくちゅくちゅと淫靡《いんび》な音を立てられる。

どれほど菜緒が感じているのか暗に教えられるたびに、菜緒の躯は震えた。喘《あえ》ぎ声も大きくなり、反射的に唇を噛む。だが、蜜壷の奥にある愛液を指ですくって掻き出す動きに、再び声が漏れ始めた。

「もっと俺に喘ぎ声を聞かせてくれ。我慢せず、感じるまま声を上げたらいい。気持ち良くなればいい」

柊生が菜緒の背に、唇を落とす。冷たい感触に躯がぞくりとするが、柔らかな唇が触れたあとは火が放たれたみたいになり、熱いものに取って代わる。

「で、でも……ふぁ……んっ、あ……っ、そこっ！」

菜緒は言葉を詰まらせて、背を反らす。柊生が指の挿入のリズムを速め、空気に触れる花芯を擦《こす》り上げてきた。手をつく菜緒の腕が、ぶるぶると小刻みに震え始める。

「イヤ……、こんな……っぅ」

「さあ、飛べ！」

柊生が指を回転させては、敏感な膣壁を抉《えぐ》る。そして彼の知るところとなった、一番感じる部分を執拗《しつよう》に擦られた。

「ん、……ふぁ……っ」

うっとりする潮流に感覚を囚《とら》われ、痛みに似た強い疼《うず》きに躯《からだ》を支配される。徐々に涙が浮かび、喘《あえ》ぎも嗚咽《おえつ》に似たものに変わってきた。柊生の愛撫は疲れを知らず、菜緒をめちゃくちゃに感じさせようとしてくる。秘所だけではなく、乳房の形が変わるほど揉んでは、力を抜く行為を繰り返す。緩急をつけて揺すられ、硬く隆起した先端を彼の手のひらで捏《こ》ね回される。その間も、柊生の角度を増す昂《たかぶ》りでお尻を撫でられていた。

早く菜緒の中へ入りたい、温もりに包まれたいと……。

「もう少し、速めようか？」

柊生が菜緒の耳元で囁《ささや》き、舌で耳殻《じかく》をなぞり始めた。そして、ぬるっとした熱い舌を乾いた耳孔《じこう》へ突っ込まれ、舐められる。リズムを速めると言いながら、菜緒の膣内へ進める彼のリズムは崩れない。だが、彼は耳孔を攻めてきた。くちゅりと音を立てられ、菜緒は肩をすくめてしまうほどの興奮に襲われる。それに応じて、彼の指で侵されている蜜壷からは、どんどん愛液があふれてきた。

「っあ……は……ぅ、ダメ……っんん、あっ！」

身をよじった時、突き出した花芯を強く擦られた。

「あ……っ、んんぁ！」

菜緒は、湯船の縁をギュッと握り締めた。仔猫が背を伸ばすみたいに弓なりに反らし、躯中を駆け巡る熱情に身を投げ出す。柊生の指を咥える花蕾が、彼をきつく締め付けるのも気にせず、菜緒は蕩《とろ》けるような陶酔《とうすい》に躯を震わせた。

手を突いていられなくなり、崩れ落ちそうになる。すると、柊生に腰を掴まれて躯を反転させられた。縁に腰掛けるように導かれてホッとしたのも束の間、彼にゆっくり押し倒される。温泉の管が下を通っているのか、湯船の周囲に張り巡らされたウッドデッキはほんのり温かい。躯も快感を得て火照《ほて》っているせいで、寒さは感じられなかった。

「菜緒、俺を見て」

柊生が菜緒の躯の脇に手をついて前屈みになり、恍惚《こうこつ》感に浸《ひた》る表情を覗き込んできた。

「柊生さん……ぁ」

柊生の反り返る彼自身のものが、菜緒の下腹部を撫でる。菜緒を誘う動きに、喘ぎが自然と漏れる。その吐息は、いとも簡単に彼の唇に奪われた。

「っんぅ……」

露天風呂でされた、初めてのキスだった。指で弄《いじ》られて感じさせられてしまう愛撫も嫌いではないが、やっぱりキスには特別な感情が湧く。菜緒は気怠《けだる》げに両腕を上げて、柊生の首に手を回して襟足に触れる。自分の方へ引き寄せると、彼がぬちゅと音を立てて舌を絡ませてきた。菜緒のすべてを貪《むさぼ》る口づけに、脳がくらくらする。

ああ、強く奪って欲しい……

思いが態度に表れる。菜緒は口を動かし、柊生の柔らかな下唇を甘噛みした。そこを舌で優しく舐めて、彼だけに募る想いを告白する。

「……菜緒！　まだ、だ……」

呼気を乱した柊生が、菜緒の口づけを逃れる。苦しそうに肩で息をしつつも、彼の目は欲望で煌《きら》めき、嬉しそうに口元をほころばせていた。

「まだって……、でも柊生さんだって――」

菜緒の柔肌《やわはだ》を突く柊生自身に視線を落とす。彼の赤黒く漲《みなぎ》ったものは、腹部に沿うように反り返っている。充血して膨らんだ男性の切っ先を明るい場所で初めて見て、菜緒の頬が上気した。

それは熱く、ぴくりとしなやかに揺れては菜緒の肌を擦《こす》り上げる。大きくて太く、硬くなった彼の剣が、この前菜緒の濡れた鞘《さや》に何度も埋《うず》められていたのかと思うと、躯《からだ》が自然と慄《おのの》いた。

怖いわけではない。男性の昂《たかぶ》りを導き、受け入れたいという欲求が湧いたのだ。

愛している人のものだから……。

「柊生さん、お願い……っんぁ」

菜緒はたまらず懇願《こんがん》した。すると、柊生は菜緒に軽く唇を合わせ、徐々に頭を下げていく。感じやすい首筋に唇を落とし、強く吸い上げる。痛みに声を零《こぼ》すが、彼はさらに鎖骨、膨らみへとたどり、硬く尖る乳首をふくんだ。

「あっ……っ、ふぁ……は……ぁ」

舌をいやらしく見せては、そこにむしゃぶりつく。執拗《しつよう》に乳首を吸い、歯を立てる。普通なら、まだ耐えられる。だが、柊生が顔を動かすたびに長い髪で肌を撫でられると、手とは違う繊細な刺激に襲われ、尾てい骨のあたりがこそばゆくなった。比例して、双脚の付け根が蠢《うごめ》き出し、とろとろした愛液が生まれる。

「い、や……っん、……くっ」

柊生が上目遣いをする。彼の一挙一動に反応する菜緒を見ながら、ふっと頬を緩めた。

「前にしなかったことをしてやろう」

「な、何を?」

「心の通い合った男女が……する行為を」

柊生にきつく乳首を吸われて、菜緒は痛みに顔を歪ませる。すると彼は、菜緒のそこを舌の腹で舐めて、痛みを甘美な疼《うず》きに変化させた。直後、ぷっくり腫《は》れた乳首から彼の唇は離れ、肌を這《は》って下りていった。平らな腹部で止まらず、さらに下へずらしていく。

「あ、あ、あのっ！」

そのまま進めば、彼の口がわたしのあそこに——そう思った瞬間、柊生の鼻が黒い茂みを掻き分け、湿った吐息を淫唇に吹きかけてきた。

「だ、ダメです！」

菜緒は肘をついて上体を軽く起こすが、目に入ったのは、菜緒の双脚の間に躯《からだ》を落ち着け、秘所に顔を埋める柊生の姿だった。彼の舌が、割れ目に沿って何度も上下に動く。

「っんんぁ！　……しゅ、せい……さん、ダメっ……んくっ！」

いけないとわかっているのに、下肢の力が抜けて逃げられない。柊生の愛撫は菜緒を堕落させるほど素敵で、もっとせがんでしまいたくなる快感を生んでいた。

柊生の舌使いはとてもいやらしかった。仔猫が平皿に入ったミルクを舐めるように、彼の舌の動きはスピードを増す。微妙な振動を送っては花芯を舌先で突き、菜緒を翻弄する。一度イったばかりなのに、緩やかな潮流が再び菜緒の中で渦《うず》巻き、躯を痺《しび》れさせていく。

「うっ！　……は……ぁ、いいっ……あっ」

柊生の行為であふれ出た愛液を、彼に舐め取られる。美味《おい》しそうにぴちゃぴちゃと音を立てられて、何がなんだかわからなくなってきた。わかるのは、燃え上がる躯と心地いい刺激に見舞われているという真実のみだ。ふわふわと波間に漂《ただよ》う気持ちいい感覚に晒《さら》されていると、柊生が襞《ひだ》を左右に押し開き、戦慄《わなな》く蜜口に指を挿入した。一本、二本と数を増やしてリズミカルに挿入し、花芯を舌先で舐める。

「だ、ダメ……っん！　あっ……んふっ」

狭い花蕾を押し広げられる。菜緒は疼痛《とうつう》に苛《さいな》まれてはいたが、それを凌駕《りょうが》する快《こころよ》い情火《じょうか》を感じていた。

「お願い、もう……イヤ……っぁ！」

「そうみたいだな。俺の指を締め付ける力が強くなってる」

その時、柊生が手首を捻り、瓶の底に残る蜂蜜《はちみつ》をこそげ取るような手つきをした。リズムを作って律動を繰り返し、敏感な膣壁を撫でる。ぷっくり膨らんだ花芯を、ざらつく舌の腹で擦《こす》り上げた。

「ああ……っ！」

菜緒の躯がビクンと跳ねると同時に、蓄積されて大きく膨らんでいた熱だまりが一気に弾け飛ぶ。鈍いが小さな甘い潮流が、瞬《また》く間に躯中《からだ》を駆け巡っていった。

「あっ、は……ぁ」

喘《あえ》ぎ過ぎて喉が痛い。かすれ声しか出ないが、それはとても満ち足りたものだった。

「さあ、次は俺を溺れさせてくれ」

柊生は、湯船を出た。動かすのも億劫《おっくう》だと、ぐったりと四肢を伸ばす菜緒の傍に膝をつく。

「……な、に？」

快感に酔いしれたまま、菜緒は柊生を見上げる。目が合った途端、彼が菜緒をすくい上げて、横抱きに抱えた。

「あっ！」

力の入らない両腕を上げて柊生の首に回し、どうにかして重心を保とうとする。それでもまだ、躯はふわふわしていた。菜緒の視線の先に、彼の首筋で打つ脈が入る。そのリズムは、彼の早鐘を打つ拍動音と呼応していた。

柊生さんもわたしに興奮してくれてる——菜緒は目の離せなくなった脈打つ首筋に顔を寄せ、口づけた。唇と舌で触れたそこが、少しだけ速さを増した。

「何？　早く俺に抱かれたくてたまらないって？」

柊生が菜緒の耳元でクスッと笑う。耳孔《じこう》をくすぐる吐息まじりの声に菜緒はうっとりし、痕《あと》をつけるように強く吸った。

「はい。柊生さんと……早くひとつになりたいです。そう思ってはいけませんか？」

「いけなくはない。……いけなくはないが、菜緒は知っておくべきだ。必死に欲望を抑え込んでいる男にそういう口を利けば、自分がどういう目に遭うのかを」

菜緒を抱く腕に力が込められる。そっと顔を上げて柊生の目を覗き込むと、欲望でぎらついた光が宿っていた。鼻息も荒く、少したじろいでしまうほどの怖さを覚える。でも、彼の眼差しはどこか熱っぽくもあった。それが、菜緒の不安を溶かしていく。

菜緒が欲しい、俺がそう思う女はお前だけだ――そう言わんばかりの想いを瞳で伝えられているようで、菜緒の胸は高鳴った。

「わたし、柊生さんに求めてもらえるだけで幸せです。それだけで嬉しい」

柊生の表情が徐々に柔らかくなり、目が優しく細められた。

「お前って、本当に直球……。だんだん癖になってきた」

柊生は口元をほころばせて、菜緒を静かに下ろした。ふと横を見ると、菜緒はセミダブルのベッドの脇に立っていた。しっかり足を踏ん張るが、快感の余韻が残っているせいで足元がふらつく。菜緒が転ばないよう支えながら、柊生は脇に置いていたバスタオルを掴み、菜緒の躯についた水滴を優しい手つきで拭《ぬぐ》った。そして自分の躯を簡単にタオルで拭い、菜緒をベッドへ誘う。

菜緒は柔らかなスプリングに沈む感触にうっとりし、ベッドに両手をついて覆いかぶさる柊生を見上げた。

「菜緒の欲求を叶えてやる……。だが、ちょっと待っててくれ」

柊生は枕元に手を伸ばして、小さな包みを取った。封を破ってコンドームを取り出すと、股間に両手を忍ばせる。前屈みになって付け終えると、彼は振り返った。

「用意……していたんですか？」

「うん？　……ああ、ゴムか？　ベッドで抱こうと思っていたからな」

菜緒は、柊生の言葉に息を呑んだ。

まさか露天風呂へ入る前に、いろいろ準備していたなんて……

でもそれは、柊生がこれまでに経験して培《つちか》ってきたものだろう。お風呂上がりに直接ベッドへ入ってシーツを濡らしたり、コンドームを取りに行って恋人の傍を離れたりしたことがあったに違いない。そういう経緯があったので、ここまで気を配れるのだ。

ただ菜緒は釈然としなかった。見も知らぬ柊生の元カノに嫉妬《しっと》が湧き上がる。

だけどわかっている。こんな風に感情を乱すのはおかしいと。過去があって現在があり、そして未来へつながるものだから。

そう理解しているはずなのに！

菜緒は上体を倒してきた柊生に両腕を回し、誰にも渡さないとばかりに強く抱きしめた。

「な、菜緒？」

「抱いてください……。わたしだけを求めてください。お願いです、めちゃくちゃにして……」

菜緒の突然の要求に、柊生が驚いたように目を見開く。だがすぐに硬い表情を解き、菜緒の双脚の間に躯《からだ》を落ち着けた。

「俺は菜緒しか求めてない。それに、俺だって淫らに乱れる菜緒を見たいと思ってる」

柊生は菜緒の大腿の後ろに手を添えた途端、力を入れてそこを押した。愛液がまとわりつく淫唇がぱっくり割れ、柊生の膨れた切っ先が戦慄《わなな》く蜜口に触れる。彼の熱が伝わり、自然と躯が震え上がった。

「あ……っ！」

息を呑んだのと同時に、角度を増す柊生の鈴口が、指で解《ほぐ》していた花蕾を押し広げて入ってきた。襞《ひだ》を左右に引き伸ばされ、硬くて太い彼の熱棒に穿《うが》たれる。ぬめりのある愛液が彼の滑《すべ》りを良くし、スムーズに奥へと進んできた。

「っん……ああ、は……ぁ」

柊生は一度浅く腰を引き、さらに深く楔《くさび》を打ち込んだ。太くて硬い昂《たかぶ》りで奥を抉《えぐ》られ、敏感な皮膚を広げられる。指では届かなかった場所を擦《こす》られて、菜緒の躯が引き攣《つ》った。

「痛いか？」

菜緒は柊生の背に回した手を、彼の肩にずらし、そこをしっかり掴んで小さく頭を振った。

「大丈夫、です。初めての時みたいな痛みはありません。それどころか――」

柊生のもので擦《こす》られるだけでそこがじんじんと熱くなり、腰に気怠《けだる》い感覚が生まれる。初めての時とは違って、体内で生まれたうねりが凄い勢いで増幅されていく。収縮する内壁が、蜜壷に収まった肉茎をしごくたびに恍惚《こうこつ》感に支配される。菜緒は、彼の肩に湿り気を帯びた息を零《こぼ》した。

「気持ちいいか？　……俺を咥え込む菜緒のここが波打って、俺を強く締め付けてくる」

柊生は菜緒の耳元で笑うと、ベッドに肘をついて上体を少し起こした。体重で菜緒を潰さないようにして、緩やかに腰を動かし出す。太い竿を根元まで押し込み、軽く引き、また内壁を擦り上げて奥深くまで穿つ。

「いぅ……、んあ、あぁ……そこっ！」

露天風呂で二度もイかされたせいで、鈍い疼《うず》きしか感じられない。だが、奥の敏感な部分を擦り上げられると、急激に熱が膨張し始めていく。じわじわとした快《こころよ》いものなのに、自分の中にある意識が消えていくような錯覚に襲われた。

「ツン、……あ……っ、はぁ、……っぅ」

怖い、でも柊生を離したくない！

菜緒は誘うような甘えた声を漏らし、柊生の背に爪を立てた。

「菜緒……」

情熱的にかすれた声で囁《ささや》かれて、菜緒はいつの間にか閉じていた瞼《まぶた》を開けた。快感に潤《うる》む目で柊生と目を合わせる。彼は嬉しそうに艶《つや》っぽい笑みを浮かべて、顔を近づけ唇を求めてきた。

「っんぅ……、は……ぁ」

柊生は律動しながら菜緒の唇を貪《むさぼ》る。柔らかな舌を絡ませ、二人の唾液を交換し合う。彼のものが自然と菜緒の方へ流れ込んできて、苦しくなってそれを呑み込んだ時、彼が抽送のリズムを速めた。彼の胸板で乳房が揺らされ、硬く尖る乳首を擦られる。どこもかしこも煽《あお》られて、菜緒のすべてが彼の色に染まっていく。

でも物足りない。恐れを抱くほど、もっと柊生が欲しいという願望が込み上げる。

「は……ふぁ……、好……き、っあ……好きです！」

瞬間、蜜壷を穿《うが》つ熱棒がもっと硬く大きく漲《みなぎ》った。

「……お、おまえ……今、初めて俺を！」

柊生が驚いたような、それでいて嬉しそうな声を零す。だが菜緒の意識は、淫唇が引き伸ばされる感触に向けられていた。あまりに窮屈で苦しさを覚えるが、それは瞬《また》く間に悩ましげなうねりに変化した。

「ん、んぅっ！」

躯《からだ》にまとわりつく愉悦の渦《うず》に、呑み込まれそうになる。そうすれば、飛翔できるとわかっていたものの、菜緒はまだ、心地いい場所へ浚《さら》われたくなかった。手綱《たづな》を握るように、柊生の背に必死にしがみついた。

「ああ、菜緒っ！」

耳元で切羽詰まった声が聞こえる。耳殻《じかく》に触れる吐息、耳孔《じこう》をくすぐる熱が、よりいっそう菜緒を煽《あお》る。顔をくしゃくしゃにさせて、躯中の力を奪う刺激に身を投じた。大きく張った男剣に蜜を掻き出され、ぐちゅぐちゅと淫靡《いんび》な音を立てられる。いやらしい音さえも、菜緒を最上の高みへと押し上げていく。

我慢できなくなり、菜緒は柔らかな枕の上で髪を乱した。頬は紅潮し、キスでぷっくり腫《は》れた唇から漏れる喘《あえ》ぎは熱をはらんでいく。

「ダメ……っん！　あん……っ、もう……わた、し……っ！」

柊生が角度を変えては膣奥を抉《えぐ》り、ずるりと引き抜き、濡れた壁を擦《こす》り上げる。その動きに、菜緒の躯は震え始めた。

「君が愛しくてたまらない……」

普段は聞けない彼の菜緒を想う気持ちの吐露に、胸が躍《おど》る。彼への愛しさと喜びに身震いするのに合わせて、律動のリズムがどんどん速さを増していく。躯の奥底を攻める圧迫感と激しい疼痛《とうつう》に苛《さいな》まれながらも、それを押しのける甘いうねりがどんどん膨張してきて、菜緒は瞼《まぶた》をギュッと閉じた。そして、柊生の背中に強く爪を立てた。

「しゅう、せい……さん！　わたし、もう……ダメ……い、イクッ！」

奥深い敏感な壁に彼の膨れた切っ先が触れて、最高潮にまで達しそうになる。躯を硬直させて押し寄せる潮流に抗《あらが》えなくなった時、彼のものを包む蜜口と膣壁がキュッと締まった。

「クッ……、きつ……い！」

呻き声を上げつつも、柊生は腰つきを激しくする。彼の息遣いが荒くなり、菜緒の蜜壷に埋《うず》める速さがこれ以上ないほど激しくなる。淫靡な音を立てられ総身を揺すられ、もう快楽に耐え切れない。すすり泣きを漏らした刹那《せつな》、充血してぷっくり膨らんだ花芯が擦れ、菜緒の体内で渦巻いていた熱だまりが一気に弾けた。

「ああっ……！」

躯は発火したみたいに燃え上がり、瞼の裏に眩《まばゆ》い閃光が放たれた。万華鏡のようにくるくる回って、色鮮《あざ》やかな光が射す。直後、柊生も咆哮《ほうこう》を上げ、蜜壷の最奥に熱い精を迸《ほとばし》らせた。互いに強く抱きしめ合い、快《こころよ》い陶酔《とうすい》に身を投じた。

徐々に瞼《まぶた》の裏で眩い光を放った色が薄れて、菜緒は詰めていた息をゆっくり吐き出し力を抜いた。ベッドに深く沈み、湿り気を帯びた呼気を柊生の肩に零《こぼ》す。

柊生はしばらく菜緒に体重をかけていたが、彼の呼吸が落ち着いてくると上体を起こした。まだ完全に芯を失わない硬くて太い肉茎がずるりと抜ける。焦燥感が生まれ、抜かないでと追いかけたくなる。

「い、いや。まだ――」

「これで終わりじゃない。今夜は、俺の精力が切れるまで抱く。でも今は、ゴムをはずさせてくれ」

柊生はにやりと口角を上げ、菜緒の汗ばんだ柔肌《やわはだ》に唇を落とした。名残惜しげに上体を起こし、ベッドに腰掛けてコンドームの処置をする。

菜緒が柊生の綺麗な背中にうっとりと見入っていると、そこに赤いミミズ腫《ば》れが走っているのに気付いた。快感の虜《とりこ》になって激しく乱れた菜緒が、彼に抱きついて爪を立てた痕《あと》だ。それほど夢中になってしまったと、その傷は告げていた。菜緒は顔を隠してしまいたいほどの羞恥心《しゅうちしん》に襲われつつ、静かに上体を起こした。上掛けで胸元を押さえながら彼の背に手を伸ばし、傷にそっと触れる。

「うん？　どうした？」

「あの……ごめんなさい。わたし、夢中に……なってて、柊生さんを傷つけているんだってわかりませんでした」

菜緒は、ミミズ腫れに沿って指を走らせる。すると柊生が急に振り返り、菜緒の手首を強く握った。そして、顔を傾けて菜緒の唇を塞ぐ。ちゅくっと音を立てて軽くキスをして、躯《からだ》を離した。

「謝らなくていい。前に言っただろ？　仔猫には爪を立ててもらいたいって。菜緒が俺の手で乱れたっていう証《あかし》だし」

柊生が茶化しながら菜緒の頬を摘《つま》み、そこを上下に動かした。皮膚が引っ張られて痛みが走る。

「痛いです！」

「痛くしてるんだよ！　……菜緒はさ、俺をいったいどこまで翻弄する気？」

「ごめんなさい」

菜緒は素直に謝った。だが、自分が柊生を翻弄しているとは到底思えない。

柊生の一挙一動に心を乱され、胸を高鳴らせているのは、菜緒の方なのに……

柊生を窺《うかが》っていると、彼はため息をついて俯《うつむ》いた。不機嫌にさせてしまったかと狼狽《うろた》える菜緒の横で、彼はヘッドボードに手を伸ばし、赤いリボンのついた小箱を手にした。

「はい」

柊生は、無造作に菜緒の手にそれを押し付ける。一応受け取るものの、渡される意味を理解できず、小箱をじっと見つめた。

「えっと、あの？」

小首を傾げて、再び菜緒は柊生を窺《うかが》う。彼は一瞬何かを言いかけて口を閉じ、顔を背《そむ》けた。

「柊生さん？」

菜緒は彼の顔を覗き込んだ。彼は照れたように頬を上気させて、手で口を覆っている。ますます腑《ふ》に落ちず、菜緒は眉間に皺《しわ》を寄せた。それに気付いた彼が、天井を仰《あお》ぐ。

「ああ……本当、俺らしくない」

柊生が苛立たしげに言い、菜緒に渡した小さな箱を奪い取った。驚く菜緒の前で、彼がリボンを解き始める。蓋を開けたそこには、照明に反射して煌《きら》めくダイヤモンドのペンダントが収まっていた。彼は華奢《きゃしゃ》な鎖を手に取ると、菜緒の首の後ろに回し、慣れた手つきで留めた。

「柊生さん、これ……」

菜緒はおずおずと手を上げて、ペンダントトップに触れた。花模様のそれは派手過ぎず、仕事場でも身に着けられる品だった。

「今日はホワイトデーだ。上司への義理とはいえ、バレンタインデーにチョコをもらったし。彼氏が恋人にお返しするのは、普通だろ？」

「これを、わたしに？」

思ってもみなかったプレゼントに目をぱちくりさせるが、柊生が菜緒のためにと選んでくれたものだとわかると嬉しさが込み上げてきた。

「気に入らないなら――」

「そんなはずないじゃないですか！」

菜緒は嬉々として柊生に飛びつき、彼をベッドに押し倒した。仰天する彼の顔を見下ろしながら、菜緒は体重をかけて顔を寄せる。

「柊生さんからのプレゼントなんですよ？　気に入らないわけありません」

あまりの感激に、菜緒の双眸《そうぼう》が熱くなってきた。自分の部屋で足を滑《すべ》らせて、初めて彼を押し倒してしまった夜と同じで、柊生の顔がぼんやり歪んでいく。あの日、菜緒は彼の顔ではなく性格に惹かれた。最初は少しバタバタしてしまったが、自分の気持ちを貫き通してこんなに良かったと思ったことは今まで一度もない。

「……菜緒？」

柊生が菜緒の頬に触れる。彼の手のひらに頬を摺り寄せ、涙を振り払うように目を閉じた。深呼吸をして、湧き上がる感情をぐっと堪《こら》える。少しだけ落ち着きを取り戻すと、菜緒はゆっくり目を開け、彼に微笑んだ。

「プレゼント、ありがとうございます。とても嬉しかったです。……ねえ、柊生さん……知ってますか？」

「何を？」

菜緒は頬に触れる柊生の手に触れ、喉元の近くで揺れるネックレスへと導く。

「恋人にネックレスをプレゼントするって、独占欲の表れなんですって。ううん、ネックレスだけじゃなくて、リングやアンクレットも……。柊生さんもわたしを誰にも渡したくないって思ってくれている……そう思っていいんですよね？」

自分からは、決して愛の言葉を欲しがらない。菜緒に向けてくれる、愛情の籠《こ》もった態度だけで十分だと思っていたのに、菜緒は訊《たず》ねずにはいられなかった。

ウザイ女だと、面倒臭いカノジョだと思われるかもしれないが、ベッドで仲睦《なかむつ》まじくしている時には、ほんの少しだけ心を開いて欲しい。

お願い、そうだと言って——願いを込めて、柊生の瞳を覗き込む。彼は驚いたように口をポカンと開けるが、直後、動揺と戸惑いを滲《にじ》ませた素振りを見せた。

「……そんなの、知るか」

柊生は小声でそう言い捨てると、菜緒から目を背《そむ》ける。菜緒は肩を落とした。

菜緒の欲しかった言葉は、柊生の口からは出なかった。残念ではあるが、彼が気持ちを言葉にするのが嫌いだというのは知っていたので、それほどショックはない。

付き合い始めて、まだ一ヶ月。ゆっくり柊生との絆《きずな》を深めていければそれでいい。

菜緒は上体を支えていた手の力を抜き、柊生に体重をかけていく。乳房が彼の胸板で押し潰される直前、彼が急に菜緒の首に片腕を回した。勢いよく引き寄せられるが、咄《とっ》嗟《さ》に彼の胸に手をついて衝撃を和《やわ》らげた。

「しゅう、せい――」

「他の男に目を奪われたら、承知しないからな」

ぶっきらぼうに言いつつも、柊生は菜緒に真摯《しんし》な眼差しを向けてくる。彼なりの愛の告白に、菜緒は嬉しさに頬を緩めた。

「柊生さん以外の男性に目移りするわけありません。でも、こうしてわたしに首輪をつけた以上、責任を持って優しくしてくださいね。疎《おろそ》かにしたら、爪を立てて引っ掻きますから」

愛されている幸せを実感しながら、柊生の柔らかな唇を指でなぞる。すると、彼が菜緒の指を口に咥え、舌で舐め、歯で甘噛みした。

「……っ！」

躯《からだ》の芯を走るビリビリとした痺《しび》れに、自然と悶《もだ》えてしまう。それをわかっていて、柊生は菜緒の指を美味《おい》しそうに吸った。

これ以上されたら、また柊生が欲しくなってしまう！

菜緒が指を引き抜くと、柊生は楽しそうに口を開けて笑った。

「自分が仔猫だって実感したわけだ……。いいか、触れられて鳴き声を上げる相手は……俺だけにしろよ」

柊生の剥《む》き出しの独占欲に、菜緒は想いを込めた目を彼に向けた。

「……好きです、柊生さん」

菜緒の胸の下で、柊生の心臓が早鐘を打ち始める。彼は菜緒の告白に何も言わない、顔色さえ変えない。でも、菜緒を見る目つきで、彼が喜んでくれているのが伝わってくる。

柊生は、菜緒の髪を指で梳《す》き、毛先を掴んだ。

「……甘えてくるのが本当に上手い」

「甘えてるんじゃないです。わたしは自分の気持ちを素直に伝えているだけ――」

途端、柊生に掴まれていた髪を引っ張られた。乳房が彼の胸板で潰れるのも構わず、顔を近づける。

「それじゃ、俺にキスをしてくれ……」

唇を請われてドキッとする。だが菜緒はふっと躯《からだ》の力を抜き、柊生に顔を寄せた。二人の吐息が間近でまじり合うだけで、胸の高鳴りを抑え切れない。

好きな人に求められる。キスをするのを許される。こんなにもいっぱい幸せをもらっていいのだろうか。

「柊生さん……」

あまりにも幸せ過ぎて胸が張り裂けそうだ。このままでは罰《ばち》があたりそうで怖い……一瞬、不安が頭を過《よぎ》る。菜緒の躯が強張《こわば》ったが、なんとかそれを振り払って柊生に口づけた。彼の両腕が背に回され、きつく抱きしめられる。唇を触れ合わせ、舌を絡ませては、柊生が愛しげに菜緒の名を囁《ささや》いた。

「好き、……好きです」

菜緒はこのひと時を永遠のものにしたいと言わんばかりに、柊生と深い口づけを交わした。

この日、柊生は何度も菜緒を絶頂に導いた。菜緒がすすり泣きを零《こぼ》し、意識が朦朧《もうろう》としてきても、彼は無骨なその手で汗ばんだ柔肌《やわはだ》に触れ続けた。自分のかすれた悲鳴が遠くの方で聞こえた直後、柊生が何ものにも代え難い宝物であるかのように菜緒を抱きしめる。協奏する二人の拍動音、弾む呼気が落ち着くまで、二人は汗ばんだ躯を重ねた。

柊生が菜緒を解放したのは、空が白み始めたころだった。

六

穏やかな陽射しが心地いい、うららかな春の一日。

上司の姿をした柊生と歩きながら、菜緒はシティホテルへ続く桜並木の歩道で顔を上げた。

満開の桜の花びらが春風に乗って舞い、道路へ落ちていく。あと一週間ほどで桜の花はすべて散るだろう。若葉の緑が目に付くようになれば、太陽の陽射しが強くなり、季節は初夏へと移る。でも、それはもう少し先のこと。今はこの季節を満喫しようと、胸いっぱいに花の香りを吸い込んだ。そして、隣を歩く柊生を窺《うかが》う。

仕事とはいえ、素敵な午後を恋人と一緒に過ごせるなんて……

菜緒が小さく笑った時、生暖かい風が、菜緒のフリルのついた白色のブラウスを撫で、黒色のボックスプリーツスカートを巻き上げた。

「あっ！」

あたふたと手でスカートを押さえる。だが、柊生の息遣いを何度も感じた双脚の付け根にまで風が入り込み、自然と躯《からだ》に震えが走った。

仕事で柊生と一泊旅行を楽しんでから、もう数週間経っている。なのに、彼と過ごした濃厚な時間を忘れられない。そのため、ほんの少しの刺激で躯は疼《うず》いてしまう。

今もそうだった。でも、感じさせられるのは嫌ではない。柊生と一緒に過ごす時間が増えるにつれて、彼に寄せる想いがどんどん高まっていくのを実感できるからだ。

菜緒は、本当に幸せだった。

「スカートが捲《めく》れて笑顔って……俺以外の男に下着を見せたいのか？」

「なっ！　……何を言うんですか！　違います。仕事とはいえ、柊生さんと一緒に桜並木を歩けるのが嬉しいんです」

菜緒が素直に気持ちを告げると、柊生がふっと口元をほころばせた。髪の毛が目元を隠し、眼鏡のレンズが感情の色を見えにくくする。とはいえ、最近の彼は、菜緒が正直になればなるほど、表情も豊かになってきた。

そろそろ少し踏み込んで、仕事とプライベートで容姿を変える理由を訊《き》いてもいいだろうか。

柊生の上着を掴み、彼をそっと窺う。菜緒の視線に気付いた彼が、ちらっと目を向けた。

「高遠さん、あまりじろじろ見ないでください。キスをねだる目をされたら、僕はこのあとどうすればいいんです？　そうですね、目の前はちょうどシティホテルです。僕に抱かれますか？」

菜緒は熱いものに触れたみたいに、咄嗟《とっさ》に柊生の袖を離した。

上司の話し方で、私的な言葉を言うなんて……

菜緒は戸惑いながら頬を羞恥《しゅうち》で染め、ぷいっと顔を背《そむ》けた。

上司の姿をしていても、柊生が普段するような強気な態度で接してくれれば、なんとか脳内で上司を柊生に変換することはできる。でも、上司の丁寧な言葉遣いで攻められると、頭の中で上手く二人が結びつかなくなり混乱してしまう。恋人以外の男性に迫られている気になるのだ。

「どうしたんですか、高遠さん？　僕は君に誘われたと思ったんですが……。女性に好意を示されたら、そこはやはり男として——」

「や、やめてください！」

柊生の隣を歩いていた菜緒は、ヒールの音を立てて小走りに先へ進んだ。目の前にそびえ立つシティホテルの私有地に入ったところで、後ろを歩く彼を振り返る。前髪が眼鏡にかかって目は見えないが、菜緒に意識を向けているのが肌でわかった。

「高遠さん？」

「それ、やめてください。本当にイヤなんです」

優しげに白い歯を見せていた桧原仕様の口元が、キュッと真一文字に引き結ばれた。

何を思ったのか、彼が菜緒の方へ大股で突進してくる。

「何が嫌――」

「浮気している気分にさせられるんです！」

「……は？」

素《す》っ頓狂《とんきょう》な声を漏らす柊生の前で、菜緒は両手で顔を覆った。

「すみません。同じ人だとわかってるんです。でも、本当にお二人が同一人物だとは見えなくて」

菜緒は顔を覆っていた手を下ろし、柊生を仰《あお》ぎ見て自分の感情を切実に訴える。

「だって、柊生さんが上司の桧原さんみたいな話し方をするはずないって知ってるんですもの！　それに、わたしが好きな人は柊生さんであって……っん！」

突然、柊生に無骨な手で口を塞がれた。目を見開く菜緒を、彼が困惑げに見ている。ただそこには、菜緒の告白に怒りを抱いている様子はない。

「悪かった……。俺も調子に乗り過ぎた」

柊生は手をゆっくり下ろし、乾いた笑いを零《こぼ》した。

「自分で面白がって仕掛けて……逆に背を向けられて動揺して、オチは思いがけない告白に、どぎまぎさせられたってわけか」

柊生は、乱れている髪をさらに手で掻き乱してくしゃくしゃにする。でも眼鏡のレンズ越しに見える彼の目は、穏やかに細められていた。

「柊生さん？」

「一応、どっちも俺……桧原柊生だ」

「わ、わかってます。でも、仕方ないじゃないですか。これまでずっと、桧原さんを尊敬していたんです。そこに恋愛感情はなかった。なのに……目を逸《そ》らせないほど気になった人がまさか上司だったなんて、戸惑うのも当然です。どうしてそこまでして二面性を演じ分けるのか……あっ！」

訊《き》きたくても訊けなかった思いがポロッと口をついて出てしまい、即座に言葉を呑み込む。そんな菜緒の頭に、柊生が優しく触れた。そのまま彼の肩へ、抱き寄せられる。

「その件については、また次の――」

次の？　……何？

柊生の言葉が聞こえなくなったのを不思議に思い、ゆっくり彼を窺《うかが》う。彼の目は菜緒ではなく、菜緒の後方をじっと見つめていた。しかもその表情は、少し強張《こわば》っている。

「しゅう――」

声をかけようとすると、柊生は菜緒の頭に触れていた手を離し、一歩後ろへ下がって距離を取った。

「……よう、シュウ！　クラブから足が遠のいたのは、そこにいる女が原因か？　まさか、お前が部下に手を出すなんてな」

菜緒の後方で男性がそう言うのを受け、柊生が小さく息をついた。

「ケン……。お前、俺が来ると知ってたな。それはつまり、今日の――」

「ビンゴ！　さすがシュウ、勘が鋭い。とはいえ、俺は担当者の下に付いてるだけだけど。その……まあ、あれだ。経営陣の指示で、契約交渉にはお前も行って勉強してこいっていう……仕事を押し付けられたってわけ」

菜緒は、柊生の傍で静かに二人の会話に聞き入る。そこから、二人はシュウとケンと呼び合うほど親しい関係で、そして、ケンと呼ばれた男性が、商談の相手の一人だとわかった。柊生に抱き寄せられていた姿を見られたせいで、少し体裁が悪いが、ここで怯《ひる》んでいては仕事にならない。

菜緒は生唾を呑み込み、深呼吸して振り返った。

「あの、はじ……めまして……」

ケンと呼ばれた男性を見て、菜緒の言葉尻が萎《しぼ》んでいく。だが彼は菜緒を見ても驚かず、意味深ににやりと口角を上げた。

「やあ、久しぶり。菜緒さん」

「菜緒!?」

呆然とする菜緒の二の腕を、柊生が掴む。

「おい、あいつを知ってるのか?」

「知ってるも何も――」

菜緒が答えるよりも前に、ケンと呼ばれた郷内健児に腕を掴まれ、彼の方へ引き寄せられた。

「な、に――」

驚く菜緒に、郷内は顔を近づける。そして、外国人が親しげに挨拶《あいさつ》を交わすように、菜緒の頬にいきなりキスを落とした。

「……っ!」

郷内はにっこり笑い、混乱する菜緒の肩に手を置いた。

「バレンタイン合コンで知り合った菜緒さんさ。俺、言わなかった? シュウに……合コンに参加しておきながら乗り気じゃない子と出会って、興味を惹かれたって」

二人は菜緒には一切意識を向けない。お互い目を合わせて、火花をバチバチ飛ばしている。菜緒は、その場でおろおろするほかなかった。

＊＊＊

シティホテルの下で郷内と再会してから、どうやって応接室までたどり着いたか覚えていない。

一人だけこの状況についていけない菜緒は、応接室に入っても、郷内の上司と挨拶を交わしても、仕事に集中できなかった。こんなことは初めてだ。

「では、こちらのデザイン画をお渡ししておきます。提案書には、契約内容と工期を記していています。何か質問がありましたら、私どもの方へご連絡ください」

菜緒の隣に座る柊生が、ファイリングされたデザイン画を指し頭を下げる。菜緒も彼に倣《なら》って「お願いします」と頭を下げるが、今も心ここにあらずだった。

「ありがとうございます。私たちをふくめ、経営陣も御社を信頼していますので、ご一緒に仕事をしたいとは思っていますが、お返事はもうしばらくお待ちいただけますか？」

「もちろんです。契約内容については私が、デザインに関しては高遠が対応いたしますので、いつでもご連絡ください」

柊生が上司仕様の笑みを浮かべると、クライアントは満足げに頷いた。

「では、外までお送りいたしましょう」

郷内の上司が立ち上がるのを見て、柊生と菜緒も立ち上がった。だが、郷内が「部長」と上司に声をかける。

「桧原さんは私がお送りします」

「そ、そうか……。では君に頼む」

郷内の上司は何故か身構え、部下に遠慮している風に見える。二人の不思議な関係が気になるが、菜緒は極力顔色を変えないよう気を付けて、皆と一緒に応接室を出た。

「それでは、私はここで失礼いたします」

「ありがとうございます。どうぞよろしくお願いいたします」

部長は柊生と朗《ほが》らかに挨拶を終えると、もう一人の部下と一緒に廊下の奥へと消えた。人の気配がなくなった途端、嫌な空気が流れ始める。針を落とせばその音さえ聞こえそうなほど、廊下はシーンと静まり返っていた。

「……さてと、シュウ。俺らも菜緒さんのことで話を――」

郷内がにこやかな顔つきで振り返った瞬間、柊生が躯《からだ》を捻《ひね》って菜緒に手を伸ばす。彼に顎《あご》を掴まれて、菜緒は乱暴に顔を上げさせられた。

「えっ、何……ぁ、んぅ！」

菜緒に顔を近づけた柊生に、唇を塞がれた。突然の行為に驚いて目を見開く菜緒にも構わず、彼は口づけを深める。郷内の前で菜緒の唇を割り、舌を滑《すべ》り込ませ、唾液を絡ませ吸ってくる。下腹部奥を潤《うるお》すじわっとした熱が生まれてきた。

「っんん！」

柊生に求められるのは嬉しいが、他人に見せつけるだけのキスは嫌だ。菜緒は震える手を上げて彼の胸に触れると、そこを強く押した。

「な、な、何をしてるんですか！」

感じて躯が疼《うず》いたのを知られないようにと思うのに、頬は上気し、吐息は柊生を誘うような甘いものになる。

「……ああ、失敗した」

柊生が、菜緒にだけ聞こえる小さな声で呟く。間を置かずに姿勢を戻し、郷内に目を向けた。

「お前の入る余地はない」

「へえ、長い付き合いだが、シュウが女に対して独占欲を示すのって初めて見たな。つまり、そうしないと菜緒さんが逃げるか、そう言わしめるほどいい女なのか……。これはますます興味が湧いてきた」

菜緒も郷内に目を向けると、彼は頬を緩ませて柊生とのやり取りを楽しんでいた。菜緒を意識すらしない。完全に、菜緒をダシにして柊生をからかっている。じっと観察していると、それに気付いた郷内が菜緒に視線を移した。

「あのさ、バレンタイン合コンで会った時、既にシュウと付き合ってた？」

菜緒は、静かに頭を振る。

「じゃ、俺が会おうって電話した時には？」

「……付き合っていました」

恐る恐る口にする菜緒に、郷内が「マジか！」と大声を上げて天を仰《あお》いだ。

「うわああ！　あと一歩が足りなかったか！　どうして俺は、いつもシュウに気に入った子を奪われるんだろう。あの時もっと押せば良かった。クラブでも——」

「おい、余計な話はしなくていい」

柊生が郷内の言葉を遮《さえぎ》る。菜緒の手を引っ張ってエレベーターホールへ向かおうとするが、郷内が柊生の前に立ち塞がった。

「へえ〜、今の言葉で俺、わかっちゃった。シュウ、菜緒さんに何も話してないんだろ。つまり、俺にもチャンスがあるって感じ？」

何も、話していない？　それってどういう意味なのだろう。

菜緒は郷内の言葉の意味がわからず、柊生を窺《うかが》う。彼は無表情で郷内を見ているが、レンズの下にあるその目には冷たい光が宿っていた。

「菜緒に興味を持ちたくなる気持ちは、俺にもわかる。だが、今すぐ諦めろ。ケンにはチャンスすらない」

抑揚《よくよう》のない声音で言い捨てると、柊生は前を塞ぐ郷内を押しのけて歩き出した。そのまま菜緒を引っ張って進む。

「またね、菜緒さん」

手をひらひらさせてそこで見送る郷内に、菜緒はとりあえず挨拶《あいさつ》をする。そして、前だけを向く柊生の背を見つめた。

エレベーターホールに着いても、柊生は何も言わない。だが、扉が開いてエレベーターに乗り込むなり、突然菜緒に手を伸ばして頬を乱暴に拭《ぬぐ》った。

「えっ、何？」

「……簡単に男に唾付けられて。もう少し警戒心を持てよ」

「柊生さん！」

頬にのせたチークを取る勢いで、強くゴシゴシと擦《こす》られる。柊生はそうしてしばらく菜緒の顔に触れていたが、やがてその手を下げ、壁にもたれた。

「あいつだったんだな。合コンで言い寄られたって相手」

そういう話をいつ柊生にしたのか思い出せなかったが、菜緒は静かに「はい」と答えた。

「でも、柊生さんに……ちょっかいをかけてくる男は切れと言われていたので、郷内さんとは一度も連絡を取っていません。着信拒否にしてます」

「ああ、それはケンの言葉でわかった」

柊生が腕を組んで俯《うつむ》く。桧原の姿で難しそうな顔つきをされると、何か仕事で失敗したのかと思ってしまう。でも彼の頭の中にあるのは、仕事とは関係のないことだろう。

訊《たず》ねてみたい……

そう思うのに、柊生はそれ以上何も言わない。態度から訊《き》いて欲しくないと伝わってくるが、なんだか話を逸《そ》らされている気分になる。

菜緒の口角は自然と下がり、不安に似た何かが心に渦《うず》巻き始めた。

無理して訊き出さないと決めた以上、菜緒は問いただす振る舞いはしない。それがいけないのだろうか。柊生に愛されて幸せなのに、まだ見えない線を引かれていると思うと、不安で胸がいっぱいになる。

菜緒はそれを払拭するように目を閉じ、胸元に手を伸ばした。そこには、柊生にもらったペンダントが光っている。彼の菜緒への想いを感じるように、体温で温められたダイヤモンドにそっと触れた。

＊＊＊

「ではよろしくお願いします！」

菜緒は空間設計事業部に次の案件の資料を渡し終えると、コントラクト事業部へ戻るため早歩きで廊下を進んでいた。

予想していたとおり、彩郷の内装は旅館雑誌で取り上げられた。斬新且《か》つ洗練されたモダンな空間演出は好評で、全国の旅館から問い合わせが殺到している。内装設計と空間設計のパック注文が多くなり、コントラクト事業部を通さない仕事が増えてきた。それもあって多少時間に余裕はできたとはいえ、業務量は相変わらず多かった。

「ただいま戻りました！」

菜緒はコントラクト事業部のドアを開けた。同僚や、上層部へ呼ばれている柊生が戻ってきていると思ったが、そこに彼らの姿はなかった。

いるのは、菜緒の記憶にない、五十代ぐらいの威圧感のある男性が一人だけ。

彼は柊生のデスクを回って何かを見ていたが、菜緒が部屋に入るなりさっと顔を上げ、ドアの傍に立つ菜緒に視線を向けた。

「あ、あの？」

首にかけている写真入りの社員証で、彼が社員だとはわかった。でも菜緒は、動けなかった。何故彼が誰もいないこの部屋にいるのか、その理由がまったくわからないせいだ。

「誰もいないのに、勝手に入って申し訳なかったね。……課長補佐に会いに来たんだよ」

男性は楽しそうに口角を上げ、柊生の椅子の背を優しく叩く。もう少し近づけば、社員証に書かれている所属部署や名前が見えるが、菜緒の場所からはボヤけた顔写真しか見えない。

「申し訳ありません。桧原は席をはずしています。しばらくすれば戻りますので、よろしければ、桧原が戻り次第ご連絡いたしますが……」

「いや、いい。ところで……君が課長補佐と組んでいる、インテリアデザイナーの高遠菜緒さん？」

「えっ？　は、はい。高遠はわたしです」

何故ここで自分の名前が出るのか気になったが、素直に頷く。すると、男性はじろじろと菜緒の全身を眺め、そしてにやりとする。狡猾《こうかつ》な笑みに、菜緒の躯《からだ》に緊張が走る。それでも必死に平静を装《よそお》って直立不動で立ち尽くしていると、男性がポケットに手を突っ込んで歩き始めた。

「君の仕事ぶりは、課長補佐から聞いている。だが、物怖じしないタイプとは言ってくれなかったな。……なるほど。うん、こういう女性ならいろいろ背負っていけるか。よし、これで私の目的は達成した」

意味深な発言が気にならないわけじゃない。ただ菜緒の意識は、男性のネクタイの傍で揺れる社員証の方に釘付けだった。

所属部署と役職、名前を確認するチャンス！

社員証を見ているとバレないために、さりげなく視線を落とす。はっきり字を見られる距離に来た時、目線を上げた。だがその瞬間を狙ったように、男性がポケットに入れていた手を出し、ネクタイを直すようにそこを撫でる。見ようとしていた社員証が、彼の手ですっぽり隠れてしまった。

ククッと響く笑い声に驚き、菜緒が顔を上げると、男性が楽しげに口角を上げて菜緒を見ていた。

「ああ、そうだ。私が来たとは、桧原課長補佐に伝えなくていいからね」

「えっ？　……あ、あの！」

名前を訊《き》かなければと焦る菜緒に、男性は飄々《ひょうひょう》として部屋を出ていった。

「どうしよう……」

この件を柊生に伝えるべきだと思うが、名前を知らなければ話のしようがない。社会人としてなっていないと怒られるのを覚悟で、とりあえず男性が来たことだけ知らせておこう。

菜緒は、ドアの傍に設けられたホワイトボードに目を向けた。他の同僚たちは商談で、そのまま直帰の者もいる。

つまり、柊生が戻ってきたらしばらく二人きりだという意味だ。仕事場とはいえ、柊生と一緒にいられると思っただけでニヤけてしまいそうになる。

菜緒は自分のデスクへ戻って椅子に座り、携帯を置いてパソコンの電源を入れた。

「よし！　仕事、仕事！」

気持ちを切り替えて、次の資料作りに取り掛かろうとデータファイルを開いた時、デスクに置いた携帯が振動した。手に取り液晶画面を見て、手早く通話ボタンを押す。

「律子さん！　日本へ戻ってこられたんですか⁉」

『あはっ、勢い凄いね。びっくりした。今、少しなら話して大丈夫かな？』

「はい、大丈夫です。久しぶりですね」

『うん、急だったもんね、この出張。そっか……あれから二ヶ月近く経つんだ』

「もうマンションに戻られたんですよね？」

『あっ、ううん……』

五十嵐が言いにくそうに口籠《くちご》もる。

「どうかされたんですか？」

『実はさ、ちょうど向こうの工場を視察している時に、偶然出張で来ていた父と会ってね。っていうか、たぶん、柊生にあたしの出張先を訊《き》いたんだと思うけど……』

「えっ⁉」

菜緒の問いかけに、五十嵐は言葉を濁《にご》した。確か彼女は家を飛び出して以降、実家とはあまり上手くいっていなかったはず。それを改善できる何かが起こったのだろうか。

『うーん、向こうでいろいろあってさ。それでね、数日は実家で過ごそうと思って』

「わかりました。戻ってきたら、また連絡してください」

『うん……。マンションに帰ったら連絡する。今度こそ、一緒にご飯を食べに行こうね！』

「はい、是非誘ってくだ――」

そう口にしたのと同時に、柊生が戻ってきた。これまでも会社ではお洒落《しゃれ》とはほど遠い髪型をしていたが、今の彼はそれ以上に見られない有様をしていた。手で掻きむしったのか、いつにも増してぼさぼさな髪型になっている。彩郷の件で評価され、いい気分になって帰ってくると思っていただけに、その相貌《そうぼう》には驚かされた。

『菜緒ちゃん？　どうかした？』

「あっ、あの！」

五十嵐に返事しながらも、自分のデスクへ向かう柊生に思わず声をかけていた。彼は菜緒を見ると向きを変え、菜緒のもとへ近寄ってきた。隣のデスクの椅子を引っ張り出し、そこに座って菜緒をじっと見る。

「相手は誰？　……男なら俺、許さないよ……。ケンならもっと――」

「律子さんです！」

菜緒は間髪を入れずに、柊生の言葉を遮《さえぎ》る。五十嵐の『柊生がそこにいるの？』という声が聞こえたが、菜緒は呆然となる彼から目を逸《そ》らすことができなかった。すると、菜緒の眼差しに我に返った彼が、恥ずかしそうに片腕を上げて頭を抱え込んだ。

「……律子かよ。恥ずかしいのを聞かれた」

五十嵐のクスクスと笑う声が耳に届く。柊生にも聞こえたようで、彼は分の悪い面持ちになる。

「貸して」

「は、はい……」

菜緒は素直に、柊生に携帯を渡した。

「律子……。忘れろ……、いや、忘れてくれ」

五十嵐の声は聞こえてこないが、菜緒は目の前で柊生の顔つきがころころ変わっていくのを楽しく見つめた。気心知れた従姉《いとこ》だからこその気の緩みが出ている。暴言を吐いても許される彼女との関係を羨《うらや》ましくも思ったが、二人の楽しげな雰囲気を見ていると、自然と嬉しさが込み上げてきた。

柊生の目が、菜緒に向けられる。彼は手を伸ばし、菜緒の左手に指を絡めて握り締めてきた。彼の想いの詰まった恋人つなぎに頬がほんのり火照《ほて》ってきた時、いきなり柊生が菜緒の手を持ち上げ、爪の先に優しく口づけを落とした。

「……っ！」

菜緒の心臓が早鐘を打ち始める。たまらず手を引き抜こうとするが、彼がそれを許さない。上目遣いで菜緒を見つめ、心と躯《からだ》だけでなく意識さえも虜《とりこ》にしようとしてくる。

「わかってる……。俺だって、そういう段取りをつけてる。あともう少しなんだ。もちろん、菜緒のことも」

「わたし？」

急に自分の名前が出て、菜緒は思わず訊《たず》ね返した。でも柊生は答えず、五十嵐との話に集中している。

「……ハハッ、そうだよ。そう思ってくれていい。……ああ、菜緒に言っておく。じゃ」

柊生は嬉しそうな表情を浮かべて、通話を切った。そして「はい」と言って菜緒に携帯を渡す。黙って受け取ったのは、今もなお、手を執拗《しつよう》に撫でられていて声が出ないせいだ。

意味ありげに指を撫でる理由が知りたい。何を伝えたいのだろう。

「……あ、あの」

「うん？」

優しい声音で、菜緒を見つめてくれる。肩の荷を下ろしたような、これまでにないリラックスした柊生の様子に、菜緒はうっとりと見入った。

「……菜緒？　どうした？」

柊生の問いかけに、笑顔で小さく頭を振った。

「いえ……。あっ、そういえば、さっき、五十代ぐらいで白髪まじりの役員風の男性が来ました。課長補佐に会いに来たって言ってましたが、名前は名乗らずに出ていきました」

「……それで？」

急に柊生の声音が低くなる。怒りを押し殺したような声に、菜緒は息を呑んだ。

「あの……、何故か、わたしをご存知でした」

瞬間、柊生の眉間に皺《しわ》が刻まれる。歯軋《はぎし》りしそうなほど奥歯を噛み締めているのが、頬の筋肉の引き攣《つ》りでわかった。

「わたし……何か柊生さんに迷惑をかけてしまったんでしょうか？　もしかして、何か失態を？　柊生さんは彩郷の件で上に行ったのではなく、わたしの件で呼び出されたんですか？」

柊生はそう訊《たず》ねる菜緒の手を離し、あらぬ方向へ目を向けた。

「……いや、菜緒は何も悪くない。何もしていない。俺が……機嫌を損なわせただけだ」

「機嫌を損なわせた？　誰の、ですか？」

それはどういう意味なんですか？　――さらに訊ねようとして、菜緒は柊生の袖を掴もうとした。だがその前に彼は椅子を立ち、背を向けて自分のデスクへ歩いていった。

「柊生――」

「高遠さん、そろそろ仕事に戻りましょう。明日は商談中のシティホテルへ行かなければなりません。予想される質問をまとめてくださいね」

柊生が少し振り返り、上司特有の朗《ほが》らかな笑みを浮かべる。だが、眼鏡のレンズ越しに見えた彼の目は笑っていなかった。冷酷な光が宿り、ぴしゃりと心を遮断している。今は近づくなと暗に言われているようだ。

「……はい」

菜緒は柊生に言われるまま、椅子に座り直し、パソコン画面に意識を向けた。シティホテルの資料を表示させるものの、やはり腑《ふ》に落ちなくて、彼をそっと窺《うかが》う。柊生はパソコン画面に目を凝《こ》らして仕事に集中しているようだが、唇は強く真一文字に引き結ばれていた。

菜緒は、柊生が気になって仕方がなかったが、感情をぐっと堪《こら》えて仕事に集中した。

翌日、菜緒の不安は的中した。柊生は部下の菜緒にすら理由を告げず、有給休暇を取って会社を休んだ。風邪をひいたのならわかる。でも、電話を受け取った事務の女性曰《いわ》く、彼の様子に変化はなく、あくまで所用という話だった。

それは、到底信じられるものでなかった。今日は柊生の受け持つシティホテルの商談がある日。そんな大切な時に、自分の都合で仕事を休む人ではないと知っていたからだ。

七

シティホテルの応接室。以前柊生と一緒に挨拶《あいさつ》したクライアントを前に、コントラクト事業部主任が低頭した。柊生の代理として主任が菜緒と一緒に来てくれたが、相手はそれが気に入らないという気持ちを顔に表す。

主任に能力がないわけではない。それどころか、困難だと思われる契約を取ってくることができる、優れた人物である。柊生とは数歳しか違わないが、外見は主任の方ができる男性に見えるほどだ。でも、クライアントは肩書きに重点を置く。いくら仕事ができても、主任は柊生の部下。それが我慢ならず、取引相手は沸々と滾《たぎ》る怒りを表に出してくる。

「そちらの都合もわかります。ですが、契約をするかもしれないという日に事前連絡もなく、担当の桧原さんが欠席というのはね。……ないがしろにされていると思うわけですよ」

「決してそういうわけではありません！　本日、桧原は体調を崩しておりまして……」

「それなら事前にご連絡ください。商談の日を別の日に変更することも可能なんですよ」

コケにされたと言わんばかりの声音に、菜緒も「申し訳ございません」と謝る。すると、険悪ムードたっぷりの中、郷内が「まあまあ……。部長、少し落ちついてください」と割って入ってきた。

「郷内。君は、黙っていなさい」

室内の温度が一気に下がったように感じ、菜緒は視線を落とした。

契約を取れるか取れないかは別として、ここは一度引き、柊生と改めてお詫びに伺うべきだ。

主任も菜緒と同じ気持ちなのか、菜緒にだけわかるように目で語ってくる。

「あの、お手数を――」

主任がそう口を挟んだが、その言葉を掻き消すほどの声で、郷内が「このあたりでやめておきましょう」と言った。

「郷内！　な、な……！」

顔を真っ赤にさせて、先方の部長が言葉を詰まらせる。怒りの矛先が郷内に向けられるものの、彼は落ち着いた態度で続けた。

「部長、商談は別に日にしていただきましょう。実は、すべてあちらに非があるというものでもなく――」

に振り返る。

「何を言って……うむ、そうか」

部長は先ほどまでとは打って変わり、静かになる。郷内の発言に思うところがあるのか、先方は難しい顔をしながらもそれ以上声を荒《あら》らげようとはしなかった。郷内が不意に振り返る。

「申し訳ありません。今日はお引き取り願ってもよろしいでしょうか？　商談は近いうちに改めてということで」

「もちろんです！　必ずご連絡させていただきます」

しっかり頷く主任に、郷内は目を細める。そんな彼の後ろで、先方の部長はほんの少し居心地悪そうにしているのが見て取れたが、もう落ち着きを取り戻していた。

「高遠さん」

「は、はい」

郷内に名を呼ばれ、慌てて背筋を伸ばす。

「シュウ……いや、桧原さんと改めてアポを取ってもらえますか？」

「はい、必ず桧原に伝えておきます」

主任が頭を下げる。

「本日はご迷惑をおかけし、大変申し訳ありませんでした。また、改めてご連絡いたします」

「はい、お待ちしております……。では、そこまで私がお送りしましょう」

郷内はそう言い、菜緒たちのためにドアを開けてくれた。

「今日は申し訳ありませんでした。……それでは失礼いたします」

菜緒と主任は揃ってもう一度挨拶《あいさつ》をし、応接室を出た。

「ったく……、シュウが休んだ原因は、そもそもこっち側にあるんだって」

隣に立った郷内が、菜緒にしか聞こえない声で呟く。

「……えっ？」

柊生が休んだ理由を、郷内は知っている？

菜緒はさっと顔を上げた。だが郷内は何も言わず主任の傍へ行き、世間話をしながらエレベーターホールへ向かう。そして乗降ボタンを押すと、すぐに扉が開いた。

「もうここで大丈夫です。先ほどはどうもありがとうございました。今後ともどうぞよろしくお願いいたします」

「ご丁寧にありがとうございます」

にっこりする郷内に会釈《えしゃく》し、主任がエレベーターに乗る。

「高遠さん、行こう」

菜緒は主任に言われて、彼のあとに続いた。ただその足取りは重く、本当に会社へ戻っていいのかと内なる声が響く。振り返って、エレベーターの外に立つ郷内を見た。

彼は顔色を変えず、にこやかな面持ちでありながら、どこか菜緒に挑戦的な目を向けているように感じる。

主任が閉ボタンを押し、再度郷内に頭を下げた。人当たりのいい表情をしているにもかかわらず、郷内の口角が下がり蔑《さげす》みが露《あらわ》になる。

瞬間、菜緒は動いてた。扉が閉まりかけたエレベーターから飛び出す。

「すみません、先に会社へ戻っていてください。すぐにあとを追いますから！」

「ええっ!?　ちょっと、高遠――」

主任の言葉が真後ろで聞こえたが、扉が閉まると同時に彼の声は掻き消えた。菜緒は振り返らず、柊生と同じくらい背の高い郷内を見上げる。

「菜緒さん、どうしたのかな？」

郷内はリラックスしたように胸の前で腕を組み、楽しそうにニヤニヤしている。先ほど浮かべていた侮辱の色は、もうそこにはなかった。

菜緒は生唾を呑み込み、さらに一歩郷内に近づいた。

「お仕事中なのに、すみません。少しだけ……時間を作っていただけませんか？」

「何？　菜緒さんも知ってのとおり、仕事中なんだけど……」

それでも菜緒が問うようにじっと郷内を見つめていると、彼がふっと口元をほころばせ、腕時計に視線を落とした。

「……十五分だ。本当はもっと時間を取ってあげたいけど、俺も会社では難しい立場なんでね。なかなか勝手ができないんだよ。だから、ホテルの外まで菜緒さんたちを送って部署へ戻ってくる予定だった、往復の時間を君にあげる。……それで、何かな？」

一転、郷内は挑発的に口角を上げる。その姿は、初めて合コンで会った時と変わらず軽薄そうな態度だが、あの時とは違うものも感じられた。菜緒に向けられる眼差しに優しさがあるような気がする。柊生の恋人だと知っているからだろうか。

菜緒は緊張で躯《からだ》が強張《こわば》るのを感じつつも、顎《あご》を上げてしっかり郷内の目を見た。

「先ほど、言いましたよね？　柊生さんが今日の仕事を休んだ原因は、そもそもこっち側……郷内さんたちにあると。それはどういう意味なんでしょう。わたしに教えてくれませんか？」

郷内を凝視するが、彼は何も言わない。だが菜緒の気持ちがどこにあるのか、それを探るように真摯《しんし》な眼差しを向けてきた。

たった数秒にしか満たないが、十数秒も経ったような気になった時、郷内が力強く頷いた。そこにはもう、面白がる笑みは浮かんでいない。

「そう言ってくれるのを待ってたよ。というか、俺の言葉に食いついてこなかったら……俺は菜緒さんをシュウの恋人だと認めなかっただろうな」

郷内は壁際へ歩き、壁にもたれた。

「最初は、君もあいつの外見に吸い寄せられ、尚且《なおか》つ欲に眩んだ女の一人だと思った。だから俺は、シュウが菜緒さんと付き合ってると知った時、君を追い払ってやろうとしたわけ。まあ、蓋を開けてみたら、俺の取り越し苦労だったたんだけど。なあ、菜緒さん。君はシュウについてどこまで聞いている？　あいつがオンオフと分けて……えっと変装？　……している理由は聞いてる？」

菜緒は小さく頭を振る。すると、彼は気まずそうに顔を歪めた。

「もしかして、何も聞かされてないのか？　……あいつらしいな。ということは、何故シュウがそういう風に演じているのか、菜緒さんはそれも知らないんだな」

「はい。何かがあるのは薄々感じています。でも、わたしは柊生さんの口から言って欲しかったんです。訊《き》かれて答えるのではなく、自然と話して欲しいって……」

「じゃ、それを貫けば？　俺に訊かずにさ、シュウが菜緒さんに真実を告げるその日まで待てばいいんじゃない？　今日休んだ理由にしてもそうだ」

郷内の言うとおりだ。だが、菜緒は、柊生には普通ではないものを感じていた。大事な商談があるのに、私用で有給休暇を取るなんて、やはり考えられない。

「おっしゃるとおりです。普通なら、わたしだって郷内さんには訊かないと思います。でも、柊生さんの行動はおかしいんです。いつもの彼なら絶対にしないようなことをしている。それってつまり、彼に何かあったってことですよね？　そして、その理由を郷内さんは知っている」

郷内が真面目な顔で、まじまじと菜緒を見る。菜緒は視線を逸《そ》らさず、さらに一歩詰め寄った。

「わたしが知りたいのは、彼が今日休んだ理由だけです。お願いです、どうかわたしに教えてください！」

菜緒は頭を下げた。なのに、彼は何も言わない。

郷内は教えてくれる気はないのかもしれない……

しばらく沈黙が流れる。菜緒が居たたまれなくなってスカート生地をギュッと握った時、彼が気怠《けだる》げに小さく息をついた。

「……シュウは、見合いをしてる」

「はい？」

今、とんでもない言葉が聞こえた気がして、菜緒は顔を上げた。彼の眉間には皺《しわ》が寄っているが、嘘をついているようには見えない。

「それはいったい、どういう——」

「というか、もう婚約していると言っていいのかな。一階のラウンジに行けばすぐにわかる。ちなみに、シュウの父親もいるから。そして、何故俺がそれを知っているのかと言うと、相手が俺の従妹《いとこ》で、二人を会わせているのは俺の父だからだ」

郷内の言葉に、菜緒の喉が狭まり息苦しくなる。浅い呼吸を繰り返しながらも、頭の中で整理しようとした。だが、上手くできない。すると、彼が困惑の表情を浮かべて大きく息をついた。

「言っておく。こっち側はかなり乗り気だよ。従妹《いとこ》とシュウの結婚話。まあ、互いの利害関係があるせいなんだけどさ。まあ、そういうことだから……」

「……こっち側？」

思わず訊《たず》ねる菜緒に郷内は力強く頷くが、問いには答えない。

「さあ、これでシュウが休んだ理由はわかっただろ？　平日に俺の従妹と会わせなければならない……と思うほど、切羽詰まった事情があったのさ」

菜緒はまだ郷内の言っている意味がわからなかった。

何故柊生が郷内の従妹と見合いを？　事情とはいったい何？　それで何故、柊生が会社を休んだ責任がシティホテル側にもあると言うのだろう。

わからない、わからない！

「郷内さ――」

これ以上、のらりくらりとした言葉の応酬を続けてはいられない。郷内が言葉の裏に隠していることを教えてもらおうとした時、彼は難しい顔をして片手を前に出した。

「タイムリミットだ。もうすぐ約束の十五分になる。俺は仕事に戻るよ。あとは、菜緒さんがシュウに訊《き》けばいい。あいつの恋人なんだから、訊く権利が君にはある。それと……シュウたちが気になるなら、帰りにラウンジを覗けば？　……じゃ、またな」

そう言うなり、郷内は菜緒に背を向けて歩き出した。

「ま、待って……郷内さん！」

感情が昂《たかぶ》っているのか、かすれた声しか出ない。それでも菜緒は郷内の名を呼んだが、彼は振り返ろうとはせず、廊下の奥にその姿を消した。

残された菜緒は俯《うつむ》き、足元に視線を落とす。

これからしなければならないのは何か、それははっきりしている。主任のあとを追って会社へ戻り、次の仕事に取り掛かるべきだ。それをわかっているのに、躯《からだ》が動かない。

菜緒は拳《こぶし》を強く握り、その場にじっと佇《たたず》んでいたが、しばらくして顔を上げるとエレベーターの乗降ボタンを押す。そして扉が開くと乗り込み、会社へ戻るんだと何度も自分に言い聞かせながら、一階のボタンを点灯させた。

一階で降りると、菜緒は来た道を辿るように昼食時で混雑するフロントを通り歩き出す。だが、煌《きら》びやかに光る大きなシャンデリアが吊るされたラウンジの手前で足を止めた。

大きなガラス窓から太陽の陽射しが燦々《さんさん》と射し込み、座り心地の良さそうな革のソファとテーブルで寛《くつろ》ぐ客たちに降り注いでいる。

菜緒は震える足でさらにラウンジに近寄り、観葉植物の隙間からそっと中を覗いた。スーツを着たビジネスマン、着物姿の上品そうな女性、旅行中らしき外国人など、様々な人がいる。その客たちにまじって、菜緒の求める人がそこにいた。

柊生は洒落《しゃれ》っけのない上司姿ではなく、綺麗に髪を整えている。同席しているのは、白髪まじりの男性二人と、二十代前半ぐらいの綺麗な女性だ。その女性は、花が咲いたような可憐な笑顔を柊生に向け、彼もまた彼女に微笑みかけている。

まるで、愛しい人と言わんばかりに……

柊生の恰好で女性に優しくする姿を見て、菜緒の顔から一気に血の気が引いた。視界が狭くなり、眩暈《めまい》に襲われる。耳の傍ではドラを鳴らされたように耳鳴りがし、気分が悪くなってきた。吐き気まで込み上げてくる。それを必死に堪《こら》えながら、菜緒はすがるような目を柊生に向けた。

だが、柊生の目は、婚約者に向けられている。二人の距離は、菜緒が嫉妬《しっと》するほど近かった。

「わ、わたし、捨て……られる？」

菜緒との関係はいったい何だったのだろう。遊びだった？　菜緒が処女だったので、一回で終わらせるには可哀想だと思った？

菜緒の唇がぷるぷる震え出し、鼻の奥がツーンとしてきた。それでも、人目を惹く男らしい柊生と、日本人形のように艶《つや》やかな黒い髪の綺麗な婚約者から、目を逸《そ》らせない。誰が見てもお似合いのカップルに、菜緒の胸に張り裂けそうな痛みが走った。たまらずブラウスの上に手を置き、彼に贈られたダイヤモンドのペンダントトップに触れる。しかしそうすればするほど、菜緒の目の奥がジンとして熱くなり、視界がボヤけ始めた。

ああ、何故こんなことになってしまったのだろう！

双眸《そうぼう》に溜まった涙が零《こぼ》れ落ちた。菜緒が濡れた頬を手の甲で乱暴に払ったその時、年配の男性が躯《からだ》を捻る。その顔を目にした瞬間、菜緒は息を呑んだ。

「あの人……！」

その男性は以前、誰もいないコントラクト事業部で柊生のデスクの近くに立っていた人だ。

もしかして、あの人が柊生の父親？　郷内の話から察するに、あの男性は柊生の父親で間違いないだろう。そして、彼らは親子で同じ会社で働いている？

それでもまだ、何やらいろいろな部分が頭の中で引っ掛かる。だが、あまりにも情報量が多くて、上手くまとめられない。ただ、そんな中でもわかることがある。

柊生の父がコントラクト事業部に来て、じろじろと菜緒の全身を眺めたのは、柊生が手をつけた会社の女を自分の目で見るためだ。

そう考えれば、男性の言った〝目的は達成した〟の意味がわかる。

これなら問題ないと？　柊生と別れさせるには簡単に事を運べるとでも思ったのだろうか。

そこで菜緒は、ハッと息を呑んだ。

もしかして、商談の場所に柊生と美しい婚約者を揃わせたのは、菜緒に見せるためだ!?

「酷《ひど》い……、こんなのってあんまりだわ」

菜緒の歯がガチガチとぶつかる。

菜緒はもう一度濡れる頰を手で拭《ぬぐ》い、柊生の姿を見た。優しげな笑みを隣の女性に向けたのを目にした瞬間、菜緒はさっと顔を背《そむ》ける。

これ以上、見たくない！

菜緒は震える足に力を入れると、身を翻《ひるがえ》してロビーを早歩きで進んだ。そして、一度も振り返らず、建物を飛び出した。

それからどうやって会社へ戻り、どの仕事をしたのかは覚えていない。就業時間中は、柊生のいない席を見てはため息をついていた気がする。その後、定時で仕事を終え、会社を出て真っすぐ家路についた。

わたし、柊生さんに騙《だま》されたんだ——そんな思いばかりが、頭の中でぐるぐる渦《うず》巻く。

「もう、ヤダ……」

マンションの郵便受けも確認せず、エレベーターに乗り込んだ。片手で顔を隠してぐったり壁にもたれ、脳裏に焼きついた柊生と婚約者の姿を消そうとする。しかしそうすればするほど、二人が顔を寄せてキスをする光景が鮮明に浮かんできた。さらには彼女が彼の背中に爪を立てるたびに彼が快感で身震いし、艶《つや》っぽい声で囁《ささや》き、彼女を追い立てる雄々しい姿までもがイメージされていく。

それは柊生の未来の姿なんだと思うと、目の奥がじわりと熱くなってきた。唇も震え始める。

「まだ泣いちゃダメ……。泣くのは、家に入ってからだって」

エレベーターの扉が開くと、一目散に部屋に向かって走った。

感情の波を堰《せ》き止めている心の壁が決壊する前に、早く家に入りたい。そう強く望むあまり、鍵が上手く鍵穴に入らない。焦りがさらに焦りを呼び、手からキーケースが滑《すべ》り落ちた。

「もう！」

自分自身に苛立ちをぶつけた直後、隣のドアが大きく開いた。

「あれ？　菜緒ちゃん！」

そこに立ってたのは、大きなボストンバッグを手にした五十嵐だった。

「り、律子さ……ん！」

大好きな隣人の顔を見るなり、菜緒の堪《こら》えていたものが崩壊した。声を殺しながら、その場に泣き崩れてしまう。

「ちょっ、な、菜緒ちゃん！　どうしたっていうのよ！」

五十嵐が菜緒の傍へ駆け寄り、優しく腕の中へ引き寄せてくれた。柔らかな躯《からだ》、心を和ませてくれる温もり、そして彼女の甘いフローラルの香りに、またも心が弱くなっていく。

「律子さん、わたし……わたしっ！」

「とりあえず、ほら、こっちに来て！」

五十嵐に二の腕を掴まれて、菜緒は立ち上がった。彼女に躯を支えられながら、五十嵐の部屋へ入る。

奥の部屋へ通されてソファに座るが、そこは柊生と初めて会った時に彼が座っていた場所だ。あの日の出会い、彼への湧き起こった感情を思い出すだけで、胸の奥にキュッと締め付ける痛みが走った。

我が身を両腕で抱きしめて躯を縮こまらせていると、五十嵐がキッチンから戻ってきた。菜緒の前のテーブルに湯のみを置き、菜緒の傍らに腰を落とす。

「昆布茶しかなくてごめんね。これを飲んで、気持ちを落ち着けて。あたしで良ければ、菜緒ちゃんの話を聞くし……っていうか、他の件では訊《き》く気満々だけどね。言ったでしょ？　柊生との付き合い始めたきっかけは聞いたけど、どういう感じなのか知りたいし」

菜緒の気分を別のところへ持っていこうとしたのだろう。五十嵐は、楽しそうににやりとする。だが、それは逆効果だった。柊生の名が出たせいで、またも感情が激しく昂《たかぶ》ってくる。涙腺が緩み、涙が零《こぼ》れて頬を伝い落ちていった。

「ほら、泣かないで！　今、心の中で何かを思って泣いてしまったんだよね？　じゃ、それを話して。あたしは、菜緒ちゃんの味方になるために、今ここにいるんだから」

いつもと変わらない五十嵐の話し方に、昂った感情の波が少し落ち着いてきた。

「さあ、言って。あたしに話すことで、別の視点からわかるかもしれないし」

睫毛《まつげ》と頬を涙で濡らす菜緒の手に、五十嵐はティッシュではなく湯のみを押し付ける。こういう彼女らしい豪快な態度が、菜緒を和ませた。

「あり、がとう……ございます」

嗚咽《おえつ》がまじって、上手く声を出せない。だが、五十嵐が淹《い》れてくれた昆布茶を一口、二口と飲むと、次第に落ち着いてきた。まだ時折声が詰まりそうになるが、菜緒は深呼吸を繰り返して、気持ちを宥《なだ》める。きちんと話せるまでに自分を取り戻すと、初めて五十嵐を真っすぐ見つめた。

「今日、柊生さんに婚約者がいると聞きました――」

菜緒の第一声に目を見開く五十嵐。菜緒は、郷内に聞いたことを話した。

「大人になって初めて好きになった人の恋人になれて、舞い上がっていたのは事実です。そのせいで、わたしは、柊生さんに遊ばれていたと気付けなかったんでしょうか」

五十嵐は口を挟まず、菜緒が最後まで話すのをじっと待つ。そして、菜緒の肩を優しく抱き、頭を優しく撫でた。

「菜緒ちゃんはさ……、柊生の見せた態度が、本当に全部嘘だと思う?」

優しく諭すように囁《ささや》く五十嵐に、菜緒は頭を振った。菜緒に言ってくれた言葉、向けられた真摯《しんし》な眼差し、優しく触れて求めてくれた想いが、すべて偽りだったとは思いたくない。

「うん、それがさ……菜緒ちゃんの見た、本当の柊生だよ」

「本当の?」

引き寄せられた躯《からだ》を離して五十嵐の顔を窺《うかが》うと、彼女は小さく頷いた。

「そもそも婚約者だなんて話、いったいどうすれば出てくるのよ! 健児ってば、意地悪し過ぎ! 昔からそういう奴なの。あいつのことは気にしないで」

「……あいつ?」

菜緒の問いかけに、五十嵐は気怠《けだる》げに肩をすくめた。

「あたしもさ、健児を知ってるんだ。柊生とは小学校から大学まで一緒で、二人はずっとつるんでて……。でも、今は健児の話はいい。まずは柊生の話だね」

そう言うと五十嵐は、菜緒が膝の上で握り締めていた湯のみを取り上げた。そして、少し間を置くように、ゆっくりテーブルへ置く。

「柊生はね、確かに女にだらしない。来る者拒まずで、美味《おい》しいところを全部いただいていく。そして、一定期間が過ぎたらポイッと捨てるの」

目をぱちくりさせる菜緒に、五十嵐は目の前で手を合わせて頭を下げた。

「説明が悪くてごめんね。女好きで、あっちこっちに手を出すって意味じゃないから。捨てるっていうのは、相手が柊生に本気になったら別れるって意味。柊生は〝俺を好きなのか、金を好きなのかわからない女と、本気の恋愛ができるわけないだろ。それなら親の決めた相手でいい〟って言ってね。……そうやって柊生は、本気の恋を諦めてたんだ」

「諦めて、た？」

菜緒が訊《たず》ねると、五十嵐は顔を歪め、苦しそうに唇をギュッと引き結んだ。そういう彼女の表情を見るのは初めてだった。

「ごめんね……。でも柊生の話をするのなら、あたしたちの事情を知る必要があるから」

菜緒はゆっくり頷いた。すると、五十嵐は小さな声で「ありがとう」と言い、深く息を吸って背筋を伸ばした。

「あのね、菜緒ちゃんが働いている会社って親族経営で、実は社長は、あたしと柊生の伯父なの。でも伯父には跡取りがいなくてね。最初に白羽の矢が立ったのはあたしなんだけど、あたしは逃げ出して……。それで次は柊生にって。柊生は別の仕事をしていたんだけど、結局伯父さんの会社に転職したってわけ」

五十嵐の告白に息を呑むと、彼女は息をついて小さく頭を振った。

「健児のところもホテル業をしてるでしょ。そういう経緯もあって――」

「ちょ、ちょっと待ってください！　郷内さんのところは、ホテルを……ですか？」

菜緒は思わず五十嵐の話に割って入り、彼女の顔を覗き込んだ。

「あれ？　聞いてなかった？　健児の話が出たから知ってるとばかり思ってた。健児のとこってホテル経営をしてるの。……そういうわけで、健児と柊生が一緒にいれば、群がってくるのは彼らの容姿や肩書きに惹かれる女ばかりなんだ」

五十嵐の説明を聞いて、ようやく郷内の言葉が意味を成した。

郷内の従妹《いとこ》と柊生を一緒にさせようとするのは、事業に絡めた政略結婚なのだ。

そこに、菜緒の割り込む隙はない……

顔面蒼白になっていく菜緒の手を、五十嵐が強く握り締める。彼女は申し訳なさそうな顔をしながらも、菜緒に真摯《しんし》な目を向けてきた。

「ごめんね。そういう柊生を菜緒ちゃんに紹介してしまって。でもね、あたしは柊生に、菜緒ちゃんの明るさに触れて、あわよくば振り回されて欲しい……恋して欲しいって思った。そして柊生は、あたしが望んだように本気の恋に落ちた。菜緒ちゃんと付き合い始めて、普通の男みたいに歩き始めてる。そういう柊生が、親の言いなりになって婚約するなんて、それだけは絶対に考えられない！」

菜緒は、力説する五十嵐と、つながれた手を見下ろした。温かくて力強いその手が、菜緒に信じてと伝えてくる。

「律子さん……」

わたしも信じたいです――そう言いたいのに、言葉が出てこない。

柊生は、菜緒を束縛する言葉をずっと言っていた。初めて抱いてくれた時は〝好きだ〟と感情を吐露し、〝逃げても俺は追いかける。俺のスイッチを入れたのは君だ〟とも言った。彼は現在、その場だけの関係で終わらせるような素振りは一切しないし、口にすらしていない。そういう彼の気持ちを信じればいいのに、どうしても綺麗な婚約者の存在が頭を過《よぎ》ってしまう。

どうしたらいいのだろう！

菜緒は瞼《まぶた》をギュッと閉じ、奥歯を強く噛み締めた。

「ねえ、菜緒ちゃん。柊生を嫌いになった？　彼とはかかわり合いになりたくないって思った？」

「そんな風には思っていません！」

目を見開く菜緒に、五十嵐がにっこりする。だが、浮かべた色をおもむろに消し、真剣な顔つきになった。

「あのね、菜緒ちゃんは今、怖くて逃げ出したい衝動に駆られているのかもしれない。でもね、それは違う。大切なのは、菜緒ちゃんが後悔しない行動を取ること」

「後悔しない行動を取る……」

五十嵐の言葉が、菜緒の心の奥にすとんと落ちた。さらに、婚約者の存在を知って以降、後ろ向きな考えにばかり囚《とら》われていたと気付く。

菜緒はまだ何も確かめていない。たとえ遊びだったとしても、何も訊《き》かずに諦めるのと、訊いて前に進むのとでは全然違う。心にある不安を払拭したいのなら、今こそ動くべきだ。

五十嵐と目を合わせると、彼女が嬉しそうに白い歯を見せた。

「うん。菜緒ちゃんは素直だし、相手にぶつかっていける勇気も持っているんだから、大丈夫。自分の気持ちに真っすぐになって」

「はい。わたし、この気持ちを柊生さんにぶつけてみます。もし彼を諦めなければならないとしても、その時にまた考えればいいだけですものね」

「もし柊生が菜緒ちゃんを弄《もてあそ》んでいたとしたら、あたしがあいつをぶん殴ってやる！」

握り拳《こぶし》を作り、本気で殴ると約束する五十嵐。従弟《いとこ》の柊生を思いつつも、菜緒も大事にしてくれる隣人の優しさに、胸の奥がほんわり温かくなってきた。

「ありがとうございます、律子さん」

実家へ帰る律子にお礼を言って別れると、菜緒は自分の部屋へ戻った。

明日、仕事が終わったら柊生に時間を作ってもらい、顔を見て話そうと思いながらベッドに入った。まったく眠気はなかったはずなのに、シティホテルでの出来事以降気が張っていたのか、菜緒は知らない間に深い眠りに誘われていた。

八

「嘘、でしょう！」

今朝、昨日の仕事の続きをしようとパソコンの電源を入れたまでは良かったが、そこに出てきた間違いだらけの数値に、菜緒は目を丸くした。既に進行しているスケジュールから、デザイン画制作期間、工期期間を計算しなければならないのに、どこをどうしたらこんな日程になるのだろう。

それはたぶん、昨日のせいだ。失意のままシティホテルから会社へ戻った菜緒は、余計なことは考えないように仕事に集中した。そのはずだったが、蓋を開けたらこの有様だ。

わたしったら、いったい何をやっているの？　——菜緒は両手で顔を覆い、深いため息をついた。だが気持ちを切り替え、パソコン画面に向かう。

今日中に仕上げなければならない仕事ではなくて、本当に良かった……

気合を入れ直し、間違ったものをプリントアウトし、デスクの上に並べてチェックし始める。そんな菜緒と同じ部屋で、柊生はいつもの冴えない上司スタイルで提案書のチェックをしている。部下に話を振られて手を止める時もあるが、昨日の遅れを取り戻そうとするように、すぐに仕事に集中する。菜緒がいつ盗み見しても、眼鏡のレンズ越しに見える彼の目は、液晶画面に向けられているか、手元の資料に落ちていた。

午前中の仕事が終わり、昼休みのチャイム音が響く。

同僚たちが次々に席を立ち、昼食のため部屋を出ていく。最後の一人が立ち上がり、柊生と菜緒に声をかける。

「昼食、どうされます？　良かったら買ってきますが」

「僕は大丈夫です。高遠さんはどうしますか？」

柊生に問われ、菜緒はドアノブに手をかけた同僚に顔を向けた。

「すみません！　わたしもいいです。お昼を食べている時間がないので……」

ミスだらけの用紙を上げて、肩をすくめる。それを見た同僚が苦笑した。

「じゃ、ちょっとした休憩中に何か食べられるものを買ってきてあげるよ。仕事、頑張って」

「ありがとうございます」

にこやかに手を振って出ていく同僚に会釈《えしゃく》する。ドアが閉まると、菜緒は再び仕事に戻った。ペンを持ち、間違っている箇所のチェックを始める。卓上カレンダーで日程を確認しては正しいものを書き込んでいると、隣のデスクの椅子が引き出される音がした。顔を横に向けると、柊生が椅子に座ったところだった。

「柊生、さん？」

柊生は椅子の背もたれに両肘を置き、そこに顎《あご》を乗せて菜緒をじっと見つめてくる。前髪が眼鏡にかかり、彼の目がほんの少し隠れる。それでも、菜緒を観察する目を逸《そ》らさない。

「昨日、俺が急に休んだせいで大変だったんだってな。菜緒にも迷惑をかけて悪かった」

そう言われ、昨日のことが鮮明に思い出された。

「いえ、あの……大丈夫です」

「……週明け、お詫びに伺おう。スケジュール、空けておいてくれ」

「わかりました。あの……お昼に行かないんですか？」

今している仕事は急ぎではないが、できれば昨日のミスを少しでも取り戻しておきたかった。菜緒は暗に席をはずして欲しいと伝えたつもりだったが、柊生はそうする気はないようだ。

「せっかく菜緒と二人きりでいられるのに、俺が昼食を取りにいくとでも？　もちろん俺は菜緒と一緒に行きたいが、どうやらミスして……その時間すらなさそうだな」

柊生が、デスク上の紙を指す。チェックを入れた、ミスだらけの書類だ。菜緒はそれを両手で隠して、顔を突っ伏した。

「すみません！　期限までにきちんと整えます。柊生さんには絶対にご迷惑をおかけしません！」

親族経営の会社へ転職した柊生。後継者として望まれている彼の足を、菜緒が引っ張るわけにはいかない。

その気持ちが表に強く出たせいで、思いのほか大きな声になってしまった。パソコンの起動音だけが響く部屋に、柊生の苛立ったようなため息が広がる。

菜緒の態度が彼をそうさせたと思うと、胸にズキッとした痛みが走った。デスクから顔を上げられずに突っ伏していると、椅子のスプリングが軋《きし》んだ。続いて優しく肩を抱かれて、頭に何かが触れた。

「何かあったのか？」

柊生の囁《ささや》き声が耳元の傍で聞こえて、菜緒は息を呑んだ。お互いの頬が引っ付きそうなほど、彼が顔を寄せている。

「しゅ、柊生――」

「午後から手伝ってやる。俺が休んだせいで、忙しくなったんだろ？　俺にも責任があるし」

「違います。これはわたしが集中できなかったせいなんです。仕事中だというのに、別のことに気を取られて……。だから、柊生さんに手伝ってもらわなくても、わたし……自分でやります」

菜緒はゆっくり面《おもて》を上げ、柊生の目を見つめて意思を伝えると、彼が白い歯を見せた。

「お前だけだ。俺に一切頼ろうとはせず、自分でなんとかしようとするのは。そして、俺にすべてを与えようとしてくれる。その身と心ひとつで……」

間近で見る、柊生のほころんだ口元、細められた目、レンズ越しの温かな光が宿る瞳から、彼の想いが伝わってくる。

口には出さないが、菜緒への深い愛情が……

「菜緒……」

かすれた声で名を呼ばれるだけで、菜緒の下腹部奥がじわっと熱を持ち始めた。そこが疼《うず》き、さらに火照《ほて》りが双脚の付け根にまで広まっていく。柊生の充血した切っ先で濡れた襞《ひだ》を掻き分けられ、彼しか受け入れたことのない花蕾を四方八方に押し広げられたい。それだけではなく、さらに奥へと誘いたい欲求が生まれた。

菜緒は、自然と甘い吐息を零《こぼ》していた。

「ああ、今すぐにでも君が欲しい」

柊生は鼻で菜緒の頰を愛撫しては、肌に湿った息を零《こぼ》す。それがこそばゆくて、背筋に心地いい電流が駆け抜けた。

「……ッン！」

肩をすぼめて、躯《からだ》を小さくする。じりじりと焼けつく快《こころよ》い刺激に喘《あえ》いでしまったが、なんとかそれを収める。ホッと息をついて上体を起こそうとしたところで、柊生が菜緒に体重をかけてきた。肩を抱いていた手を動かして菜緒の側頭部に触れ、耳殼《じかく》、耳朶《じだ》、そして首筋を撫でる。

「柊生さん！　あ、あの……」

菜緒に触れる手つきがあまりにも優しく、菜緒は身動きできなくなった。触れられてはいないのに、ブラジャーで隠れる乳首がぴりぴりしてきた。そこを無骨な手で包み込んで欲しいという欲求まで生まれる。

「わかっているのか？　お前のそういう態度が俺を……奮い立たせるってことに」

柊生は菜緒の頬に何度もキスし、腹部に手を伸ばした。その手を徐々に上げて、ブラウスの上から乳房に触れる。

「あっ……！」

「俺を突っぱねても、こうして触れれば菜緒の躯は蕩《とろ》けそうになる。躯が熱くなると花の香りが匂い立ち、俺は酔ったみたいになって、菜緒に手を伸ばさずにはいられなくなるんだ。仔猫のようにゴロゴロ喉を鳴らされたら、もう我慢できなくなる」

優しく揉みしだいては、ぷっくり腫《は》れている乳首を指の腹で攻められる。情熱に駆られた息を頬に、口づけを耳殻に受けていると、菜緒の躯はどんどん快感に打ち震えてきた。

「待って……、柊生さん。わたし……っぁ！」

強く乳首を擦《こす》られ、椅子の上で躯がビクンと跳ねた。

「なあ、ブラウスのボタンをはずしていいか？　……直《じか》に触れたい」

柊生の指が器用に動き、乳房に触れながら胸元のボタンを弄《いじ》り始めた。このまま進めば、直接彼の大きな手のひらで包み込まれてしまう。

正直、そうされたい欲求もあった。柊生に求められたい、菜緒を欲してもらいたいという感情が膨れ上がってくる。ここで素肌に触れられたら、きっと最後までしたいと願ってしまうだろう。

でも、それではダメだ。昨日知った婚約者のことを、まだ柊生に何も訊《き》いていない。

菜緒はブラウスのボタンをはずそうとする柊生の動きを止めたくて、彼の手に自分の手を重ねた。躯《からだ》を少し捻り、耳朶《じだ》に触れていた彼の口づけからも逃れる。

「菜緒？」

「だ、ダメです、……っんぅ！」

突然柊生が顔を近づけ、菜緒の唇を塞いだ。角度を変えては、何度も柔らかな唇を吸う。彼の手の甲を強く掴むと、彼の湿った舌がぬるっと口腔《こうこう》へ突き込まれた。

「……っぁ、は……ぁ、ふ……」

舌を絡ませられ、すべての思考を奪うように貪《むさぼ》られる。菜緒の気持ちを聞かせろと言わんばかりに、彼の舌が淫らに蠢《うごめ》く。歯列をなぞられ、上顎《あご》を舐められ、舌を強く吸われる。

柊生の手を胸に押し当ててもっとしてと懇願《こんがん》しているのか、それとも触らないで拒もうとしているのか自分でもわからなくなってきた。内腿《うちもも》を擦り合わせて身をよじるたび、椅子がリズミカルに軋《きし》む。まるでセックスをしている時に聞こえる、ベッドのスプリング音のようだ。

「ぁん……ぅ……っ、んん！」

　二人の絡みつく息遣いが、部屋に響き渡る。聴覚をも刺激されて、興奮が高まっていく。何も考えず柊生の身を任せ、与えてもらえる快感に飛び込めたらどんなにいいだろう。だが菜緒は、込み上げてきた欲求をぐっと堪《こら》える。軽く顎を引き、柊生とのキスを自《みずか》ら終わらせた。呼気を弾ませながら柊生の手を強く握ると、彼が指を絡ませてきた。

「あの……、今夜……わたしのために時間を作ってくれませんか？　一時間、いえ、三十分、ほんの十五分でもいいんです」

「何？　……セックスのお誘い？」

「ち、違っ！」

　菜緒は目を見開いて、激しく頭を振る。

「そうはっきり否定されるのも、なんか……複雑だな」

　柊生が眉間に皺《しわ》を刻ませて、言葉どおりの表情を浮かべる。ため息をつくが、決して菜緒の手を離そうとはしない。それどころか手を持ち上げ、彼は菜緒の指に唇を落とした。

「だったら、菜緒との時間を作ったあと、俺のために時間をくれるか？　週末だし、いいだろ？　……菜緒を、俺の――」

　俺の、何？　――心を蕩《とろ》けさせる仕草と言葉で誘う柊生を、菜緒はじっと見つめる。期待で胸をドキドキさせていると、彼が艶《つや》っぽく口角を上げた。

その時、部屋に電話の音が鳴り響き、二人の間に漂《ただよ》っていた甘い空気が一瞬にして弾け飛んだ。柊生の携帯だ。残念に思う菜緒の横で、何故か柊生の顔が花が咲いたように華やかになる。椅子を蹴って立ち上がり、彼は菜緒に背を向けた。

柊生の後ろ姿が、まるで菜緒を捨てて別の女性のもとへ駆け寄るかのように見えた。彼の〝お前とは遊びだったんだ〟という声まで聞こえてきそうになり、菜緒はたまらず手を伸ばす。

「しゅう――」

しかし、ほんの僅差《きんさ》で菜緒の手は空《くう》を切った。

数メートル先のデスクに向かっただけなのに、柊生の姿がどんどん小さくなって遠くへ行くような気持ちになる。彼の意識が菜緒ではなく、携帯の相手へ移ったのを目の当たりにしたせいだ。胸を締め付ける痛みとリズムが狂う拍動音に菜緒が顔をしかめた時、彼がデスクの上に置いていた携帯電話を掴んだ。

「桧原です。……今、下に来てるんだね？　オーケー、……こっちは大丈夫だ」

柊生はデスクを回り、上司仕様の眼鏡をはずした。乱れた髪を撫で上げて、眉目秀麗《びもくしゅうれい》な相貌《そうぼう》を露《あらわ》にする。それは、まさしく仕事では見せないプライベートの柊生の姿だ。

会社なのにどうして変装を解くのだろう。しかも、柊生の声のトーンは低くなり、最初に菜緒を惹き付けたあの艶っぽい声音で電話をかけてきた主と話している。丁寧口調ではあるが、それは相手に礼儀正しく振る舞っているのであって、桧原として接しているわけではいない。

柊生は、柊生として相手と話している！

柊生はハンガーにかけたスーツの上着を取ると、携帯電話を顎《あご》で挟みながら手際良く腕に通した。菜緒には目を向けず、ドアへ歩き出す。

「では、約束どおりに……。大丈夫、お前のためならなんでもしてやる。……ああ、そう話しただろ？　じゃ、清香《きよか》はそこで俺を待ってて」

きよ、か？　相手は女性……!?

菜緒の心臓に手で強く鷲掴《わしづか》みされたような痛みが走った。あまりの苦しみに、喉の奥が締まって息ができなくなる。手でそこに触れて痛みを抑えようとするが、苦痛は治まるどころかどんどん強さを増していく。

柊生はまだ、菜緒に一切目を向けない。電話口の女性に意識を傾け、早く彼女に会いたいとばかりにドアへ向かう。

ドアノブを掴んだところで我に返ったのか、柊生がふと、菜緒に視線を向けた。菜緒を見た途端、彼のほころんでいた頬が一瞬で強張《こわば》る。足を止め、何か言いたそうに口を開けるが、結局何も言わずに背を向け、ドアを開けて廊下へ出ていった。

その姿を見送った菜緒は、しばらく座っていたが、反射的に立ち上がった。

ここでじっとなんてしていられない！

パソコンの電源を落とし、鍵のかかる引き出しに書類をすべて入れると、部屋を飛び出した。廊下を進んだ先のエレベーターホールには、既に柊生の姿はない。乗降ボタンを押し、エレベーターが上昇してくるのを待つ。ほんの十数秒なのに、もう何分も待たされた気分になる。胸が苦しくて目を瞑《つぶ》った時、ようやく扉が開いた。菜緒はすぐにエレベーターに乗り込み、一階のボタンを点灯させた。目的の階で停止するや否や、ロビーへ飛び出す。

瞬間、日本人形のような綺麗な女性が、柊生に嫣然《えんぜん》と笑いかける姿が目に入った。

「う、そ……！」

菜緒は、傍の柱の陰にさっと身を隠した。

なんで？　どうして⁉　──問いただしたい感情が、菜緒の胸の中に渦《うず》巻く。

彼女は、柊生の婚約者……

菜緒の喉の奥が痙攣《けいれん》して、呼吸がし辛くなってきた。逃げ出したい衝動に駆られるが、そっと顔を出し、二人を覗き見る。

柊生に清香と呼ばれていた女性が、柊生の腕にそっと自分の手を置いた。さらに、躯《からだ》を寄せる。柊生は嫌がるどころか、清香を愛しげに見つめている。

「あのカップルって誰？　社内で見たことないけど、とても絵になる美男美女カップル！」

　昼食から戻ってきた社員たちが、人目もはばからず堂々と会社でいちゃつく柊生たちを羨《うらや》ましげに見つめる。

「たぶん、男の方がうちの会社の社員だよね？　あれほどカッコイイ男なら、社内でも絶対に噂になってるはずなんだけど。いったいどこの部署？」

　小声で女子トークを始める社員と、清香の美貌に目を奪われて足を止めてしまう男性社員が増え始める。にもかかわらず、注目の的となっている柊生たちは意に介さず、二人だけの世界を作り出していた。

　刹那《せつな》、柊生が清香のストレートの黒い髪を手に取り、優しい手つきで耳にかけた。一瞬にして彼女の頬が薔薇色に染まり、何かを口にする。それに応じたのか、彼が照れたように頬を緩めた。二人はうっとりと視線を交わし、にこやかに微笑み合った。

「イヤ……」

　菜緒の胸にナイフで突き刺されたような痛みが走る。それは、どんどん強くなって、菜緒の心を蝕《むしば》んでいく。二人の仲睦《なかむつ》まじい姿から目を逸《そ》らすと、再び柱の陰に隠れた。

　どす黒い感情が湧き出てくる。泥土の上に立っているのではと思うほど、足元がゆらゆらし出した。柱にもたれて体重をかけるが、真っすぐに立っていられない。

　逃げ出したくはない。でも二人の傍へ駆け寄り、婚約者がいるのに菜緒と付き合ったのは何故かと問い詰める勇気はなかった。菜緒と一緒にいる時とは違う、二人の柔らかな雰囲気に負けたという気持ちが勝ってしまったのだ。

「高遠さん？　やだ、ちょっと……大丈夫？」

菜緒がハッとして顔を上げると、目の前に空間設計事業部でデザイナーをしている女性が立っていた。

「貧血？　顔色が悪いわ。それに冷や汗も出てる。女性の貧血を侮《あなど》ってはいけないわよ。ほら、高遠さんの部署まで一緒に行ってあげる」

菜緒の腕を掴んで支えてくれる彼女に「ありがとうございます」と礼を述べ、一緒に、エレベーターに乗り込む。躯《からだ》の向きを変えた一瞬、柊生たちに目をやる。二人のもとにスーツを着た一人の若い男性が駆け寄る姿が見えたが、その光景は扉が閉まって視界から消えた。

彼女とともにコントラクト事業部へ着くと、菜緒は彼女に頭を下げた。

「すみません、本当に助かりました」

「ううん、いいのよ。でも、歩くのも辛いほど気分が悪かったら早退した方がいいわ。あと四時間ほどだし。無理して仕事をすればミスが増えるだけなんだからね」

彼女の言うとおりだ。昨日、頭の中が混乱していたのに大丈夫だと決め付けて仕事をした結果、無残なものとなってしまった。そのツケを今払っているのに、これではまた失敗してしまう。

菜緒は震える手に目線を落とし、片手でそれを抑えようとした。だが止まるどころか、徐々に酷《ひど》くなっていく。

「そうですね。……仕事にならないのなら、皆さんの邪魔をしてしまうだけですし」

「うん、それが一番よ。じゃ、気を付けて帰ってね」

「ありがとうございました」

菜緒は再度頭を下げて礼を言い、コントラクト事業部のドアを開けた。そこには商談へ出ていた男性の同僚が椅子に座り、一人で食後のコーヒーを楽しんでいる。

「お帰り～！」

朗《ほが》らかな笑顔で迎えてくれた同僚だが、菜緒の顔を見るなり目を見開いて立ち上がった。傍に駆け寄ってきて、菜緒の肘を力強い手で掴む。

「た、たか、とう……さん。ちょっと、大丈夫⁉　顔色めちゃくちゃ悪い！」

「大丈夫です。でも、あの……今日は早退してもいいですか？」

か細い声でそう告げると、彼は力強く頷いた。

「当然！　午後は外へ出る仕事はないだろ？」

そう訊《たず》ねながらホワイトボードに書かれたスケジュールを見て、菜緒に意識を戻す。

「俺が桧原さんにも伝えておくよ」

「すみませんが、よろしくお願いします」

菜緒は帰り支度を済ませると、他の同僚たちが戻ってくる前に部屋を出た。まだ足元がおぼつかなくふらふらしていたが、壁に手をついて廊下を進む。昼食を取って戻ってきた社員たちと入れ替わりにエレベーターに乗り、ロビーに降りた。

柊生と婚約者がまだロビーにいるかと思ったが、二人の姿はなかった。すれ違わなかったということは、二人で外へ出かけたのかもしれない。

柊生が婚約者の肩を抱き、愛しげに顔を寄せる姿が脳裏に浮かぶ。間髪を入れずに頭を振ってその光景を振り払うと、菜緒は会社を出た。

雲ひとつない青空に燦々《さんさん》と輝く太陽。心地いい陽射しが木漏れ日となって降り注ぐ中、菜緒は青白い顔のまま駅への道を進む。

本来なら帰るべき場所は自宅なのに、菜緒が向かった先は、家とは正反対の方角だった。

九

菜緒は柊生のことを考えたくて、快速電車を避けて各駅停車の電車に乗った。時間をかけてたどり着いた場所は、先日商談に訪れたシティホテルだった。

ラウンジに入り、柊生と婚約者が座っていた席で、何をするでもなく居座り続ける。数時間が経ち外が暗闇に包まれても、菜緒は動こうとしなかった。

壁に掛けられた大きな現代絵画、隅に置かれたグランドピアノ、そして躍動感あふれる生け花。座っている席からどの方向へ目を移しても、他の席にいる人が気にならない座席配置。ここが誰かをもてなすにはとても素晴らしい場だというのは明らかだ。

律子さん、やっぱりわたしは遊ばれたみたい——疑いようもない事実に、菜緒の胸の奥に痛みが走った。柊生の愛を得られなかった悲しみに心を支配され、涙腺が緩み始める。あふれる涙を隠そうと、菜緒は両手で顔を覆って目を閉じ、必死に感情を押し殺した。

柊生に真実を訊《き》こうと決めたのに、そうする前に玉砕。彼との恋を諦めなければならないと思っただけで、躯《からだ》が小刻みに震え始める。

まさか、これほどまでに身も心も柊生に囚《とら》われているとは思ってもみなかった。彼は日常的に、菜緒に対して特別に優しい言葉を吐くわけでも、恋人らしい甘い雰囲気をつくってくれるわけでもない。ただ、ひとたびスイッチが入ったら、菜緒だけを見つめてくれた。手を差し伸べて、言葉とは裏腹に優しく触れて、愛しげに包み込んでくれた。

その手を自分が離さなければならないかと思うと、胸の奥が焼け焦げそうだ。

「……っ！」

唇を引き結び、漏れそうになる感情を堪《こら》える。

イヤだ、やっぱり別れたくない！

理性では他の女性のものだとわかっている。自分だけに愛を向けてはくれない人の手は離すべきだと、それもわかっていた。でも感情が追いつかない。柊生の目に映る女性は自分だけでいたいという我が儘《わがまま》が、顔を覗かせる。

「……あの、失礼ですが……お客様？」

不意に、男性が菜緒の耳元の傍で囁《ささや》いた。吐息で耳殻《じかく》をくすぐられて、背筋にぞくりとした電流が走る。菜緒は慌てて両手を下ろして顔を上げた。

「あっ……！」

そこにいたのは、このシティホテルで働く郷内だった。

「やっぱり菜緒さんだった」

郷内は、菜緒に断りもせず隣の空いている席に座った。そして、いきなり躯《からだ》を寄せて手を伸ばしてくる。濡れた菜緒の頬に触れるなり、指の腹で涙を拭《ぬぐ》った。

「何を――」

「わかってる？　菜緒さんさ、今……不審者扱いされてるんだけど」

「不審者？　わたしが!?」

菜緒は目を白黒させて、郷内を凝視した。彼は膝に肘を置き、楽しそうに笑っている。

「当然だろ？　女性が何時間も一人でラウンジにいて、物思いに耽《ふけ》ってる。思い詰めた表情をして、一点をじっと見つめてたら……ね」

「あの、わたし……」

言われてみて初めて、自分がそういう行動を取っていたと気付いた。何も言い返せない菜緒は、肩を落として俯《うつむ》く。

「良かったな。菜緒さんが俺と一緒にいるところを他のスタッフが覚えていてさ、仕事を終えて帰ろうとしてた俺に連絡が入ったんだ。ラウンジにいる女性は、俺の知り合いじゃないかってね。それで来てみたら、菜緒さんだったってわけ」

「ご迷惑をおかけしてすみませんでした。わたしはただ――」

「ここに来て、シュウたちのことを考えたかった？」

見事に心情を言い当てられて息を呑むが、郷内に心を偽っても仕方ないと素直に頷いた。

「そこまでシュウを想ってくれてるんだ……。嬉しいな。そうでないと、俺……菜緒さんに意地悪した意味ないし」

「……えっ？　意地悪？」

菜緒が郷内の言葉を繰り返すと、彼は満足げに笑った。

「あれ？　気付かなかった？　普通、友達の恋人に、〝あいつが他の女と見合いして、相手と婚約したのも同然の状態だ〟なんて話、するわけないだろ？」

「じゃ、嘘をついたんですか⁉」

郷内の鼻で笑う言い方と内容が癇《かん》に障り、菜緒は思わず声を荒《あら》らげてしまう。ラウンジに響いていた静かな話し声がピタリと止んだ。それほど大声を出したつもりはなかったのに、思いのほか周囲にまで聞こえてしまったらしい。菜緒は椅子の上で躯《からだ》を縮こまらせた。

それでも郷内に言われっ放しで終わらせたくはなく、彼をキッと睨《にら》む。彼は菜緒にそんな態度を取られるのさえ楽しいと言わんばかりに、頬を緩めた。

「郷内さん、わたしは――」

「嘘はついてない。ついてはいないが……なんて言ったらいいのかな。ああいうのは、シュウにとって日常茶飯事なんだよ。だから、特別なものだとは思ってない。ただ、今回は止むを得ない事情が両者にあったってわけで……」

「常日頃からそういうことがあるからと言っても、女性をその気にさせる仕草をするのは、彼女に……清香さんに惹《ひ》かれているからじゃないんですか？」

惹かれているという言葉を口にした途端辛くなり、菜緒は震える唇をギュッと引き結んで俯《うつむ》いた。

「へえ、清香の名前はもう知ってるんだ。……それなら、シュウの本音を探る？　って いうか、あいつが菜緒さんと清香のどちらを取るか、試してみる？」

菜緒はその言葉に心を動かされ、ゆっくり顔を上げて郷内を見た。

「どういう、意味ですか？」

「そのままの意味さ。知りたいんだろ？　シュウが清香に惹かれてるのかどうか。意地悪したお詫びに、手を貸してやってもいいけど？　……どうする？」

菜緒は、郷内の言葉を頭の中で咀嚼《そしゃく》する。柊生を試す真似は決して良くないとわかっても、彼の心を知りたいと望む自分が顔を覗かせる。心のどこかで、彼は清香に惹かれているのではと思ってしまっているからだ。

顔に出てしまう感情を隠すように、菜緒は片手を上げて目を覆った。

「わたし……醜《ひど》いですね。人の手を借りてでも、柊生さんの気持ちを知りたいだなんて」

「それが恋なんだろ？　別にいいんじゃないか。貪欲《どんよく》になれるうちはなればいい。……それじゃ、決まりだ」

郷内は菜緒の返事を聞かず、携帯電話を取り出した。楽しそうに口角を上げながら、指を素早く動かして操作する。そしてしばらくしたのち、彼は「これで準備良し」と言って携帯電話をポケットに入れた。

「さあ、行こう。菜緒さんの知らない……シュウを教えてやる」

郷内が椅子を立ち、菜緒を見下ろした。

その目に宿る光は、挑戦だろうか……

逃げてはいけない。柊生を諦めたくないのなら、自分で動かなければ！

菜緒は立ち上がった。柊生に向かう想いを目に込めて、彼と同じくらい背の高い郷内を見上げる。

「はい」

菜緒は精算を済ませるとラウンジを出て、従業員と挨拶《あいさつ》を交わす郷内と一緒にエントランスへ歩き出した。

郷内が導く先で何が待ち受けているのかはわからない。だが、大切なものが指の隙間から零《こぼ》れ落ちてしまうのを防ぎたかった。

それが、菜緒を苦しめることになっても……

菜緒は真っすぐ前を向いて、シティホテルの外へ出た。郷内は菜緒をロータリーに並ぶタクシーへと促《うなが》す。後部座席に座ると、彼は運転手に六本木方面の住所を告げた。

タクシーはシティホテルの敷地を出て、鮮《あざ》やかなイルミネーションと車のテールランプが光る幹線道路へ向かって走り出した。

渋滞に巻き込まれたせいで一時間近くかかったが、タクシーが停車したのは幹線道路を離れた裏道にある一画だった。黒い磨き石風のタイルが張られたビルや、壁面コンクリート打ちのモダンなビルが建ち並んでいる。

「菜緒さん、こっち」

郷内は傍にあるビルの入り口に、菜緒を誘う。言われるまま彼の傍へ行き、一緒にビルに入った。そしてエレベーターに乗る。

どこへ行くにしても、郷内について行く覚悟はできていた。そのつもりだった。なのに、今になってこれから何が起こるのかわからない恐怖に、鼓動が不規則に打ち始める。

「郷内さん、あの、どこへ行かれるんですか？」

「うん？　俺とシュウの……遊び場かな」

「遊び場？」

そう訊《たず》ねた時、エレベーターは最上階で停まり、ドアが開く。そこは、黒服の従業員が入り口を守る会員制のクラブだった。

郷内は胸ポケットに入れていた財布を取り出し、金の文字で箔押しされたブラックカードを提示する。直後扉が開かれ、菜緒たちは室内へと通された。

視界に広がる空間を見た瞬間、菜緒は内装の豪華さと素晴らしさに息を呑んだ。デザイナーとして圧倒されるほど、それは圧巻だった。

視界にまず飛び込んでくるのは、大きなガラス窓から一望できる東京のビル群。光の洪水が星空みたいに輝いていた。そして、それを生かす設計が室内に施《ほどこ》されている。夜景と同化するように、室内は薄暗く青色のライトで統一され、幻想的な雰囲気を醸し出していた。仕切りのない広々としたフロアには、シティホテルのバーのようにソファとテーブルが並び、男女とも年齢問わず、グラスを片手に会話を楽しんでいる。

クラブと言うので、重低音が響く賑やかな場所かと思っていたが、ここは落ち着いた大人の雰囲気を重視する店だった。静かに流れるピアノの旋律《せんりつ》がまたいい。

ただ、周囲には目もくれずキスを交わすカップルがあちらこちらにいて、菜緒は目のやり場に困った。恥ずかしさのあまり、頬が熱くなっていく。

菜緒が火照《ほて》った頬を手で煽《あお》いで冷まそうとした、その時だった。

「ケン兄ちゃん！」

鈴を転がしたような可愛らしい声が傍で聞こえたと思ったら、黒髪の美女が郷内に抱きついた。その女性が面《おもて》を上げて郷内に微笑むのを見て、彼女が柊生と見合いした清香だとわかった。

「おっ、来てくれてサンキュー」

「本当は予定あったんだからね。でも、ケン兄ちゃんにはいっぱい迷惑をかけちゃったし、それに今日は最高の日にもなったから、お礼を込めて……。ところで、隣の女性を紹介して欲しいな」

「そうだったな」

郷内が急に菜緒の背に触れ、そのまま清香の方へと押しやる。菜緒と清香の距離が一瞬で縮まり、菜緒は緊張のあまり躯《からだ》を強張《こわば》らせた。

これまで遠目でしか見ていなかったが、それでも清香が日本人形のように綺麗な女性だとわかっていた。だが間近で彼女を見て、それ以上に品のある女性だと気付いた。相手を見上げる仕草、大きな瞳、きめ細かい素肌、そして柔らかい笑み。どれを取っても目を奪われてしまう。こんなに素敵な女性なら、柊生が惹かれるのも当然だ。彼の見せた嬉しそうな表情も納得できる。

「彼女は、高遠菜緒さん。仕事上の知り合いだ。菜緒さん、こいつは俺の従妹《いとこ》の郷内清香。今春大学を卒業したばかりなんだ」

「初めまして、菜緒さん」

清香は警戒心なく、可愛らしく微笑む。一方、菜緒はこんな素敵な女性には敵《かな》わないという気持ちでいっぱいになり、「初めまして」と挨拶《あいさつ》するものの その顔は引き攣《つ》っていた。

「清香、少し菜緒さんと一緒にいてくれないか？　知り合いがいたから、先に挨拶してくる」

えっ？

菜緒は、隣に立つ郷内を咄嗟《とっさ》に見上げる。彼は面白がるように笑い、手を上げてカウンターへ歩き始めた。

「ま、待って、郷内さん！」

郷内の背中に呼びかけるも、彼は一度も振り返らず、客と客の間を縫って消えていった。取り残された菜緒は、傍に立つ清香に緊張の面持ちで目を向ける。だが、菜緒が声をかけるより、彼女の方がクスッと笑みを零《こぼ》した。

「ごめんなさい、ケン兄ちゃんっていつもあんな感じなんです。今日だって、わたしをここへ呼び出したのに、ああやって自分の都合を優先するんですもの……」

「あの、クラブに呼び出されたんですか？　郷内さんに？」

清香は嫌な顔ひとつせず、にこやかに頷く。

「何をされても許しちゃいます。だって、今日は人生最良の日なんですもの！　そうだ。ケン兄ちゃんが来るまで、奥で一緒に飲みませんか？　実はわたしの大学時代の先輩が来てて、ちょうど今挨拶《あいさつ》していたところなんです。ねっ、行きましょう！」

「えっ？　でも、わたし……っ！」

菜緒の困惑を余所《よそ》に、清香はフロアの隅にあるテーブルへ菜緒の手を引っ張って歩き始めた。途中でウエイターにシャンパンを頼み、奥の席へ持ってくるように頼むのも忘れない。

清香の外見は一見誰かが守ってあげなければならないと思うほどの清楚なお嬢様風なのに、中身は活発な魅力あふれる女性だった。

柊生が清香に惹かれるのも無理はない。菜緒でさえ、彼女には好感を持ってしまうほどだ。だからこそ、もう彼女とは一緒にいたくない。

これ以上、自分が柊生に相応《ふさわ》しくない女だと思い知らされたくない！

そうは思うものの、そんな思いを清香の前で晒《さら》すわけにもいかず、結果彼女に引っ張られるまま席へ向かうほかなかった。

「清香……、ナイス！　お前はいい子だな」

仕事終わりとは思えないほど綺麗にセットされた髪型に、スーツ姿の洒落《しゃれ》た眼鏡をかけた男性が、菜緒を見るなり笑顔になり、清香の背を叩く。

「先輩、そういう意味で連れて来たんじゃないですから。彼女は従兄《いとこ》と一緒に来た女性なので、お願いですから迷惑をかけないでくださいね。菜緒さん、こんな先輩ですみません」

慌てて謝る清香に、菜緒の方が恐縮する。

「いえ、大丈夫です」

「菜緒さんってとてもいい人ですね。いつもケン兄ちゃんの隣にいる女性とは大違い。こうやって知り合えて、わたしは嬉しいです」

清香は無邪気に微笑んだ。相手に媚《こ》びるのではなく、本当に嬉しそうな表情をする。彼女のいいところを目にすればするほど、菜緒は胸が苦しくなっていった。

「せっかくこちらのクラブでお知り合いになれたので――」

男性の一人が胸ポケットから名刺入れを取り出し、「これからもお付き合いをいただければ……」と言って、名刺を菜緒に差し出した。

「……ありがとうございます」

男性の名刺なんて欲しくない。だが、合コンと同じでそう言える雰囲気ではなく、菜緒がそれを受け取ろうと手を伸ばしたその時、菜緒はいきなり無骨な手に手首を掴まれた。

「君は、いったいここで何をしてるんだ！」

聞こえるはずのない声が聞こえて、菜緒はハッとして顔を上げる。

「しゅ、う……せい、さん！」

柊生の姿を見るなり、菜緒の喉の奥が狭まる。かすれ声で囁《ささや》く菜緒を、彼は無表情で見つめる。平静を装《よそお》ってはいるものの、菜緒に向けられた目には冷たい光が宿っていた。しかも、柊生の息が上がっている。髪は手で掻きむしったみたいに、かなり乱れている。明らかにいつもの柊生とは違う。

その姿に菜緒の躯《からだ》が震えたのと同時に、清香が驚いた声を上げた。

「柊生さん？　えっ……どうしてここに？」

「きよ、か？　君が何故……菜緒と一緒にいる⁉」

「えっ？」

きょとんとする清香に、目を見開く柊生。だが、我に返るのは彼の方が早かった。彼は苛立たしげに目を細め、唇を引き結ぶ。目の下の筋肉がぴくぴく痙攣《けいれん》するほど、彼はこの状況を良く思っていない。

「あいつ……っ！」

「あいつって、俺のことかな？」

飄々《ひょうひょう》とした態度で、郷内が現れた。彼の手にはグラスがあり、その減り方から明らかに酒を飲んでいたとわかる。

「お前、謀《はか》ったな……」

菜緒の手首を掴む柊生の手に力が入る。あまりの痛みに、菜緒は呻き声を漏らす。だが、彼はただひたすら郷内を睨《にら》み付けていた。

二人の間に険悪ムードが漂《ただよ》う。傍にいる菜緒でさえ息が詰まって苦しくなるのに、郷内だけがリラックスしている。しかもにやりと口角を上げ、柊生を挑発していた。

「……どこまで、菜緒に話した？」

柊生が郷内に詰め寄る。郷内が口を開きかけるが、どうしてか、柊生がそれを遮《さえぎ》った。

「いや、何も言わなくていい。菜緒に清香を会わせた時点で、お前のおおよその思惑はわかった。だが言っておく。これ以上、俺たちの間に割り込まないでくれ。行くぞ、菜緒」

「で、でも！」

清香さんに惹かれているんでしょ？　それなのに、彼女を放ったらかしにしていいの!?　――言えない言葉を目で柊生に告げようとするが、結局、できなかった。菜緒は清香に目を向ける。

昼間の態度とは真逆の柊生の態度にショックを受けていると思っていたのに、意外にも清香は平気そうにしている。それどころか、驚愕した表情を浮かべつつも、徐々にこの光景に目を輝かせ始めていた。

自然と眉をひそめた時、清香の隣に立つ郷内が笑顔で親指を立てた。

これでわかっただろ？　シュウの気持ちは誰に向いているのか――郷内は目でそう伝えてくる。

本当なのだろうか。柊生は、あんなにも素敵な清香ではなく菜緒を求めている？

菜緒はまだ気持ちが混沌としていたが、柊生に答えを求めるように彼の広い背中を見つめた。

会員制クラブを出ても、エレベーターに乗り込んでも、柊生は何も話さなかった。それでいて、菜緒を掴む手首を離そうともしない。だが、少しずつ力を抜いていく。手を離されるかもしれないと思っただけで、無性に寂しさに襲われ涙が込み上げてきた。

まだ手を離したくない……

菜緒は感情のままに柊生の指を追い、手に力を入れようとする。しかしそうする前に、彼が指を滑《すべ》らせて菜緒の指に絡ませてきた。恋人同士の親密なつなぎ方に、菜緒の心臓が高鳴り、呼気のリズムが速まる。狭い空間に菜緒の息遣いと、柊生の男らしい香りが充満していく。あまりにも濃厚な空気にくらくらして酔いそうになる。うっとりと目を閉じそうになった時、エレベーターの扉が開き、二人の間に満ちていた甘いものはさっと散っていった。

胸に湧き起こる焦燥感に苛《さいな》まれながら、柊生に手を引かれてビルを出る。

これからどこへ行くのだろう。

菜緒が柊生を盗み見すると、彼はハザードランプを点けて停車しているタクシーへ近寄り、ドアを叩いた。そこに入るよう促《うなが》されて素直に従う。彼は運転手に行き先すら言わなかったが、運転手は静かにタクシーを運転し、幹線道路を走る車の波に乗って走り出した。

タクシーに乗る時に一度手を離したのに、柊生は再び菜緒を求めてきた。彼は道中ずっと、その手を離さなかった。

十

六本木から十数分走ったところで、タクシーが停まる。そこは、閑静な住宅街の中にある、三階建てのマンションの前だった。

街灯に照らされて暗闇に浮かび上がる高級なデザイナーズマンションを見て、菜緒は生唾を呑み込む。菜緒が借りているマンションとは比べ物にならない。照明で神秘的に見せられたエントランスの庭、使われている石材すべてに目を奪われる。

「こっち」

タクシーを出た柊生が、自然に菜緒の手を掴む。彼は石畳を進んでエントランスへ向かい、セキュリティパネルに暗証番号を打ち込んだ。入り口のガラスドアが開き、彼は菜緒を奥へと誘う。エレベーターに乗って三階で降り、角部屋のドアの鍵を開けた。

「入って……」

柊生が重厚なドアを開く。人を感知してライトが点き、広々とした玄関と廊下が目に飛び込んできた。菜緒の暮らすマンションとは別次元の内装に足がすくみ、そこから動けなくなる。

「菜緒、……菜緒！」

最初は気遣いの声音で、次は心を揺り動かすような強い口調で菜緒の名を呼ぶ。静かな廊下に柊生の声が響き、菜緒はハッと息を呑んだ。

「……どこまで聞いた？　俺のことを。……俺に何も言わず、あのクラブでケンと会っていたというのは、そういう意味なんだろ？」

柊生の言う〝そういう意味〟がわからない。清香と見合いをして婚約したのも同然だということ？　彼女に惹かれていること？　それとも、菜緒を捨てるつもりだったのを知られたくなかったというのを指しているのだろうか。

クラブでの柊生の態度が頭の片隅に引っ掛からないでもないが、やはり表に出てくるのは、清香に向けられた彼の愛情あふれる表情だった。それが菜緒の中で尾を引き、口が重たくなる。

「やっぱりな……。じゃ、何故俺が、こんなにも立地のいいマンションに住んでるのか知られたってことか」

柊生が無造作に髪を掻き上げ、投げやりな言い方をする。その態度に、菜緒はバッグの紐をきつく掴んだ。

「それで？　……俺の部屋に入れないのは、怖気《おじけ》付いたって意味？　真実を知った今、俺の胸には飛び込めないって？　逃げるって？」

違います！　――そう言いたいのに、喉の奥がキュッと締まって声を出せない。その代わり、頭を振って、柊生との縁を切るつもりはないと伝えようとするが、上手くいかない。そのせいか、菜緒の手を握る彼の手に力が込められた。

「……っ！」

「あのさ、俺がどれほど……菜緒を心配したかわかってるのか？　昼休み、俺に時間を作れって言ったよな？　その後、急に体調を崩して早退したと聞いた。連絡を取ろうにも携帯はつながらない。仕事が終わって真っすぐ菜緒の家へ寄ったのに、お前は家にいなかった。ずっと待ちぼうけを食らわされて、やっと連絡が入ったと思ったら、ケンからで。しかもそれは、菜緒がケンとあのクラブにいるという知らせだ！　あいつが俺のものに手を出さないのはわかってる。だが――」

苛立ちとはまた違う、冷たい光を宿す眼差しに、菜緒は逃げるように顔を背《そむ》けた。

「こんなにムカついたのは、生まれて初めてだ……」

そう言った瞬間、菜緒は柊生に手を引っ張られた。

「あっ！　しゅう――」

無理やり玄関に引き入れられる。壁に押さえ付けられて、手にしていたバッグを落としてしまう。突然のことに驚きつつも、彼の野性的な瞳から目を逸《そ》らせなかった。彼はじっと菜緒の目を覗き込み、逃げないよう両手で柵《さく》を作る。

「……体調は、もういいのか？」

先ほどの冷たさとは裏腹に、柊生の声が心配げにかすれる。近づく互いの距離、まじり合う吐息にドキドキしながら、菜緒は大丈夫だと小さく頷いた。彼のネクタイに目線を落とし、気持ちを落ち着けようとするが、心臓は早鐘を打つばかり。菜緒は我慢できなくなり、顔を上げた。

柊生の瞳には、痛みのようなものが宿っている。だが彼は瞼《まぶた》を閉じ、心を遮断する。初めて見た柊生の不安げな様子に、菜緒の心が震えてきた。

柊生を抱きしめたい……

菜緒は、強張《こわば》っていた指先を動かして柊生に触れようとする。その時、彼が急に閉じていた目を開けた。真摯《しんし》な眼差しに、菜緒の呼吸が一瞬止まりそうになる。

「昼間、俺が菜緒に時間をくれと言ったのは、俺を悩ませていたものが、今日中に片が付くとわかっていたからだ。それで、今夜菜緒に話すつもりだった。俺の事情、すべてを……」

柊生が肩を落とし、力なく大きなため息をつく。

「俺の家がいろいろややこしいのはわかっただろ？　もし、こういう俺についていけない、俺の手は取れないと思うなら、このまま出ていってくれ」

菜緒を拒絶する言葉に、胸の奥が締め付けられる。

イヤだ、別れたくない……！

「しゅう、せい――」

菜緒の唇に、彼が指で触れた。愛を交わしている時みたいに、そこを優しく撫でる。呼気が弾み、彼の指がしっとり濡れてきた。滑《なめ》らかに動いていた指の動きが徐々に鈍くなっていく。菜緒の鼓動音に合わせて、彼の胸板が激しく上下し始めた。

「別れるなら、二度とその口で俺の名を呼ばないで欲しい」

そう言うが、柊生は菜緒を離そうとはしなかった。菜緒の下唇を捲《めく》り、薄い敏感な内膜に、歯に、指を這《は》わせる。愛しげに触れる仕草に込められた想いに、胸の高鳴りが収まらない。

婚約者の件は、まだ心のどこかで引っ掛かっている。でもまずは、菜緒は自分がどれほど柊生を愛しているのか伝えたかった。

どれほど菜緒が柊生を愛し、彼に望まれたいと願っているのかを……

菜緒はゆっくり手を上げて、柊生の鎖骨の辺りを両手で触れる。そして、手を滑《すべ》らせて首の後ろに回した。

「……な、菜緒？」

柊生の声がかすれる。その声音は妙に艶《つや》めいていて、耳だけでなく肌から、すべての感覚から菜緒を追い立てていく。菜緒は柊生の目を見つめて、彼を自分の方へ引き寄せた。ほんの十センチの間近で見つめ合い、やがてわずかな距離もなくなる。菜緒が引き寄せているはずなのに、力を入れなくても柊生の吐息が唇に触れた。うっとりしながらかすかに唇を開くと、彼がキスをした。

「っんぅ……」

熱い口づけに躯《からだ》の芯がふにゃふにゃになり、真っすぐ立っていられなくなる。ふらつく菜緒の背に、柊生の両腕が回され抱きしめられた。執拗《しつよう》に唇を重ねては、さらに逞《たくま》しい躯に引き寄せられる。

「は……ぅ、んん……ぁ」

口づけの角度を変えては互いを貪《むさぼ》り合う。柊生の舌で下唇を優しく舐められただけで、躯が震えた。口を開いて喘《あえ》ぐと、彼の舌がぬるりと滑り込んできた。口腔《こうこう》を舐められ、吸われ、いやらしく舌を絡められる。

柊生の胸板で擦《こす》れる乳房が異様に張り詰めてきた。濃厚な愛撫を受けるたびに、歓喜と期待が下腹部の奥で湧き起こる。熱を持ったそれは渦《うず》巻き、徐々に小さな潮流となって双脚の付け根を濡らし始めた。

菜緒がどれほど柊生を好きなのか、どれほど求めているのかきちんと伝えたいと思っていたはずなのに、いつの間にか主導権は彼に移っている。これではいつもと同じで、菜緒を虜《とりこ》にする彼の淫らな行為に翻弄されてしまう。躯中を駆け巡る心地いい疼《うず》きに身をゆだねてしまったら、これまでと何も変わらない。

「……っ！」

菜緒は口づけを止めた。彼の肩に額《ひたい》を置いて弾む息遣いを整えようとするが、その間が怖くなり、菜緒は顔を上げた。恋い焦がれるまま柊生の唇に手を伸ばす。そこについた、薄いベージュピンク色の口紅を指の腹で拭《ぬぐ》った。

「柊生さんがいつも眠るベッドへ……、わたしを連れて行ってください」

勇気を出して、懇願《こんがん》する。緊張していることもあり声がかすれてしまうが、その声音が柊生を熱くさせたみたいだ。菜緒の下腹部を突く彼のものが大きく漲《みなぎ》る。

「逃げないって、ことか？　……俺の傍にいると？」

「はい……」

菜緒は恥ずかしいと思いつつ、でも自分の気持ちをきちんと伝えたくて、しっかりと頷いた。

「ああ、菜緒！」

柊生が頭を下げ、菜緒の上気した首筋に舌を這《は》わせた。一番感じやすいところで止まり、きつくそこを吸い上げる。

「ツン……ぁ！」

吸われる痛みに顔をしかめると、柊生が菜緒の柔肌《やわはだ》を舌で舐め上げてキスを落とした。

「……来て。俺の寝室に……」

懇願の声音が、菜緒の耳をくすぐる。ぞくぞくした高揚感が背筋を駆けていき、菜緒は顎《あご》を上げて甘美な刺激を享受した。そして、素直に「はい」と頷いた。

柊生は菜緒の腰を抱き、忙《せわ》しない態度で部屋へ促《うなが》す。ヒールを乱暴に脱ぎ捨てたが、そんなのは気にしない。彼のスーツの上着をきつく握り、彼に寄りかかって廊下を進んだ。

初めて入る男性の部屋。ドキドキしないはずがないのに、菜緒の目には愛しい柊生の姿しか入らない。大きなメインベッドルームに入っても、菜緒は彼だけを見つめた。

「菜緒……」

菜緒の唇を求めてくる柊生。顎を上げて、彼の想いを受け止める。口づけをしながら、上着を脱ぐ彼を手伝い、フローリングに落とした。

柊生は菜緒の唇を吸い、離してはまた塞ぐ。これまでにない激しさに、菜緒の躯《からだ》の奥で燻《くすぶ》っていた火がだんだん大きく広がり、躯がカーッと熱くなる。

「っ……は……ぁ、っんぅ！」

菜緒は情熱に駆られて、柊生のネクタイに手を伸ばす。以前に教えてもらったとおりに解き、シャツのボタンをはずしていった。

「嬉しいな……。菜緒がこんなにも積極的に俺を求めてくれる」

口づけを終わらせた柊生は、口角を上げてクスッと笑う。彼の穏やかな表情に、躯《からだ》の中で蠢《うごめ》く火を煽《あお》られる。さらに彼は菜緒の目尻、頬、こめかみへとキスの雨を降らし、鼻で耳殻《じかく》を愛撫した。そして、湿った舌を耳孔《じこう》へ突っ込んだ。

「っぁ……ゃぁ……！」

ぬちゅと音を立てられて背筋に疼《うず》きが走る。菜緒は肩をすくめて逃げるが、灯された火は大きくなるばかりだ。勢いを増す欲望に眩暈《めまい》を覚えた時、柊生が菜緒のブラウスのボタンをはずし始めた。無骨な手が器用に動く。ボタンを難なくはずし、肌を舐めるように脱がされた。続いてスカートのファスナーとパンティストッキングを下ろされ、下着姿にされる。ぶるっと震えたのは寒さのせいだけではない。胸の奥底からあふれてくる想いで息苦しくなる。

ああ、大好き……！

「早く君を強く抱き、満たしてやりたい」

柊生が、激情に駆られたかすれ声を菜緒の耳元に囁《ささや》く。菜緒がうっとりと息を零《こぼ》すと、彼にベッドへ押し倒された。柔らかな感触が背に触れた直後、彼に体重をかけられる。

「柊生、さん」

懇願《こんがん》の声を零す菜緒に、柊生が顔を寄せる。菜緒を押さえ付けて、唇を欲しがった。貪《むさぼ》るような口づけに、頭の芯がじんと痺《しび》れる。鈍くなっていく正気の代わりに、鋭い性感に包み込まれた。菜緒を煽って下腹部奥で生まれた蜜が、じんわりと伝い落ちていく。

柊生が菜緒の腰に触れ、二人の場所を入れ替えた。彼の胸板に手を置き、上体を起こして馬乗りになる。彼の手が菜緒の背に回り、ブラジャーのホックをはずした。

裸体を堂々と晒《さら》すことに、まだ慣れてはいない。だが、柊生に求められると嬉しくなり、身も心も差し出したくなる。

「……ぁ」

腰に触れていた柊生の手が、ゆっくり柔肌《やわはだ》を滑《すべ》っていった。露《あらわ》になった乳房を両手ですくい上げられ、揺らされる。

「……っんぅ、あ……はっ」

菜緒はビクンと跳ねる上体を少し前傾させて、柊生の大きな手のひらに胸を押し付けた。彼は指の腹で執拗《しつよう》に硬く尖って膨れる乳首を捏《こ》ね回しては、乳房の形が変わるまで揉みしだく。

「っ……！」

「もっと、……こっちへ」

乳房に触れていた一方の手を、菜緒の背に回す。柊生の方へ引き寄せられ、重力に従って重みの増す乳房が、彼の口元へ近づく。屹立《きつりつ》してやや赤く充血した乳首に吐息が触れた瞬間、彼がそれを口にふくんだ。

「あぁ……っ、は……あぅ」

ぴちゃぴちゃと音を立てて美味《おい》しそうに舐め、激しい舌遣いで菜緒を翻弄していく。

間近で舐められている光景が見えるせいで、菜緒は羞恥《しゅうち》で目を瞑《つぶ》ってしまいたくなった。

それでも、愛する人の舌を、唇を感じていると、もっとという願望に襲われる。

「はぁ……んっ!」

「菜緒、……な、お……」

何度も角度を変えて舌で乳首を弄《いじ》る合間、柊生が愛しげに菜緒の名前を囁《ささや》く。欲望に駆られたその声音に、菜緒は躯《からだ》中の細胞が蕩《とろ》けていく気分を味わわされた。双脚の付け根を濡らす愛液が、パンティの生地に浸透してしまうほどだ。

菜緒は仔猫が伸びをするように背を反らせ、柊生の手技でもたらされた刺激を受け止めた。触れるか触れないかのタッチで背筋を撫でていた柊生の手が、パンティの中へ滑《すべ》り込む。彼の相手を包み込むような優しい手つきに、今までにない彼への愛しさが込み上げ、菜緒は泣きそうになった。

初めて知った大人の恋が、これほど胸を焦がすものになるとは思いもしなかった。それは苦しみではない。柊生と出会えた喜び、彼をもっと愛したいという心を揺さぶる感情に、胸が打ち震える。

充足感に包まれながらうっとりしたため息を零《こぼ》し、菜緒を欲する柊生の肩に触れた。

ぷっくり膨らんだ乳首を唇で挟み、舌で弄っていた彼が、そっと目を上げる。

「……次は、わたしにさせてください」

「えっ？」

菜緒は、柊生への愛情を目に込めて頬を緩める。舌が乳房を離れた隙に、彼の頬に口づけを落とした。どうすれば相手を悦ばせられるか、彼が実地で教えてくれたことを思い出しながら、菜緒も彼の耳元に音を立ててキスをする。舌で後ろの窪《くぼ》み、首筋をたどる。

「……っ！」

奥歯を噛んで声を殺そうとする、柊生の呻き声。感じてもらえていると思うと嬉しくなり、菜緒はさらに手を伸ばした。彼の鍛えられた体躯《たいく》に触れ、盛り上がる筋肉に沿って指を走らせる。硬く尖った小さな乳首を舌で舐めると、彼の躯がビクンと痙攣《けいれん》した。手のひらを打つ、柊生の拍動音。それはどんどん速くなり、菜緒の鼓動と協奏し始める。

菜緒の拙《つたな》い愛撫がそうさせているのだと嬉しさが込み上げる反面、この躯に婚約者の清香も触れたかもしれないと思うと、胸を掻きむしりたいほどの激しい嫉妬《しっと》に駆られた。たまらず歯を立てて、柊生の乳首を甘噛みする。すると彼が感嘆の吐息を零した。もっと望むのかと思えば、彼は菜緒の肩を押し返し、それ以上の愛撫を拒む。彼のその行動に、胸を掻きむしりたい衝動に襲われた。

柊生に触れているのは、菜緒であって清香ではない。でも、彼女の見事な黒くて艶《つや》やかな長い髪が、彼の鍛えられた体躯《たいく》を優しく撫で、彼を歓喜させる光景が頭から消えない。

イヤだ。柊生を誰にも奪われたくない！

菜緒は、柊生のズボンの生地を押し上げる膨らみに手で触れた。

「……っく！」

感情を押し殺した柊生の声に勇気を得て、硬い感触を優しく撫で上げた。生地越しに伝わる熱、手のひらの下で大きくなる昂《たかぶ》りに、菜緒の呼気が乱れる。このまま進む先にある行為に頬が染まるが、菜緒は勇気を出してファスナーに触れた。彼のものを傷つけないよう、ゆっくり下ろそうとする。

「な、菜緒、待て！」

落ち着きをなくした柊生が上体を起こし、ファスナーに触れる菜緒の手首を掴んだ。

「お前はそこまでしなくていい」

菜緒は柊生に拒まれて、目を見開いた。

婚約者がしてくれるからいいという意味？　菜緒がする必要はないと？

「い、イヤです……」

「イヤだと言ったんです！」

「はっ？」

菜緒の愛撫を拒む柊生の態度に、鼻の奥がツーンとし、次いで心臓に針で刺すような痛みが走った。目は熱くなり、柊生の顔が次第にボヤけていく。

泣きたくない、泣いたらきちんと話せない！

込み上げてくる感情が爆発しないよう、奥歯を噛み締めて気持ちを落ち着かせようとするが、堰《せき》を切った想いが涙となってあふれてきた。

「言ったじゃないですか……。初めて愛し合った日、いつか、わたしにフェラをして欲しいって。今、わたしがしたいと望んだんです。それを止めないで……。わたしの想いを……受け止めてください。清香さんではなく、わたしを！」

愛し合っている最中に、清香の話は持ち出さないつもりだった。まずは、自分がどれほど柊生を愛しているのか伝えるはずだったのに、やはり嫉妬《しっと》が渦《うず》巻いて口に出さずにはいられなくなってしまった。

でも、ここまできたらもう止められない！

「……はっ？　清香？　……どうして、ここで彼女の名が？」

「柊生さんのせいじゃないですか！」

「ちょっと待ってくれ。全部……ケンに聞いたんじゃ？」

菜緒はあふれ出た涙を手の甲で乱暴に拭《ぬぐ》おうとする。しかしそうするよりも先に、柊生が両手を伸ばし、菜緒の頬を包み込んだ。優しく触れてきた手に頬を摺り寄せ、彼のごつごつした手の甲に触れる。

「郷内さんが話してくれたのは、ひとつだけです。清香さんと柊生さんがラウンジでお見合いをしてるって……」

現実が菜緒に襲い掛かる。堪《こら》えようとすればするほど、またも涙が込み上げてきた。唇を強く引き結んで感情を抑えようとしたが、もう無理だった。柊生の指や手が濡れるのも構わず、菜緒は静かに涙を流した。

「シティホテルへ行くわたしに見られるとは思わなかったんですか？　それに、柊生さん……、昼休みに清香さんと会っていましたよね？　直前までわたしに触れていたのに、とても嬉しそうに行ってしまった」

「うん、それで？」

「彼女に惹かれてるのを隠そうとはせず、愛おしそうに、触れ……てた」

柊生の優しげに問いかける声が、逆に菜緒の揺れ動く感情を刺激してくる。そんな冷静な態度を取る柊生に我慢がならなくなり、菜緒はこれまでにないほどの感情を爆発させた。

「わたし、捨てられたくない……。お願いです、捨てないで！」

すすり泣きに似た嗚咽《おえつ》が込み上げる。醜態《しゅうたい》を晒《さら》す自分が嫌になるが、菜緒はしっかり柊生の目を見つめた。彼は菜緒の目をじっと見つめて、菜緒の言葉を受け止めていた。

「ケンに詳しい話を聞いてたわけじゃなかったんだな。それでそんな風に思っていたのか。……忘れたのか？　俺は最初に言ったはずだ。逃げても追いかけると。その俺が菜緒を……捨てるはずないだろ？」

「でも、ついさっき言いました。柊生さんの手を取れないなら帰ってくれ……って」

ほんの十数分前の出来事が甦《よみがえ》り、菜緒は胸が苦しくなった。あふれ出る涙を止められなくなり、思わず顔を手で覆う。

「あれは俺が悪かった！　……悪かったよ、菜緒」

手首を掴まれ、顔を隠すなとばかりに腕を下げさせられた。涙で潤《うる》む瞳を覗き込むように、柊生が顔を近づける。

「今は違う。俺は、絶対にこの手を離さない。やっと……やっとその準備が整ったんだ」

「……準備って、何の話です？」

「菜緒と真剣に付き合うための準備だよ」

愛の言葉に似た告白に、菜緒は息を呑み、柊生を見つめ返した。真っすぐに向けられる瞳には、誠実な光が宿っている。それは、柊生の気持ちに嘘偽りはないと告げていた。

柊生は、菜緒と真剣に向き合おうとしてくれている！

よく考えれば、柊生は女性を弄《もてあそ》ぶような人ではないということぐらいわかるはずなのに……

それならば、柊生が清香を愛しげに見つめて触れていたのは、何故？　それを訊《き》きたい。菜緒にも教えて欲しい。

菜緒の呼吸が緊張で浅くなり、柊生の手を握り返した。

「教えてくれますか？　柊生さんと清香さんの関係を。彼女を……愛しげに見つめていたのはどうしてですか？　……あれは、フリをしていたと思っていいんですよね？」

そうなんですよね!?　――そう思いたい一心で、菜緒は声を詰まらせながら訊《き》いた。

すると、柊生は小さな声で「ああ、そうだよ」と答えた。

柊生は、清香に心を奪われてはいなかった！

一瞬にして、菜緒の中に歓喜という名の蝶が一斉に羽ばたいた。

「ホテルのラウンジで、俺と清香を見たのなら、俺の父もわかっただろ？　コントラクト事業部に、こっそり来たんだから……」

菜緒は小さく頷いた。

「今日菜緒と会いたいと言ったのは、俺の事情を告白するつもりだったんだ。話せば長くなるが、聞いて欲しい」

「教えてください。わたしに全部……」

「ああ。……実は、うちの会社は親族経営で、社長は俺の伯父なんだ。菜緒が会った俺の父は、取締役をしている。伯父には跡取りがいなくて、最初は姪《めい》の律子に婿《むこ》を取らせようと思ったらしいが、結局俺に白羽の矢が立った。俺は勤めていた会社を辞め、転職した。今は、まあ……俺が後継者に相応《ふさわ》しいかどうかの見極め中だけどな」

柊生が力ない笑みを零《こぼ》す。そんな彼を見ながら、菜緒は律子から聞いた話を思い出した。だが、それと、清香を愛しげに見つめていた話とがどう結びつくのかわからない。

それでも口を挟もうとはせず、菜緒は彼の話に意識を集中させた。

「俺が跡継ぎになるなら、当然すぐにでも身を固める必要がある。親族がそれを望んでいるから。正直……付き合う女に不自由をした経験は一度もない。だが、俺はわかっていた。周囲に寄ってくる女は、俺の外見と、後ろに透けて見える肩書きが目当てだというのを」

「そんな、違います！　確かに、柊生さんの容姿は目を惹きますが、それだけで好きになるなんて有り得ません！　だって、柊生さんと付き合えば、その良さは自然にわかる……あっ！」

突然、柊生が菜緒の手を離し、両腕を開いて菜緒を強く抱きしめた。素肌の背を上下に撫で、子どもをあやすように頭を優しく叩く。

「しゅう、せい……さん？」

「菜緒の気持ちは疑ってはいない。だが俺の周囲には、昔からそんな女ばかりがいたんだ。だから俺は、仕事では、ああいう恰好をしてる。そうしていた時、俺は菜緒に出会った。俺自身を見てくれる菜緒に惹かれ、きちんと付き合っていきたいと思ったから、俺はずっと親族に言い続けてきたんだ。もう二度と見合いはしない、俺はやっと本気になれる女性と出会ったんだと……」

菜緒は柊生の告白に、息を呑んだ。彼が何故ずっと忙しく実家を行き来していたのか、デートすらままならなかったのか、その意味をやっと知った。

菜緒のために、きちんとしようとしてくれていたというのを……

嬉しさのあまり、彼の目を覗き込もうとした。だがそうするよりも早く、彼が菜緒を抱いたまま後方へ倒れ込み、躯《からだ》を回転させて二人の位置を入れ替える。彼は上体を軽く起こすが、菜緒が動けないよう双脚の間に膝を入れ、体重をかけてきた。菜緒の顔にかかる髪を優しく撫で、涙で濡れる目尻、頬を拭《ぬぐ》っていく。

「だが、そう簡単にはいかなかった。既に受けていた見合いがあったからな。そして、最後の見合いの相手がケンの従妹《いとこ》の清香だった。彼女とは学生時代からの知り合いで、彼女の父親は現在商談中のシティホテル、そこの取締役の一人だ。そしてケンの父親は代表取締役。俺と境遇が似てるだろ」

柊生は乾いた笑いを零《こぼ》して、一息ついた。

「ケンのところと俺の伯父は仕事でも懇意《こんい》にしているため、どうしても見合い話を断れなかった。会うだけで構わないと言われて、それでホテルのラウンジに簡単な場が設けられたんだ。そして何故、知り合いである清香と今更見合いがセッティングされたのか、その理由は彼女に聞いて知った……」

菜緒の額《ひたい》に手を伸ばし、髪を優しく撫でる。その手のひらに頬を押し付け、キスを落としたい衝動に駆られるものの、菜緒は彼の次の言葉を待った。そんな菜緒の態度に、彼がふっと頬を緩める。

「清香は、うちの会社で働いている男と付き合っている。清香が大学在学中に、仕事で教授を訪ねてきた彼と出会い、恋に落ちたらしい。だが今年に入って彼女の素性《すじょう》を知った彼は、清香を避け出した。追い討ちをかけるように、彼女の親族は、俺と見合いをさせて二人を別れさせようとしたようだ。事情を聞いて、俺と清香は一緒に一芝居打つことにした。恋人が本当に別れたがっているかどうかを確かめるために。昼間、菜緒が会社で見た俺と彼女の姿は……すべて演技だ。男の気持ちを探るためのな」

柊生は、菜緒に触れていた指で菜緒の頬を撫で、かすかに開く唇に指を沿わせた。

「結果、彼女は……恋人の心を手に入れた」

「それじゃ、柊生さんが清香さんに親密そうに触れて、微笑み合っていたのは――」

「あれは、清香の恋人を嫉妬《しっと》させるためさ。だが……彼女に言われた言葉が嬉しくて、自然と嬉しさが表に出てしまったのかもしれない。〝シュウ兄ちゃんの心を射止めた女性って素敵な人なんだね。こんなにも幸せそうな顔をしているのを、今まで一度も見たことがない〟といきなり言われてさ。そう、俺を夢中にさせられる女性は、菜緒……君だけだ」

柊生が顔を寄せ、菜緒の唇に音を立ててキスを落とした。一度だけではない。二度、三度と優しく触れ合わせる。濃厚なキスではないが、そこには相手を慈《いつく》しむ想いが込められている。

柊生の愛が……

あまりにも優しい口づけに、菜緒の胸がいっぱいになっていく。

「伯父たちにも宣言してある。俺の心を虜《とりこ》にする可愛い仔猫を見つけたと。そのせいで父が菜緒に会いに行くというアクシデントがあったが……」

その時の出来事を思い出したのだろう。柊生の顔が、苦々しげに歪む。だが、彼は小さな声で「たぶん、今まで一度も女に執着しなかった俺が菜緒に本気になったと知り、父なりに喜んでくれてるんだとは思う」と続けた。

菜緒には、コントラクト事業部に来た柊生の父がいったい何を考えていたのか、それはわからない。でも今はそんなことはどうでも良かった。彼が一番知りたかった話をしてくれた今、これ以上何かを知りたいとは思わない。もう、それで十分だ。

菜緒は柊生への想いを目に宿して彼をじっと見つめていると、彼も菜緒に目線を向けた。二人の視線が、まるで蜂蜜《はちみつ》のようにねっとりと絡まり合う。胸を焦がすほどの熱い想いが柊生に伝わったのが、彼の目に宿る歓喜の光でわかった。

「……菜緒」

先ほどの説明口調とは打って変わって、情熱的にかすれる柊生の声。彼は菜緒の目を見つめながら、肌に指を這《は》わせ、顎《あご》から首筋へとたどっていく。乳白色の柔らかな山を撫で、愛撫で色付いた乳首を爪で弾いた。

「……っん！」

ビリビリする電流に菜緒の躯《からだ》が跳ね、燻《くすぶ》っていた火が再び燃え上がっていく。

柊生に触れられただけでどれほど快感に打ち震えるのかを知っている菜緒の躯が、彼を受け入れようと準備し始める。下腹部奥は熱くなるばかりで、生まれた蜜が滴《したた》り落ち、両脚の間は濡れ始めた。彼が欲しいと、早くも蜜蕾と淫唇が戦慄《わなな》く。

菜緒はうっとりして、深くベッドに沈み込む。すると、柊生があとを追ってきた。彼の顔が近くなり、熱っぽい息遣いが間近で聞こえてくる。

「しゅう――」

小さな声で名を呼ぼうとする菜緒の唇を、柊生が塞いだ。菜緒の唇をついばみ、軽く開いた隙間に舌を差し入れた。顔の角度を変えては、菜緒の口腔《こうこう》の奥まで舌を忍ばせる。湿った吐息、唾液、喘《あえ》ぎが、互いの口腔を行き来する。そして、くちゅくちゅと唾液の音を立てられた。

「っんう……ふぁ……」

柊生の貪《むさぼ》るような口づけに、頭の芯が痺《しび》れていく。正気はどんどん鈍くなり、鋭い性感に煽《あお》られる。菜緒は喘《あえ》ぐが、それもすべて柊生の口腔へ呑み込まれた。代わりに彼の唾液が伝い落ち、菜緒の唇の端《はし》から零《こぼ》れそうになる。息苦しくなって呻くと、激しい口づけは終わった。

「ちょっと待ってくれ……」

柊生がベッドに手をつき、ベッドサイドの引き出しに手を伸ばす。掴んだコンドームを唇に挟むと、ズボンと下着を脱ぎ捨てた。窮屈な生地の解放を受けて、男性の欲望は黒い茂みから頭をもたげてそそり勃《た》つ。赤黒く漲《みなぎ》ったシンボルはしなやかに揺れ、決して頭を垂れない。彼がコンドームを付けても、芯を失うどころかさらに角度を増していく。

雄々しい彼のものを見ているだけで、菜緒の肌は粟立った。膣奥が燃え上がり、痙攣《けいれん》を起こしたように淫唇がわななし出す。

あの熱くて太い柊生の剣が、菜緒の鞘《さや》に収められる……

満たされた時に感じる高揚感を思い出してしまい、息を呑む。だが、そこで彼のものを口に咥えないどころか、手でしごいてさえいないと気付いた。

柊生が菜緒の方へ躯《からだ》を傾け、肘をついて覆いかぶさってくる。これではいけないと思い、菜緒は彼の肩に触れ、それを押し止《とど》めた。

「柊生、さん！　わたし……今日はあなたのを口で――」

「今日はいい……。今日は俺が菜緒を満たしたいんだ」

柊生の菜緒を想う言葉に胸がときめく。柊生は少し頬の高い位置を紅潮させ、動きを止める。でもそれはほんの一瞬で、彼はすぐに菜緒に手を伸ばした。細い腰を優しく撫で下ろし、菜緒のパンティに指を引っ掛ける。

「腰を上げて……」

求められるまま腰を上げると、簡単にパンティを脱がされた。濡れた秘所に空気が触れて、冷たさを感じる。きっと愛液がいやらしく糸を引いているに違いない。恥ずかしさに頬を染めた時、彼の手で双脚を割られて大きく開かされた。

「あっ……、嘘っ、もう……ぁ！」

柊生の指が、淫襞《いんひだ》を上下に擦《こす》った。既に愛液まみれのそこは滑《すべ》りが良く、いやらしい手つきで淫靡《いんび》な音を立てられる。

「あっ、あっ……っん……ああ」

柊生は菜緒の耳に唇を寄せ、耳朶《じだ》や耳殻《じかく》を舐めては首筋を舌先でなぞり、痕《あと》が残るほど強く吸った。

「は……っ、ん……」

「凄い濡れてる。まだほんの少ししか触ってないのに……」

「あっ、イヤ……っ……あっ！」

淫襞《いんひだ》を左右に開かれ、隠れていた花芯を強く指の腹で擦《こす》られた。強い痛みに躯《からだ》が強張《こわば》るが、同時に心地いい熱も広がり始める。だが、それに浸《ひた》っている余裕はない。柊生の太くて長い指が、一気に蜜壷へ挿入されたのだ。

菜緒の上体がビクンとなっても、柊生の愛撫は容赦ない。指を曲げて柔肉を擦る抽送を繰り返しては、狭い蜜蕾をほぐしていく。愛液を掻き出す律動をされるだけで、腰が甘怠《あまだる》くなってきた。

「んんぁ、あんっ、う……」

あふれる蜜に空気がまじり、ぐちゅぐちゅと淫靡《いんび》な音を立てられる。これまでも感じさせられたが、ここまでではなかった。ほんの少しの刺激で蜜が肌を伝い、シーツを汚すのがわかるほどだ。

自分の躯の反応に、驚愕と羞恥《しゅうち》が込み上げる。でも、それが嫌いではない。愛する人を受け入れるために、自然と準備を始められることの方が誇らしい。

「柊生さ……ん」

かすれ声で柊生の名を呼び、両腕を彼の背中に回して自分の方へ引き寄せた。

「……大胆になったよな。処女だったのに」

菜緒の蜜壷を弄《いじ》りながら、柊生が耳元で囁《ささや》いた。そして、肉厚の舌が、乾いた耳孔《じこう》に突き込まれる。濡らしては、耳朶を唇で挟まれた。首をすくめて引き攣《つ》った喘《あえ》ぎを漏らしつつも、菜緒は負けじと柊生の背に爪を立てる。すると、彼が身震いした。

「わたしを……っぁ、こんな風に、……感じやすくさせたのは、柊生さんなんですよ……あっ！」

柊生が手首を回転させ、これまで触れていなかった内壁を擦り、充血してぷっくりしている花芯までも指の腹で擦った。快《こころよ》い疼《うず》きが脳天まで駆け抜け、菜緒の頭の中が真っ白になる。

「……あぁぁ」

「わかってる。俺が責任を取る。だから、こういう姿、他の誰にも見せるなよ」

この先も一生責任を持つと宣言するようなセリフに、歓喜に襲われた。力の入らない腕に力を入れて、彼の頭を掻き抱いて抱き寄せようとする。だがそうする前に、彼は菜緒の蜜壷に埋《うず》めていた指を引き抜き、ゆっくり上体を起こした。ずるりと抜けた感触に喉の奥を詰まらせつつも、菜緒は愛情を込めて彼を見つめる。

「菜緒は俺のものだ……」

菜緒の膝に触れた柊生が、そこを左右に強く押す。恥ずかしい恰好に、菜緒の心臓が一際高く跳ねた。呼気を弾ませて、双脚の間に躯《からだ》を落ち着かせる柊生を見上げる。彼はゴムに包まれた雄茎に手を添えると、膨れ上がった切っ先を動かし、愛液でびしょ濡れの柔襞に沿って撫でた。

何度も何度も……

「あ……っ、は……ぅ」

早く挿入して欲しいと媚肉《びにく》が戦慄《わなな》き、柊生の先端に吸い付く。なのに、彼は蜜壷に侵入しようとはしない。菜緒が焦れるのを待っているのか、彼は菜緒をじっと見つめていた。自分から誘うのは勇気がいったが、菜緒は涙目で彼に訴える。

「お願い……、もう、きて……」

柊生の目が見開かれる。強靭《きょうじん》な胸板が激しく上下し、割れた腹筋が滑《なめ》らかな動きで波打つ。それほど彼の興奮は高まっていた。

「ああ、菜緒！」

もう我慢がならないとばかりに、柊生が指で柔らかく解《ほぐ》した花蕾に鈴口をあてがうと、一気に挿入した。

「ひぅっ、……あ、あぁっ！」

蜜口を四方八方に引き伸ばされ、硬くなった柊生の昂《たかぶ》りに穿《うが》たれる。あふれんばかりの潤《うるお》いが彼の侵入を助け、奥へと誘った。

「……うんっ、は……ぁ」

柊生のものがすべて収まった。彼の形に沿って菜緒の内壁が収縮する。自然に熱棒を強くしごく動きに、柊生が呻き声を上げた。菜緒の腰に両手を置き、彼が静かに律動を始める。そして、徐々にスピードを上げていった。太くて硬い彼自身を根元まで押し込み、軽く引き、また内壁を擦《こす》り上げて奥深くを抉《えぐ》る動きを繰り返す。

「いいっ……、んあ、はぁ……っ！」

総身を揺すられ、敏感な箇所を擦り上げられる。何度も彼のものが埋められると、次第に生まれた熱が躯の中心で膨張し始めていった。脳を圧迫する熱だまりができ、徐々に大きくなっていく。比例するように、菜緒の喘《あえ》ぎ声が止まらなくなる。

気持ち良過ぎて、どうにかなってしまいそう！

菜緒は押し寄せる快感の潮流に頬を染め、手の甲で口元を覆った。そうすればそうするほど、何故か胸の奥が苦しくなって涙が込み上げる。それに引き換え、菜緒を穿つ柊生は嬉しそうに目を細めて、菜緒が快《こころよ》いうねりに翻弄される顔を凝視していた。

「……や、ヤダ……」

腕で目を覆い、柊生に見られるのを防ぐ。だが、その腕を掴まれ、ベッドへ押さえ付けられた。

「隠さないでくれ。俺に抱かれる菜緒の顔を見ていたい」

菜緒は泣き顔で頭を振り、柊生に請うような眼差しを向けた。

「お願い、見ないで……。なんだかわたしばかりが余裕がなくて、自分が自分じゃないみたいで、とても……っぁ！」

柊生の昂《たかぶ》りの角度が増し、これまで擦《こす》っていたところとは別の部分をくすぐられた。恥ずかしさと悔しさともどかしさで、目尻から涙が零《こぼ》れ落ちる。その涙を、柊生が指の腹で拭《ぬぐ》った。彼は菜緒を愛しげに見つめて、頬を緩めている。

「バカだな……」

柊生は律動を速めながら上体を倒し、菜緒の唇をそっと塞いだ。

「っんぅ……、っんぅ……んんっ！」

言葉や嗚咽《おえつ》だけでなく、あふれ出る感情までも、柊生は口づけで奪う。菜緒の柔らかな舌を求める動きは、とても優しかった。

柊生は二人のまざり合った唾液を吸うと、キスを終わらせた。続いて菜緒の濡れた目尻、頬、そして鼻をぺろりと舐める。

「……遅い。今ごろその域かよ。俺は素《す》の自分で菜緒と接し、ベランダでお前を腕に抱いてから、……好きになってから、ずっとそんな調子なのに。やっと俺に追いついたって感じだな」

「……えっ？」

問いかけるように顎《あご》を上げて、菜緒を見下ろす柊生を窺《うかが》う。目が合った瞬間、彼は菜緒の腰を掴み、彼の肉棒を埋《うず》めたまま二人の位置を入れ替えた。これまで感じさせられたものとは違う強い圧迫感と蕩《とろ》けるような刺激に、菜緒は呻いた。彼の手が菜緒の背筋をたどり、尾てい骨へと下りてくる。膣奥がキュッと締まり、彼のものを強くしごいた。

「くっ！」

柊生の拍動音が速くなる。菜緒は彼の胸に手を置き、ゆっくり上体を起こした。初めての騎乗位に頬が上気するが、重力に従って彼の太い肉茎を深く受け入れる。息が詰まりそうになりながら、彼の顔を見下ろした。

柊生は菜緒の白い肌を撫で上げて乳房を包み込むと、揉みしだき始めた。白い乳肉が彼の手のひらの中で大きく歪み、指の間からぷっくり腫《は》れた赤く色付く乳首が顔を覗かせる。そこを彼の指で弄《もてあそ》ばれ、転がされ、心地いい陶酔《とうすい》の渦《うず》へと誘われる。

「……ッン」

柊生を誘う喘《あえ》ぎが零れる。物足りないわけではないが、彼の突き上げるリズムが欲しいと腰が自然に揺れ始めた。合わせて、彼の手が菜緒の乳房を彷徨《さまよ》う。

「好きだ、菜緒。俺は君を……愛している」

菜緒の心臓が一際高く鼓動を打った。初めて耳にする〝愛している〟に、沸騰《ふっとう》したかのように血が熱くなり、躯中《からだじゅう》を駆け巡っていく。

柊生に愛されているのは、彼の菜緒を見る目つき、触れ方、態度でわかっていたつもりだった。だが、言葉に出してもらうのともらわないのとでは、湧き起こる歓喜が全然違う。

「柊生――」

「菜緒と付き合って、俺は初めて自分にも独占欲があると知った。律子の彼氏の気持ちがようやくわかったよ。俺も……菜緒を縛ってしまうかもしれない。それでも俺は、お前を逃がさない」

柊生はそこでふっと苦笑し、菜緒の乳首に目線を落とす。赤い熟れた蕾を指の腹で弾いたあと、湿り気を帯びた肌に手を這《は》わした。

「……ぁっ！」

柊生の手で触れられたそこかしこが、熱を帯びていく。

「菜緒、もう一度訊《き》く……。こんな俺の傍にいてくれるか？」

柊生さんったら、おかしなことを言うのね――菜緒は心の中で笑った。柊生の太く硬く漲《みなぎ》った昂《たかぶ》りは菜緒の濡れた膣内に埋《うず》められ、ひとつにつながっている。彼に触れてもらえるのが嬉しくて、愛の言葉をもらえるのが幸せで、もう彼以上の男性とは巡り会えないと思っている菜緒に、改めて訊いてくるなんて信じられない。

菜緒の気持ちが伝わっていないのだろうか。

そっと柊生の目を覗き込むと、そこには菜緒への愛が浮かんでいた。同時に、言葉が欲しいという欲求が見え隠れしている。

柊生と付き合い始めたころの菜緒のように……

菜緒は柊生の胸に置いた手を滑《すべ》らせた。鍛えられた腹筋の膨らみに触れたかったが、肋骨のあたりで動きを止める。ここだという場所に落ち着くと、柊生に目を向けた。二人の視線が絡むのを意識して、自《みずか》らゆっくり腰を動かし始めた。

「っんぁ……」

柊生のリズムで貫かれるのとは違う刺激に、すぐにもう無理だという気持ちが湧き起こる。でも快感に耐えながら、菜緒は腰を上げ、沈め、さらに彼のものを奥深くへ誘う。自ら動くことで、彼のすべてを受け止めていると伝えたい。

「柊生、さん……、わたし、あなたが好きです……。あなたの傍にずっといて……、こうして……っんぁ、は……ぁ、愛し合いたい」

声を詰まらせて愛を囁《ささや》いた瞬間、菜緒の蜜壷に収められている柊生の熱棒が硬く漲った。花蕾と蜜壁を引き伸ばされて息を呑むが、それはたちまち甘いうねりに変化する。

菜緒の腰に触れていた柊生が、自ら動き始めた。

「ん、んぅっ！」

柊生のリズムで蜜壷を穿《うが》たれて、躯《からだ》が上下に跳ねる。快《こころよ》い潮流に浚《さら》われそうになるほど、菜緒の体内でどんどん熱が増幅されていく。なのに単調なリズムのせいで、それ以上の高みへ登れない。自分でそのリズムを崩し、感じる場所へ誘いたい気にもなるが、初めての体位に成《な》す術《すべ》もなかった。

「あっ、あっ……っ、……っん……ふぁ」

潤《うる》んだ瞳を柊生に向ける。

お願い、して――と口で請うたわけではなかったが、どうにかして欲しいという感情が目に浮かんでいたのだろう。柊生が上体を起こし、菜緒の腰を強く抱きしめた。また違う深いつながりと、膣内を擦《こす》る彼の角度が増して苦しくなる。彼が菜緒を揺らし出した。

「ああ！　……いやぁ……ぅ、ぁあ……」

柊生の背に両腕を回し、彼の首に顔を埋《うず》めた。速さを増すリズムに合わせて、乳房を揺らされる。乳白色の先端で硬く尖る乳首が彼の胸板に擦れ、それだけで、快楽に呑み込まれそうになった。

菜緒は柊生と離れたくないと必死にしがみつき、背に爪を立てて、顔をくしゃくしゃにさせた。

「ダメ……っん！　あん……っ」

全身に走る愉悦に、菜緒は淫らに喘《あえ》いだ。キスで腫《は》れた唇から漏れる吐息は熱をはらみ、彼の首筋や肩を湿らせていく。

「学生みたいな恋愛はできないと言っておきながら、菜緒の言葉を欲しがるなんてな。だが、俺を変えたのはお前だ。……お前以外の女には、もう興味が湧かないほどに」

涙が出そうな柊生の言葉に、菜緒は歓喜した。

「嬉しい……、とても嬉しいです、っんぁ……！」

柊生が腰の動きを変化させた。角度を変えては蜜壷に埋め、張《みなぎ》った雄竿でとろりとした蜜を掻き混ぜる動きをする。ずるりと引き抜き、濡れた肉壁を切っ先で擦り上げられる。その動きに、菜緒の躯は震えた。躯の奥底を攻める圧迫感と、激しい疼痛《とうつう》に熱がどんどん膨れ上がる。聴覚を刺激する淫靡《いんび》な音さえも、菜緒を極上の高みへと押し上げていく。

「あ……っ、ううっ、もう……わた、し……っ！」

「菜緒……。ああ、君を決して離さない！」

柊生の声がかすれた。菜緒の心の奥が歓喜で満ちあふれていく。

「好き、……好きです！　ああ、お願い、わたしを……ずっと愛して……っんん！」

菜緒は想いを吐露して、柊生をしっかり抱きしめた。

痛いぐらいに早鐘を打つ心音が、まるで耳元で鳴っていると勘違いしてしまうほど大きく響く。熱い楔《くさび》が菜緒の膣孔へ打ち付けられ、快感に意識が朦朧《もうろう》としてきた。先の潮流を追い抜く勢いで、熱いものが全身の血管を駆け巡っていく。

ああ、もうダメッ！

最高潮にまで達しそうになった時、奥深くの敏感な壁に彼の切っ先が触れた。刹那《せつな》、渦《うず》巻いていた甘いうねりが一気に弾け飛ぶ。

「んんっ、は……あ、ああぁ……っ！」

菜緒は嬌声を上げた。滾《たぎ》る情火《じょうか》に浚《さら》われた菜緒は、柊生の背中に爪を立てて背を弓なりに反らした。意識をも凌駕《りょうが》する艶美な世界へと舞い上がる。

激しい蜜壁の収縮と柊生自身の根元を締め付ける圧迫に、彼は喉の奥から咆哮《ほうこう》を上げ、蜜壷の最奥で熱い精を迸《ほとばし》らせた。何ものにも代え難い宝物であるかのように菜緒を抱きしめ、何度も躯《からだ》を痙攣《けいれん》させる。

協奏する二人の拍動音と弾む呼気が収まるまで、二人はともにしっかり躯を寄せ合った。

「菜緒……」

愛しげに名前を呼ばれて、菜緒は閉じていた目を開ける。少し躯を離して柊生の顔を見ると、彼は満ち足りた笑みを浮かべていた。

「好きだ……、とても君を愛してる」

　これまでの日々が嘘みたいに、柊生が想いを伝えてくれている。感情を吐露しないと決めていたにもかかわらず、その堰《せき》が決壊したかのようだ。そして、そう口にできるのを心から喜んでいる風に見える。

　菜緒は口元をほころばせて、柊生の頬に指を走らせた。

「わかってます。でも、この先も言ってくださいね。わたしを幸せな気分にさせてください」

　柊生は艶《つや》っぽい声を漏らして顔を横に向け、菜緒の手のひらに口づけた。ぞくりとする感触に躯が震え、まだ芯を失わない彼の昂《たかぶ》りをギュッと締め上げる。彼はハハッと笑うが、すぐに真摯《しんし》な目を菜緒に向けた。

「菜緒も知ってのとおり、俺は社長の甥だ。今、後継者候補だと社内にバレて、騒がれるわけにはいかない。俺はまず、自分の力で実績を上げなければならないからだ。当分の間、仕事と私生活でふたつの顔を演じ分けるが、それでもいいか？」

「もちろんです。今までと変わりはないってことですもの。ただ、上司のスタイルでわたしに迫らないでくださいね。わたしを浮気者にしたいのならいいんですけど……」

　菜緒は初めて柊生をからかう。付き合い始めたころより、心がいっそう彼に近づいたと実感できるせいだ。こうやって恋人たちは互いの距離を縮め、想いを伝え合い、離れたくないと感じるのだろう。

今、菜緒がそう思っているように……

「それは困るな……。だが、中身はどっちも俺なんだ。菜緒はそれを受け入れて欲しい」

「……はい」

小さく頷き、再び彼を見つめる。どちらが先に動いたのかわからない。自然と気持ちがひとつになり、顔を寄せ合った。二人の呼気が間近でまじり合うのを意識しながら、相手を求めて口づけを交わす。

快感の名残で熱のある舌を絡ませる。くちゅくちゅと唾液の音を立てながら、菜緒は柊生の想いを受け止め、さらに彼への愛を伝えた。どちらともなく口づけを終わらせると、彼は菜緒の額《ひたい》に自分の額を合わせる。

「初めて素《す》の俺を見せた時、菜緒は警戒心も露《あらわ》な仔猫だったのに、今じゃ飼い慣らされて……俺が撫でるだけでごろごろ擦り寄ってくれる。あの時の俺は、まさか自分がこんな気持ちになるとは想像もしてなかった」

「わたしもです。こんなにも柊生さんだけしか見えなくなるなんて、思ってもみなかった……」

駅のベンチで仔猫が柊生に甘えていたみたいに、菜緒は彼の頬にキスを落とし、幸せに満ちた笑みを零《こぼ》した。すると、彼がうっとりした息をつく。

「菜緒、俺の……飼い猫になってくれないか？」

「……えっ？」

意味がわからず、少し距離を取って柊生の目を見つめた。そこに冗談の色はない。彼は真面目に言っている。

「俺は……菜緒を守る存在になりたい。爪を立てられて引っ掻かれても、機嫌が悪くなってそっぽを向かれても、最後は俺のもとへ擦り寄ってきてくれる仔猫のような菜緒を、俺は大切にしたい。つまり……俺に守られながらここで一緒に暮らさないか？」

菜緒は息を呑み、目をぱちくりさせて柊生を見つめた。

「もしかして、わたしと……同棲を？」

柊生の頬の高い位置が、徐々に染まっていく。咳払いをひとつして照れを隠すが、彼は菜緒から目を逸《そ》らさない。菜緒と暮らしたいという彼の強い気持ちが伝わってくる。

「ノーとは言って欲しくない。だが、もし俺と暮らすのが嫌なら――」

「イヤなわけありません！　でも、本当に、わたしで……いいんですか？」

「お前がいいんだ。そう言ってるだろ？　俺をこんなにも夢中にさせたのは、そもそも菜緒なんだ。責任を取ってくれよ」

こんなに幸せでいいのだろうかと思うほど、柊生の言葉に菜緒の心は喜びに包まれた。

拒む理由は何もない。好きな人と一緒に暮らせるのなら、そこへ飛び込みたい！

まだ菜緒を仔猫に例える柊生のしつこさには笑いたくもあったが、それも嬉しかった。

柊生は仔猫をとても大切に扱ってくれるから……

「わたし、柊生さんと一緒に暮らしたい。同じ時間を過ごしたいです」

目に想いを込めて告げると、柊生の顔に満面の笑みが広がった。同時に、菜緒の膣内に収められた柊生の昂《たかぶ》りが、再び硬さを増して漲《みなぎ》り始める。蜜壁を押し広げる感触に、思わず呻き声を上げてしまう。すると、柊生が楽しそうに笑い声を上げた。

「ありがとう、菜緒。引っ越しのことは、またあとで話そう。今はもう一度菜緒を抱きたい」

柊生がこれ見よがしに腰を動かして、菜緒に悩ましげな疼《うず》きをもたらす。

「もう！」

菜緒は抗議の声を上げるが、説得力はなかった。声は誘うように甘く、躯《からだ》は柊生が欲しいと彼のものを自然としごいている。

恥ずかしさから、菜緒は柊生の首に両腕を回して抱きついた。

「……好きです、柊生さん」

「俺も菜緒を……愛している」

二人は互いの想いを告白し合うと、その後は四肢を絡ませて激しく愛し合った。

この先に何が待ち受けているのか、それは誰にもわからない。だが、それすらも乗り越えてみせるという強い愛が芽生えていく。

この上ない喜びに包まれながら、菜緒は柊生の腕の中で仔猫のように躯を丸くする。

その口元は、幸せだと言わんばかりにほころんでいた。

書き下ろし番外編

乱舞ラヴァーズ

～カレのためならどんなプレイも⁉～

ベッドサイドのランプだけが灯る、薄暗い部屋。そこでは、ベッドのスプリング音に合わせて、菜緒の淫靡《いんび》な喘《あえ》ぎ声が響き渡っていた。

柊生に誘われて対面座位でリズムを刻む菜緒は、彼を快感の渦《うず》に追い立てようとする。でも実際に快《こころよ》い刺激に翻弄されているのは彼ではなく、菜緒の方だった。

「ン……あ、……ダメっ……んく！」

「菜緒、ほら、もっと動いて」

柊生の懇願《こんがん》に、菜緒は熱っぽい吐息を零《こぼ》して彼と視線を交わす。彼の瞳に宿る欲望と唇から漏れる情熱的な掠《かす》れ声に、菜緒の躯《からだ》がぶるっと震える。

その振動に柊生が呻くが、間を置かず、誘うような眼差しを菜緒に投げかけた。

「できるだろう？　さあ俺をもっと煽《あお》って。俺のすべてをその奥深くに」

甘い囁《ささや》きに、菜緒の躯の中心に熱が集まっていく。

菜緒は柊生の求めに応じて彼の肩をしっかり掴み、硬茎を咥える秘所に力を込めながら躯を激しく揺すった。

「っんぁ……あっ、あぁ……柊生、さん……っ」

柊生の切っ先が濡れた蜜壁を擦《こす》り上げるたびに、快感の渦がどんどん大きくなる。

もうダメ、一緒がいいのに先にイってしまいそう！

菜緒を呑み込もうとする力に抗《あらが》いたくて、たまらずすがるように柊生の肩に額《ひたい》を置く。

すると、彼が淫らな腰つきで菜緒の蜜壷を突き上げ、汗で湿る菜緒の肩に軽く歯を立てた。

「ああっ、イヤ、んんっ……んあぁぁ！」

瞬間、膨れ上がった熱が弾け飛んだ。心地いい快感が全身を駆け巡り、菜緒は悦びの声を上げて絶頂に達した。

激しく呼応する、二人の心音と息遣い。

菜緒はその協奏にうっとりとしながら、柊生の汗ばんだ首筋にキスを落とした。

まだ心地いい気怠《けだる》さに浸っていたいという欲求が胸の奥で渦巻くものの、柊生が菜緒の頬を優しく撫でたのを切っ掛けに、ゆっくり躯を離す。

「んっ……」

柊生自身が抜ける感触に躯が敏感に反応して、乳首が硬くなる。菜緒は軽く俯《うつむ》き羞恥《しゅうち》で火照る顔を隠すと、傍にあるガウンを肩に引っ掛けて裸体を隠した。

「お水を飲んできますね」

「俺のも持ってきて」

菜緒はガウンの腰の紐を結びながら肩越しに微笑み、ベッドルームを出た。真っすぐ冷蔵庫に向かうつもりだったが、カーテンの隙間から射し込む外の明かりが目に入る。

「きちんと閉めておいた方がいいかな」

そう呟き窓の方に足を踏み出した時、ふとローテーブルの上にある郵便物に目が吸い寄せられた。

「えっ？　……な、何？」

菜緒の足がぴたりと止まる。

普段なら特に気にもしない。だが今、袋から半分飛び出しているＤＶＤのパッケージに、外の明かりが反射して、やけに目についた。

「嘘、でしょう⁉」

それが何か理解した途端、菜緒は息が止まりそうになるほどの衝撃に襲われた。弾む鼓動を宥《なだ》めるように胸に手を置き、淫らな表紙を飾るアダルトＤＶＤを見下ろす。

若い女優がキャンビンアテンダントの制服に身を包みながらも、豊かな乳房を露出させ、柔らかそうな桃尻を晒している。そっと取り出して裏返しにすると、女優がナースやメイドに扮し、男優と睦まじく絡み合っては恍惚《こうこつ》に浸るカットがいくつも並んでいた。

男性がこういうＤＶＤを持っていることを、別に否定はしない。

「でも……私がいるのに、柊生さんがどうして？」

男性のロマン？　女優が好みだった？　それともこういうコスプレでのプレイを好んでいるの⁉

「菜緒？」

ベッドルームの方から聞こえた柊生の声に、菜緒の躯《からだ》がビクンと跳ねた。証拠隠滅するように、慌てて封筒の中にＤＶＤを押し込む。

「い、今行きます！」

菜緒は返事して立ち上がり、すぐさま水のペットボトルを持ってベッドルームに戻った。だが、その後も淫らな格好で誘惑する女優の姿態が脳裏に焼き付いて離れなかった。

＊＊＊

柊生の秘密を知ってから一週間経った今も、菜緒はあのＤＶＤが忘れられなかった。

やっぱり、ああいうプレイが好きなのかな、したいのかな……

「はぁ……」

「何？　さっきからため息を吐いてばっかりだよ」

同期の三沢友佳子《みさわゆかこ》が、菜緒が経理課に提出した書類をデスクの上に置いた。

「ごめん、聞こえた？」

菜緒が囁《ささや》くと、三沢が静かに頷いた。菜緒は再び力なく息を吐く。

「ちょっといろいろあって……」

「ひとまず、それは昼休みにでも考えたら？　仕事に身が入ってないから、こうやって不要な領収書を添えるんだって」

「本当⁉」

指摘された箇所に目を通して、三沢の言っていることが正しいとわかった。

このままでは絶対にダメだ。失敗を重ねてしまう。でも、いったいどうしたら……

「正しいのを提出してね。それと、あたしで良かったら菜緒の悩みを聞くから、もしそういう気持ちになったら――」

三沢の言葉を聞いて、菜緒は咄嗟《とっさ》に彼女の腕を掴んだ。

「ねえ、相談にのってくれる？　できれば、このあとの昼休みに」

「えっ？　昼休みに？　仕事が終わってからではなく？」

菜緒は素直に頷く。

同期の間で、三沢は頼れる姉御的な存在だった。他の同期たちは、彼女に彼氏のことで相談しては悩みを解決している。菜緒も彼女に聞いてもらいたくなった。

「お願い！」

「菜緒がそこまで言うなんて。……わかった。じゃ、先に一階で待ってる」

「ありがとう！」

三沢を見送ったあと、菜緒は彼女から戻された書類の修正を行った。

昼休みに入るなり書類を片付け、お弁当を持って一階に下りる。既に待っていた三沢と一緒に公園に向かい、ベンチに座って世間話に花を咲かせながらお弁当を食べた。

その後、菜緒はようやく本題に入った。

「実はね、彼氏の家でAVを見つけたの。もちろん彼を咎《とが》める気は全然ない。ただ気になってしまって。その、なんていうか嗜好《しこう》が――」

「嗜好って？」

「制服プレイって言うのかな。女優がいろいろなコスチュームを着て、男優に襲われてた。それって、わたしにもそういうプレイを求めてるって考えるのが普通だと思う？」

すると、三沢がおかしそうにぷっと噴き出した。

「何を悩んでいるのかと思ったら……。菜緒の顔つきからもっと激しいものを想像しちゃった。拘束や監禁、服従とかね。制服プレイなんて可愛いものじゃない」

「でも、彼はそういうのに興味を示したことがないの。それで気になって……」

「気にしなくていいよ。AVって、基本的に男のロマンを追求したものだから。夢みたいな感じ？　だから、普通に性欲処理に必要なんだねって思ってたらいいよ」

「本当？　そういう風に簡単に考えていいの？」

「もちろん、AVプレイをしたがる人がいるのも事実。でも、危険な感じの嗜好《しこう》じゃないから、気にしなくていいと思う」

「なるほど。そういう風に考えたらいいのね」

三沢の言葉に、菜緒の躯《からだ》から余計な力が抜けていった。

柊生に特別な嗜好があり、今の菜緒との関係に不満があるのではないかと心が乱れていたが、あまり深く考えず、普通に過ごせばいいのだ。

「良かった。わたしは別に何かをしなくていいのね」

「菜緒、それは違う」

「えっ？」

「恋人同士でも駆け引きは重要よ。今はいいかもしれないけれど、その関係に甘んじていたらマンネリ化してしまう。結果、男は刺激を求めて浮気しちゃうことも……。そうならないように、菜緒も彼氏をドキドキさせないと」

そう言った三沢が、不意に腕時計に視線を落とす。次いで、片方の口角を上げたかと思ったら、悪巧みをするような目で菜緒を見つめた。そして勢いよく立ち上がる。

「よし、これなら十分会社に戻ってこられるね。行くよ、菜緒」

「ちょ、ちょっと！」

菜緒は三沢に手を握られ、颯爽《さっそう》と歩く彼女に引っ張られる。

「どこへ行くの？　ねえ！」

「彼氏にせがまれて動くなんてつまらない。こっちから掻き回すのよ。予想外の行動を取って驚かせると、男って意外と燃え上がるんだから」

三沢はただ楽しそうに微笑むだけで、菜緒をどこへ連れていくのか答えてくれなかった。


――約四十分後。

午後の始業時間ギリギリに会社に戻ってきた菜緒の手には、大きな袋があった。それは三沢が菜緒に買うようにと勧めた品だった。

まさか、コスプレ専門店に連れていかれるなんて……

三沢には『一番いいのは、彼氏を驚かせること。彼が帰宅する前に家に入って準備をするの。きっと、息を呑むほど驚くはずよ！』と言われた。

本当にこれを着て、柊生の前に出られるのだろうか。

「も、戻りました……」

「高遠さん？　買い物に行っていたんですか？」

柊生に声をかけられて、菜緒の躯《からだ》がビクンと跳ねる。午前中から会議に出席していた彼が戻っていたのだ。

「あ、あの……」

菜緒は、おどおどしながら柊生に目を向ける。

柊生はぼさぼさな髪型に、感情を隠す眼鏡をかけている。いつもと変わらない上司の姿だ。なのに、抱えた袋を指摘されただけで羞恥心《しゅうちしん》が沸き、菜緒の頬が上気していく。

「これは、その……、なんでもありません！」

動揺を隠すようにさっと顔を背けて、急いで自分の席へ戻る。そして、私物を入れている引き出しに荷物を押し込んだ。

気持ちを切り換えて仕事に集中しようとするものの、柊生に悪巧みを見抜かれた気がして落ち着かない。

「ああ、どうしよう、どうしよう！」

「どうかしたんですか？」

背後から柊生に声をかけられ、菜緒は慌てて振り仰《あお》ぐ。

「いえ、別に……大丈夫です」

「そうですか。あっ、ここの数字が間違ってますよ」

デスクの上にあるメモ用紙を一枚取ると、柊生がペンを走らせる。そこには、〝今夜、家に来て。俺が戻るのを待つように〟と書いてあった。

「では、よろしく」

「えっ？」

菜緒は驚いて理由を訊《き》こうとしたが、柊生は振り返らずに部屋の端に置かれたプリンターのところへ向かった。そして印刷物を手に取るとその場で考え込み、席に戻らずそのまま廊下に出ていった。

何故いきなり家に誘われたのか不安になるけれど、今は柊生に倣《なら》って目の前の仕事に取り組まなければ……

明日以降の予定が立て込んでいたこともあり、資料作成に集中し出すと落ち着きを取り戻していったが、仕事を終えて引き出しを開けた瞬間、再び心臓が高鳴った。

平静を装《よそお》って会社を出た時は、まだ袋の中身をどうするか決めかねていた。でも柊生に貰った合鍵で彼の家のドアを開ける頃には、ようやく覚悟も決まった。

「勇気を出すしかないよね。よし！」

その後の菜緒の行動は早かった。小道具となるトレーを棚から出し、カフェラテを作る用意をする。また柊生が帰宅した時、すぐにお風呂へ誘えるように湯を入れた。

あとは持ち帰ったアレに着替えるだけ……

菜緒は、フリルがふんだんに縫い付けられたメイド服を取り出した。

お尻が隠れるぐらいしかない超ミニスカートのワンピースに、乳房を寄せて大きく見せる仕立てのエプロンを着ける。谷間が見えるか見えないかぐらいに開いた胸元には、乳房の大きさに合わせて調節できるリボンがあった。

「お店でも思ったけれど……やっぱりすごいエッチ」

大きな窓ガラスに映る自分の姿に、菜緒は戸惑いを隠せなかった。まるで、あのDVDのジャケットを飾っていた女優みたいに淫らだ。

そこで菜緒はあることに気付き、ハッと息を呑む。

「ちょっと待って。わたしがメイドのコスプレをしていたら、彼が買ったDVDを見たとバレ……る？」

柊生を驚かせようとはしたが、あのDVDについて彼と話したいわけではない。

どうしてそのことに思い至らなかったのだろう。

「は、早く、着替えないと……！」

慌てて振り返った瞬間、菜緒は目を大きく見開いた。柊生が口をぽかんと開いて、こちらを見ていたからだ。

いつの間にか帰宅していた柊生に、メイドに扮した姿を見られてしまった！

羞恥心《しゅうちしん》と焦りが湧き起こり、菜緒の心臓は早鐘を打ち始めていく。

「しゅう、せい――」

声を振り絞って彼の名を囁《ささや》くと、彼は瞬《まばた》きすらせず、菜緒の全身にゆっくり視線を這《は》わせ始めた。

短いスカートから覗く白い大腿にしばらく目を留め、そしてゆっくり目線を上げて強調された胸元をじっと見つめる。

「これはいったい？」

柊生は眉間に皺《しわ》を寄せて戸惑いの表情を浮かべたあと、菜緒を拒絶するように顔を背けた。

途端、部屋の空気がピンと張り詰める。

居ても立ってもいられなくなった菜緒は駆け出し、柊生の広い背中に強く抱きついた。

「ごめんなさい！　実は、柊生さんを驚かせて……その、喜ばせようと思って」

「俺を喜ばせる？　どういう意味？」

ここまできたらもう隠せない。下手な言い訳など、柊生には絶対に通用しないだろう。

菜緒は柊生の背中に額《ひたい》を押し付け、彼の腹部に回した両腕に力を込めた。

「実は、柊生さんのＡＶを見つけてしまったの。それでわたし――」

「俺の趣味だと思い、女優が着ていたような服を着た？　俺を喜ばせたかった？」

菜緒の言葉を引き継いだ柊生に伝わるように、こくりと頷く。

「でも、こういう格好をしたら、AVを見つけたって伝えることになる。そのことに、ついさっき気付いて。それで着替えようと思ったら、柊生さんが――」

「やっぱりそういうことか」

「えっ？　……キャッ！」

柊生は急に振り返り、菜緒の腰と膝の裏に腕を回して横抱きにした。菜緒は咄嗟《とっさ》に柊生の首に手を回し、至近距離で彼を見つめる。

細められた目、ほころばせた口元、そして愛しげに菜緒を抱き寄せる腕から、柊生が怒っていないとわかった。

とはいっても、不安は拭《ぬぐ》えない。

柊生が菜緒を抱いてソファに座り、離さないとばかりに背中に手を這《は》わせてきても、菜緒は彼をじっと窺《うかが》ったままだった。

「最近、菜緒の様子が少しおかしかったから家に来るように言ったのに、帰ってきたらその格好だろ？　最初は戸惑ったよ。だが、AVの話題が出てようやく答えがわかった。ああ、菜緒はアレを見たんだなと」

「ごめんなさい。見ようと思って見たのではなく、本当に偶然だったの」

「それで、俺があういうのが好きだと思ったわけだ。菜緒、はっきり言っておく。俺は、別に特殊な嗜好《しこう》を持ってるわけじゃない」

「それならどうして買ったの？　わたし――」

柊生が言葉を遮《さえぎ》るように菜緒の首筋に口づけ、柔らかな舌先でくすぐる。

「菜緒、俺宛てだったからという理由で、俺が買ったと思うのは間違ってる。あのDVDは、ケンが俺への嫌がらせに送ってきたものだ」

郷内の名前に菜緒が驚くと、柊生は楽しげにふっと笑った。

「仕事が忙しいのもあって、俺はケンの誘いをずっと断ってきた。だがケンはそう取らなかった。俺が菜緒に夢中になるあまり、時間を取れないと思った。それで、この嫌がらせをしてきたわけだ。ちょっとした憂《う》さ晴らしだよ」

「じゃ、柊生さんが買ったわけじゃなかったのね。ああ、良かった！　制服プレイが好きというわけじゃなくて。……わたし、着替えてくるね」

菜緒はホッと胸を撫で下ろし、柊生の膝の上から退《ど》こうとする。しかし、彼はそうさせてはくれなかった。しっかり菜緒を抱き、胸元で結ばれたリボンを指で弄《もてあそ》び始める。

「だからといって、目の前の楽しみを逃すのは惜しいな。このまます る？　それってメイド服だろ？　ご主人さまに奉仕してみる？」

「柊生さんに奉仕を？」

言われるがままに柊生に尽くす自分の姿が脳裏に浮かび、菜緒の躯《からだ》の芯に小さな火が灯った。それは彼の息遣いに合わせて、どんどん燃え上がっていく。

もぞもぞする菜緒の動きに合わせるように、柊生がリボンを解き始めた。胸元が緩み、乳房の谷間が露《あらわ》になる。

「無理？　なりきれない？　それなら、ケンが送りつけたDVDを見ながらしてみる？」

柊生が言っているのは、DVDを映し出してそれを見ながらするという意味。それはつまり、大画面に映し出される魅力的な女優が淫らに乱れるのを、柊生が目にするということだ。

柊生が、菜緒以外の女性の裸体に見惚《みと》れるかも……？

イヤだ、それだけは絶対に！

「やめて！　……お願い、わたしだけを見て。他の女性にときめかないで」

柊生の目を直視できず、菜緒は面《おもて》を伏せて懇願《こんがん》した。そんな菜緒の顔を上げさせるように、彼が自《みずか》らの額《ひたい》を菜緒の額に擦《こす》り合わせてきた。

「その言葉を聞きたかった。他の女なんていらない。俺が欲しいのは菜緒、お前だけだ。俺だけのために……菜緒が淫らに舞ってくれ」

柊生が、菜緒への愛を目に湛《たた》える。そしてゆっくり顔を傾けて、菜緒の唇に口づけた。

アダルトDVDが発端となっていろいろ踊らされたが、結果的に良かったのだろう。

柊生の心には、他の女性が入る余地はないと教えてくれたのだから……

菜緒は柊生に押し倒されて、ワンピースをずらされる間も、彼を愛しげに見つめる。

「好き……、好きだからね」

菜緒の告白に、柊生は何度も嬉しそうに目を細めてくれた。

～大人のための恋愛小説～ EB エタニティ文庫

Sara & Yuito

赤

運命の相手は、手だけでわかる。

ハンドモデルの恋人

綾瀬麻結　　装丁イラスト：桜遼

運命で結ばれていた。だから「手」だけでも惹かれた。ずっと片想いしていた唯人と八年ぶりに再会した紗羅。大人の男に成長した彼に、ますます恋心を募らせるが、唯人の母は、紗羅と唯人が親密になることを嫌がっていて……。ジュエリー会社御曹司との、運命的な恋物語。

定価：本体690円+税

Nagisa & Takaya

赤

反抗心さえ溶かされそう――

堕天使のお気に入り

綾瀬麻結　　装丁イラスト：カヤナギ

突然、ルームメイトが見知らぬ男性とキスをしている場面に出くわしてしまった凪紗《なぎさ》。驚く彼女をからかう男性――崇矢《たかや》の態度に反発していたのに、なぜか彼から「お気に入り」宣言⁉ 慌てた凪紗は、弾みで彼とひとつの「約束」をすることになり――

定価：本体690円+税

※エタニティブックスは大人の女性のための恋愛小説レーベルです。ロゴマークの色で性描写の有無を判断することができます（赤・一定以上の性描写あり、ロゼ・性描写あり、白・性描写なし）。

詳しくは公式サイトにてご確認下さい

http://www.eternity-books.com/

携帯サイトはこちらから！

本書は、2015年8月当社より単行本として刊行されたものに書き下ろしを加えて文庫化したものです。

エタニティ文庫

駆《か》け引《ひ》きラヴァーズ

綾瀬麻結《あやせまゆ》

2018年 5月 15日初版発行

文庫編集－塙綾子
発行者－梶本雄介
発行所－株式会社アルファポリス
〒150-6005 東京都渋谷区恵比寿4-20-3 恵比寿ｶﾞｰﾃﾞﾝﾌﾟﾚｲｽﾀﾜｰ5階
TEL 03-6277-1601（営業） 03-6277-1602（編集）
URL http://www.alphapolis.co.jp/
発売元－株式会社星雲社
〒112-0005東京都文京区水道1-3-30
TEL 03-3868-3275
装丁イラスト－山田シロ
装丁デザイン－ansyyqdesign
印刷－株式会社暁印刷

価格はカバーに表示されてあります。
落丁乱丁の場合はアルファポリスまでご連絡ください。
送料は小社負担でお取り替えします。

ISBN978-4-434-24602-9 C0193